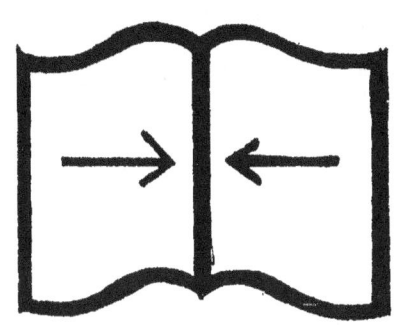

RELIURE SERREE
Absence de marges
intérieures

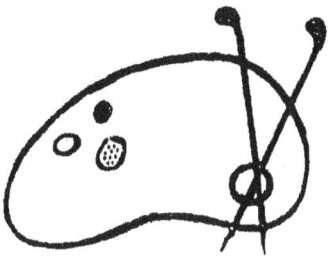

Début d'une série de documents
en couleur

VALABLE POUR TOUT OU PARTIE

DU DOCUMENT REPRODUIT

BIBLIOTHÈQUE COSMOPOLITE. — N° 7

PERCY BYSSHE SHELLEY

ŒUVRES EN PROSE

TRADUITES

Par ALBERT SAVINE

PAMPHLETS POLITIQUES
RÉFUTATION DU DÉISME — FRAGMENTS DE ROMANS
CRITIQUE LITTÉRAIRE ET CRITIQUE D'ART
PHILOSOPHIE

PARIS. — Ier

P.-V. STOCK, ÉDITEUR

(Ancienne Librairie TRESSE & STOCK)

27, RUE DE RICHELIEU, 27

1903

BIBLIOTHÈQUE COSMOPOLITE

BANG (Herman). — *Tine*, roman traduit du danois par M. le C⁺ PROZOR. Un vol. in-18.................. 3 50

BJORNSON (Bj.).— *Amour et géographie. — Les nouveaux mariés. —* Traduit du norvégien par MM. AUG. MONNIER et A. ALBÈNE. Un vol. in-18.. 3 50

— *Au-delà des forces*, 1ʳᵉ et 2ᵉ parties. — Traduction de MM. A. Monnier et Littmanson. Un vol. in-18..... 3 50

— *Une faillite*, pièce en 4 actes, adaptation française de MM. Schürmann et J. Lemaire. — Une br. in-18. Prix..... 2 »

— *Un gant*, comédie en 3 actes. Traduction de M. Aug. Monnier. Un vol. in-18. Prix. 3 50

— *Léonarda*, pièce en 4 actes. — *Une faillite*, pièce en 4 actes, 5 tableaux. Traduction de M. Aug. Monnier. Un vol. in-18.............. 3 50

— *Monogamie et Polygamie*. Traduction de MM. Aug. Monnier et G. Montignac. — Une brochure in-18........ 1 »

— *Le roi*, drame en 4 actes. — *Le Journaliste*, drame en 4 actes. Traduction de M. A. Monnier. Un vol. in-18. 3 50

BRANDÈS (Edouard). — *Théâtre*. (Une visite. — Sous la Loi. — Les Fiançailles. — Les Romédes). Traduit du danois par MM. DE COLLEVILLE et F. DE ZEPKLIN. Un vol. in-18............. 3 50

BURNETT (F.). — *Le petit Lord*, comédie en 3 actes. Adaptation française par MM. J. Lemaire et Schürmann. Une brochure in-18........... 2 »

CHTCHÉDRINE. — *Les Messieurs Golovleff*, roman traduit du russe, par Mᵐᵉ Marina Polonsky et G. Debesse. Un vol. in-18............. 3 50

— *Pochékonié d'autrefois*. Vie et aventures de Nicanor Zatrapézny. Traduit du russe, par Mᵐᵉ Marina Polonsky et G. Debesse. Un volume in-18................. 3 50

ECHEGARRAY. — *Le grand Galéoto*, pièce en 3 actes. Adaptation française de MM. Schürmann et J. Lemaire. — Une br. in-18. Prix..... 2 »

GRIGOROVITCH (Dimitri). — *Les parents de la Capitale*, roman traduit du russe, par Mᵐᵉ Eléonore Tsakny. Un vol. in-18................. 3 50

HAUPTMANN (Gerhart). — *Ames solitaires*. Traduction d'Alexandre Cohen. Un volume in-18................. 3 50

IBSEN (Henrik). — Le canard sauvage. — Romersholm. Traduction de M. le comte PROZOR. Un vol. in-18..... 3 50

— La comédie de l'Amour, traduction et note par MM. de Colleville et de Zépelin. Un vol. in-18............. 3 50

— La dame de la mer. — L'ennemi du peuple, Traduction et notices de MM. Ch. Johanson et A. Chennevières, Un vol. in-18.................. 3 50

— Empereur et Galiléen. Traduction, notes et notices par M. Ch. de Casanove. Un vol. in-18.................. 3 50

— Hedda Gabler. Traduction par M. le comte Prozor. Un vol. in-18.............. 3 50

— Les prétendants à la couronne. Les guerriers à Helgeland, Traduction par Jacques Trigant-Geneste. Un vol. in-18. 3 50

— Les Revenants. Traduction par Rod. Darzens. Une brochure in-18............ 2 »

— Les soutiens de la Société. — L'Union des jeunes. Traduction de Pierre Bertrand et Edmond de Nevers. Un vol. in-18.................. 3 50

KRESTOVSKY (V.). — Veriaguine, traduit du russe par M. Victor Dérély. Un vol. in-18. 3 50

LENAU (Nicolas). — Poèmes et Poésies. Traduction de V. Descreux. Un vol. in-18. 3 50

LIE (Jonas). — Les filles du commandant, roman traduit du norvégien par Mlle Aline Toppélius. Un volume in-18 3 50

LISSKOFF (Nicolas). — Le voyageur enchanté, traduit du russe par M. Victor Dérély. Un volume in-18....... 3 50

MARLOWE (Christophe). — Théâtre. Traduction, étude sur Marlowe, sa vie et ses œuvres et notice de Félix Rabbe, avec une préface par Jean Richepin. Deux vol. in-18, ne se vendant pas séparément .... 7 »

MICKIEWICZ (Ladislas). — Adam Mickiewicz, sa vie et son œuvre. Un vol. in-18... 3 50

PISEMSKY (A.-E.). — Théâtre choisi. Traduction du russe et préface, par Victor Dérély. Un vol. in-18, avec un portrait de Pisemsky..... 3 50

RÉCHETNIKOV (Téodor). — Ceux de Podlipnaïa, roman traduit du russe par Neyroud. Un vol. in-18.... 3 50

SHELLEY. — Œuvres poétiques complètes, traduites par Félix Rabbe. Trois volumes ne se vendant pas séparément.
10 50

STRINDBERG (Auguste). — Mademoiselle Julie, tragédie en prose en un acte; le Simoun, arabesque dramatique en un acte. Traduction de Charles de Casanove, précédée d'une étude sur l'œuvre de Strindberg, par Georges Loiseau. Un vol. in-18........... 3 50

SWINBURNE (Algernon Charles). — Poèmes et Ballades, traduction de Gabriel Mourey, avec des notes sur Swinburne, par Guy de Maupassant. Un vol. in-18.... 3 50

TOLSTOÏ (Comte Alexis). — *La mort d'Ivan le terrible*. — *Le Tzar Fédor Ivanovitch*. — *Le Tzar Boris*. Préface d'Ivan Tourguénlev, traduction de B. Tseytline et E. Jaubert. Un vol. in-18............ 3 50

TOLSTOÏ (Cte Nicolas). — *La Vie*, roman traduit du russe par madame E. Jardetzky. Un vol. in-18.......... 3 50

TOLSTOÏ (Cte Léon). — *Ce qu'il faut faire*. Première traduction française, par B. Tseytline et E. Jaubert. Un vol. in-18................. 3 50

— *Les décembristes*, roman traduit du russe par B. Tseytline et E. Jaubert, avec une introduction historique. Un volume in-18.......... 3 50

— *L'école de Yasnaïa Poliana*. — Traduction de MM. B. Tseytline et E. Jaubert. — Un vol. in-18.......... 3 50

— *La liberté dans l'école*. — Traduction de MM. B. Tseytline et E. Jaubert. Un vol. in-18. 3 50

— *Ma confession*, traduit du russe par Zoria. Un vol. in-18................. 3 50

— *Paroles d'un Homme libre*. Dernières études philosophiques. Traduction J.-W. Bienstock. Un vol. in-16.... 3 50

— *Pour les enfants*, contes et nouvelles. — Première traduction française par B. Tseytline et E. Jaubert. Un vol. in-18.......... 3 50

— *Le progrès et l'instruction publique en Russie*. — Traduction de MM. B. Tseytline et E. Jaubert. — Un vol. in-18, 3 50

— *La puissance des Ténèbres*, drame en cinq actes. Traduction de MM. J. Pavlowski et O. Méténier. Une brochure in-18.................. 2 »

— *La puissance des Ténèbres*, drame en cinq actes. Traduction Neyroud. Un vol. in-18.. .... 3 »

— *Que faire?* Première traduction française, par Mmes Marina Polonsky et G. Debesse. Un vol. in-18........... 3 50

— *Les Rayons de l'Aube*. Dernières études philosophiques Traduction J.-W. Bienstock. Un vol in-16.......... 3 50

— *Raison, Foi, Prière*. — Traduction J.-W. Bienstock. Une brochure in-16.... 0 50

— *Sur la Question sexuelle*. — Traduction J.-W. Bienstock. Une brochure in-16 .., 4 »

— *L'Unique moyen*. — Traduction J.-W. Bienstock. Une brochure in-16........ 0 50

VERDAGUER (Jacinto). — *L'Atlantide*. Poème traduit du catalan, avec le texte en regard, et précédé d'une étude sur *la Renaissance de la Poésie Catalane*, par Albert Savine. Un volume in-18........ 3 50

— *Le Canigou*. Légende pyrénéenne du temps de la conquête, traduction française avec le texte catalan en regard, précédé d'un avant-propos par J. Tolra de Bordas et d'une lettre de F. Mistral au traducteur. Un volume in-18.......... 3 50

Imprimerie générale de Châtillon-sur-Seine. — A. PICHAT.

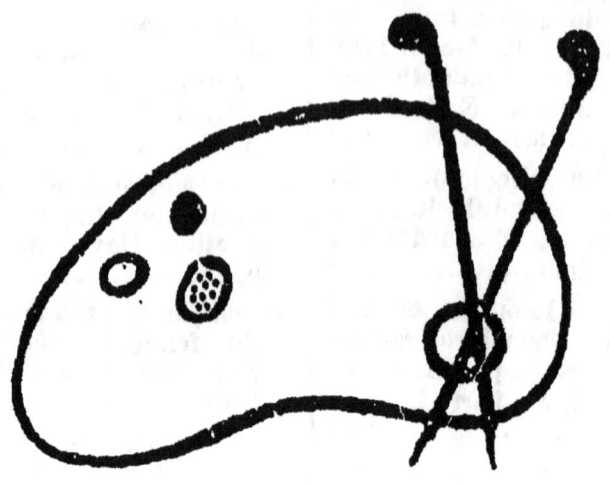

**Fin d'une série de documents
en couleur**

ŒUVRES EN PROSE

A LA MÊME LIBRAIRIE

SHELLEY. — Œuvres poétiques complètes, traduites par Félix Rabbe.

I. — *Poèmes.* Reine Mab, Alastor, Laon et Cythna, etc.

II. — *Drames.* Les Cenci, Prométhée, La Magicienne, Epipsychidion, Adonaïs, Hellas.

III. — Petits poèmes et fragments. — Défense de la poésie.

Trois volumes ne se vendant pas séparément. 10 fr. 50

RABBE (Félix). — Shelley, sa vie et ses œuvres. Un fort vol. in-18. . . . . 4 fr.

DU MÊME TRADUCTEUR:

JACINTO VERDAGUER. — L'Atlantide.
NARCIS OLLER. — Le Papillon, préface d'Emile Zola.
JUAN VALERA. — Le Commandeur Mendoza.
HENRYK SIENKIEWICZ. — Pages d'Amérique.
ALGERNON C. SWINBURNE. — Nouveaux Poèmes et Ballades.
PRÉSIDENT ROOSEVELT. — La Vie au Rancho.

SOUS PRESSE :

TH. DE QUINCEY. — Souvenirs autobiographiques du Mangeur d'opium.
HENRYK SIENKIEWICZ. — La Préférée.
ANNE-CHARLOTTE LEFFLER, DUCHESSE DE CAJANELLO. — Comment on fait le bien.

EN PRÉPARATION :

PERCY BYSSHE et MARY SHELLEY. — Œuvres en collaboration.
PERCY BYSSHE SHELLEY. — Lettres choisies.
ALGERNON C. SWINBURNE. — Derniers Poèmes et Ballades.
— — — Atalante à Calydon.
— — — Bothwell.
— — — Chastelard.
— — — Chants avant l'aube.
— — — Erechtheus.
R. L. STEVENSON. — Enlevé !
ELISABETH BARRETT BROWNING. — Poèmes et Poésies.
JOHN KEATS. — Œuvres complètes.

PERCY BYSSHE SHELLEY

ŒUVRES EN PROSE

TRADUITES

Par ALBERT SAVINE

PAMPHLETS POLITIQUES
RÉFUTATION DU DÉISME — FRAGMENTS DE ROMANS
CRITIQUE LITTÉRAIRE ET CRITIQUE D'ART
PHILOSOPHIE

PARIS. — I

P.-V. STOCK, ÉDITEUR
(Ancienne Librairie TRESSE & STOCK)
27, RUE DE RICHELIEU, 27

1903

AVIS DE L'ÉDITEUR

Percy Bysshe Shelley n'est pas moins grand prosateur que grand poète. Ce volume de ces *Œuvres en prose* nous a paru l'utile complément des *Œuvres poétiques*, si bien traduites par feu F. RABBE, dont on lira d'ailleurs avec profit, comme un précieux commentaire, le livre sur *Shelley, sa vie et ses œuvres*.

Février 1903.

PRÉFACE

Il ne peut s'agir ici de présenter Shelley prosateur aux admirateurs français du grand poète anglais : ils ont tous lu les études de F. Rabbe et les pages si hautes de Maurice Bouchor.

Les traductions qui suivent donnent, sauf la *Défense de la Poésie* que l'on trouvera au tome III des *Œuvres poétiques* [1], les principales œuvres en prose de Shelley. Si l'on a omis *Zastrozzi* et *Saint Irwyne*, c'est que ces romans, à la mode de Mrs Radcliffe et de Lewis *datent* vraiment trop pour intéresser le lecteur du début du vingtième siècle.

A cela près, le volume contient à peu près tout ce qu'a réimprimé, dans son édition [2], M. Richard

1. Edition Rabbe, III, p. 359.
2. Edition de 1897.

Herne Shepherd : pamphlets, fragments de romans, pages de critique, études philosophiques,

Il resterait maintenant à traduire la *Correspondance* de Shelley ou plutôt un choix de ses *Lettres* et les *Œuvres* qui ont résulté de sa collaboration, ou matérielle ou purement psychique avec Mary Godwin : *Le voyage en France, en Italie, en Suisse, en Hollande* et *Frankenstein*. C'est une tâche à laquelle nous nous livrerons peut-être quelque jour.

Albert SAVINE.

Février 1903.

BIBLIOGRAPHIE

DES ŒUVRES EN PROSE DE PERCY BYSSHE SHELLEY

PUBLIÉ PAR SHELLEY

1° *Zastrozzi.* 1810.
2° *Saint Irwyne or the Rosicrucian.* 1811.
3° *The necessity of atheism.* 1811.
4° *A letter to lord Ellenborough.* 1812.
5° *An adress to the irish people.* 1812.
6° *Proposals for an association of those philanthropists.* 1812.
7° *A Refutation of deism.* 1814.
8° *A proposal for putting reform to the vote throughout the Kingdom.* 1817.
9° *An adress to the people on the death of the Princess Charlotte.* 1817.

ŒUVRES POSTHUMES

1° *The Shelley papers*, memoir of Percy Bysshe Shelley by T. Medwin. 1833.

2° *Essays, letters from abroad*, translations and fragments by Percy Bysshe Shelley, edited by Mrs Shelley. 1840.

3° The Prose works of Percy Bysshe Shelley from the original edition, edited, prepared and annotated by Richard Herne Shepherd. 1897.

APPEL AU PEUPLE IRLANDAIS

(1812)

APPEL AU PEUPLE IRLANDAIS [1]

(1812)

Camarades, je ne suis pas Irlandais, et cependant j'ai de la sympathie pour vous.

J'espère qu'il ne se trouvera parmi vous personne pour lire cet appel avec prévention ou avec dédain, parce que son auteur est un Anglais; certes je crois que pas un de vous ne pensera de la sorte.

Les Irlandais sont un peuple brave. Dans leurs poitrines battent des cœurs d'hommes libres, mais ils se tromperaient grandement s'ils s'imaginaient qu'un homme d'une autre nation ne peut avoir un cœur généreux.

Mes frères et mes compatriotes, ce sont ceux qui sont malheureux.

Je voudrais bien savoir si parce qu'un homme est Anglais, ou Espagnol, ou Français, cela le rend pire ou meilleur qu'il n'est en réalité. Il est né

1. Edition de Dublin, 1812.

dans une ville, vous êtes nés dans une autre, ce n'est pas une raison pour qu'il ne puisse éprouver de la sympathie pour vous, désirer votre bien-être, souhaiter de vous donner un conseil qui peut-être vous mettrait en état de connaître votre propre intérêt, ou d'agir pour le faire triompher.

Il y a nombre d'Anglais qui crient « A bas les Irlandais, » et qui croient tendre à leurs fins en dénigrant tout ce qui tient à l'Irlande, mais si ces gens-là soutiennent de telles opinions, c'est parce qu'ils veulent acquérir de l'argent, des titres, le pouvoir, et non parce qu'ils sont Anglais. Ils agiraient ainsi, à quelque pays qu'ils appartinssent, jusqu'à ce que l'humanité ait subi une transformation profonde dans le sens du bien, changement qui, je l'espère, se produira un jour.

Je m'adresse donc à vous comme à mes frères, comme à mes camarades, car je voudrais voir si l'Angleterre était persécutée, comme l'est l'Irlande, si la France était persécutée, comme l'est l'Irlande, si n'importe quel groupe d'hommes qui participent aux charges publiques, concourent à un service public, étaient mis hors d'état d'en recueillir les avantages, comme le sont les Irlandais, eh bien, je voudrais voir l'Irlandais quelconque témoin de ces injustices, qui se refuserait à tenter d'y porter remède, quand il le pourrait, je voudrais le voir, cet homme-là, rien que pour lui dire qu'il n'est point un Irlandais, mais quelque bâtard élevé dans une cour, mais quelque lâche imbécile, démocrate vis-à-vis de ses supérieurs, aristocrate vis-à-vis de ses inférieurs. Il y a, je pense, bien peu de vrais

Irlandais qui ne seraient pas humiliés à la pensée d'un tel rôle, bien moins encore d'Irlandais qui voudraient le jouer.

Je sais qu'il y a des gens, non point parmi vous, mes amis, mais parmi vos ennemis, qui, en voyant le titre de cet appel, le prendront avec l'espoir qu'il recommandera les mesures violentes, afin de déshonorer ainsi la cause de la liberté, avec l'espoir que l'ardeur d'un cœur, désireux de voir la liberté devenir un bien commun à tous, s'épuise et se gaspille en injures contre les ennemis de la liberté. Ce sont là de méchants hommes qui méritent le mépris des gens de bien, et il ne faudrait pas que ceux-ci manifestent leur indignation au détriment de leur cause. Mais ces pervers seront déçus.

Je sais que la chaleur des sentiments d'un Irlandais l'emporte parfois au delà des bornes de la prudence. Je ne vise point à détruire dans sa racine cette respectable ardeur, mais à la modérer. Cela trompera les espérances des champions de l'oppression, et ils auront le déplaisir de voir que l'on ne peut tirer de cet appel rien qui puisse être interprété autrement que comme le désir de vous inspirer cette modération qui leur fait défaut, d'obtenir de vous à leur égard cette tolérance qu'ils se refusent à vous accorder.

Vous professez la religion catholique romaine que vos pères professaient avant vous.

Est-ce ou n'est-ce pas la meilleure des religions? Je ne le rechercherai pas ici. Toutes les religions sont bonnes, si elles rendent l'homme bon, et la manière dont il faut prouver que telle sorte de culte rendu à Dieu est le meilleur, consiste à être meilleur que tous les autres hommes. Mais nous examinerons ce que votre religion était au temps jadis, et ce qu'elle est aujourd'hui. Vous direz qu'il n'est pas loyal à moi de me conduire en protestant, mais je ne suis pas protestant, je ne suis point catholique; aussi, ne professant ni l'une ni l'autre de ces deux religions, n'en suis-je que plus en état de me prononcer entre elles. Le protestant est mon frère, et le catholique est mon frère. Je suis heureux quand je puis être utile à l'un des deux, et je n'éprouverais pas de plaisir plus grand que de voir des hommes de n'importe quelle religion, devenir, grâce à mes avis, plus sages, plus vertueux, et plus heureux.

Jadis les catholiques romains persécutèrent les protestants; aujourd'hui les protestants persécutent les catholiques romains. Prétendrions-nous que les uns ne valent pas mieux que les autres? Non : vous n'avez point à répondre des fautes de vos pères, pas plus que les protestants ne peuvent se prévaloir de la bonté de leurs pères.

Je dois juger les gens tels que je les vois, les catholiques irlandais sont cruellement traités. Je n'essaierai pas de leur cacher leur propre misère : si je l'essayais, ils pourraient penser que c'est dérision de ma part.

Les catholiques irlandais demandent aujourd'hui pour eux-mêmes et l'offrent aux autres une tolérance illimitée, et ceux d'entre eux qui sont raisonnables, c'est-à-dire, comme je l'espère, la grande majorité, savent que les portes du ciel sont ouvertes aux gens de toutes religions, du moment qu'ils sont vertueux. Mais les protestants, bien qu'au fond du cœur, ils aient cette opinion, et ils l'ont nécessairement pour peu qu'ils réfléchissent, paraissent agir comme s'ils croyaient être plus agréables à Dieu que vous. Ils ne confient qu'à des gens de leur secte les rênes du gouvernement terrestre. En dépit de cela, je n'en ai jamais trouvé d'assez impudent pour dire qu'un catholique romain, ou un quaker, ou un juif, ou un mahométan, qui serait un homme vertueux, et qui ferait tout le bien dont il est capable, irait au ciel d'un pas un peu moins rapide, s'il ne souscrivait pas aux trente-neuf articles. Et s'il le disait, quelle prétention ridicule chez un plat faquin qui n'a pas même six pieds de haut de vouloir diriger l'esprit de l'universelle harmonie, et lui montrer de quel côté il doit orienter les affaires du monde.

Au dire des protestants, il y eut un temps où les catholiques romains brûlaient et massacraient les gens qui étaient d'un autre sentiment, et leurs doctrines religieuses seraient aujourd'hui ce qu'elles étaient alors. Cela est la vérité même. Il est certain que vous rendez à Dieu le même culte qu'au temps où avaient lieu ces barbaries, mais est-ce là une raison pour que maintenant vous soyez barbares?

Cette supposition est aussi raisonnable que celle d'après laquelle, parce que le grand-père d'un juif aurait été pendu pour vol de moutons, moi qui professe la même religion je serais destiné à commettre le même crime.

Voyons ce qu'a été la religion catholique romaine, personne ne connaît bien les temps primitifs de la religion chrétienne pendant les trois premiers siècles de son origine. Deux grandes Eglises, la grecque et la romaine, se partageaient les croyances des hommes. Elles se combattirent pendant longtemps, elles firent une grande dépense de paroles, elles versèrent le sang avec la même profusion.

Cela ne produisit aucun bien, comme vous pouvez le supposer. Néanmoins chaque parti prétendait soutenir les intérêts de Dieu, et s'attendait à être récompensé par lui. Si ces gens-là avaient regardé plus loin que le bout de leur nez, ils auraient compris que se battre avec des hommes, les massacrer, les maudire, les haïr était, certes, la pire manière de se faire bien voir d'un être qui, selon l'opinion universelle, se complaît surtout dans les œuvres d'amour et de charité.

A la fin pourtant, ces deux religions se séparèrent entièrement, et les papes régnèrent comme des rois et des évêques à Rome, en Italie. L'Inquisition fut établie et dans le cours d'un an 30,000 personnes furent brûlées en Espagne et en Italie parce qu'elles professaient des opinions autres que celles du Pape et des prêtres. L'exemple le plus révoltant de barbarie fut donné en France par le clergé catholique romain sur l'ordre du Pape. Les moines fanatiques de ce pays massacrèrent de sang-froid, en une nuit, 80,000 protestants ; cela se fit sous le couvert de l'autorité du pape, et il n'y eut qu'un seul évêque catholique romain qui eut assez de vertu pour refuser son concours aux massacreurs

Les vices des moines et des religieuses dans leurs couvents étaient affreux, en ces temps-là. L'on croyait pouvoir commettre n'importe quel crime, si monstrueux qu'il fût, quand on avait assez d'argent pour décider les prêtres à donner leur absolution. En vérité, à cette époque, les prêtres en imposaient honteusement au peuple ; ils avaient concentré toute la puissance entre leurs mains, ils persuadaient au peuple qu'on ne pouvait laisser à un homme le soin de diriger son âme, et arrivant sournoisement à en posséder les secrets, ils se rendaient plus puissants que rois, princes, seigneurs et ministres. Cette puissance fit d'eux de malhonnêtes gens, car bien que les êtres doués de raison furent très bons dans l'état de nature, il y a aujourd'hui, il y eut jadis bien peu de gens dont le pouvoir despotique n'arrive à détruire les bonnes dispositions.

Je viens vous décrire fidèlement votre religion telle qu'elle a été, ô Irlandais, mes frères. Traiterez-vous votre ami de menteur, s'il prend sur lui de dire en votre nom que vous n'êtes plus ce qu'étaient jadis les croyants de votre religion ? Parlerai-je un langage faux en disant que l'Inquisition est pour vous un objet de haine ? Suis-je un menteur, quand je soutiens qu'un Irlandais adore la liberté, qu'il peut conserver ce droit, et que s'il commet une faute, il ne songe pas même en rêve, que de l'argent donné à un prêtre, que les propos d'un autre homme faillible comme lui, avaient la moindre influence sur les jugements d'un Dieu éternel ?

Je ne suis point un menteur si j'affirme en votre nom que, dans votre croyance, un protestant mérite tout autant que vous le royaume des cieux, s'il est vertueux tout comme vous, que vous traiterez les hommes en frères partout où vous les trouverez, et que la différence des opinions en matière de religion ne sera pas le moins du monde à vos yeux, un obstacle à la plus parfaite harmonie sur tout autre sujet. Ah ! non certes, Irlandais, je ne suis point un menteur.

Je recherche votre confiance, non point pour la trahir, mais pour vous enseigner à être heureux, et sages, et bons ! Si vous me refusez toute confiance, je m'en désolerai, mais je ferai tout ce que je pourrai faire honorablement, ouvertement, pour la gagner.

Certains vous enseignent que les autres sont hérétiques, que vous seuls êtes dans le vrai, certains vous enseignent que la droiture consiste en opinions religieuses, sans lesquelles nulle moralité n'est bonne. Certains vous diront que vous êtes tenus de révéler vos secrets à des hommes d'une certaine catégorie.

Montrez-vous défiants, mes amis, à l'égard de ceux qui vous tiennent ce langage.

Ils veulent, sans aucun doute, vous tirer de votre misérable situation d'aujourd'hui, mais ils vous en préparent une plus misérable, ce sera simplement tomber de la poêle à frire dans le feu. Vos oppresseurs actuels, il est vrai, cesseront de vous accabler, mais vous sentirez les coups cinglants d'un fouet manié par un maître mille fois plus sanguinaire et cruel. Des hommes malintentionnés surgiront qui voudront vous empêcher de penser à votre guise, — qui vous brûleront si vous ne pensez pas comme eux. Il y a toujours des scélérats pour mettre à profit les temps de malheur. Les moines et les prêtres de jadis étaient de bien méchants hommes, prenez garde que de telles gens n'abusent encore de votre confiance.

Vous ne vous abusez pas sur votre situation actuelle, vous êtes traités outrageusement, vous êtes cruellement menés.

Cet esclavage prendra fin, j'oserai le prédire. Vos ennemis n'auront pas l'audace de vous persécuter plus longtemps; le ressort de l'Irlande est comprimé, mais non brisé, et cela ils le savent fort bien. Mais je désire que vos regards embrassent un horizon plus vaste, je désire que vous songiez à vos enfants, aux enfants de vos enfants, que vous fassiez en sorte (car tout cela dépend de vous) de ne pas laisser surgir une tyrannie plus terrible, plus cruelle quand vous venez d'en détruire une.

Défiez-vous de ces imposteurs à la figure lisse, qui, il est vrai, parlent de liberté, mais par leurs tromperies vous conduisent à l'esclavage.

Peut-il exister un pire esclavage que de faire dépendre de la volonté d'un autre homme le salut de son âme. Un homme est-il plus qu'un autre, est-il plus qu'un autre favorisé de Dieu? Non, certes : tous sont favorisés de lui en proportion du bien qu'ils font, et non point en égard au rang qu'ils occupent et à leur profession. Dieu fait autant de cas d'un pauvre homme que d'un prêtre, et lui a donné une âme qui lui appartient tout autant.

Le culte que doit aimer un être bon est celui d'un cœur plein d'affection, qui prouve sa piété par de bonnes œuvres, et non par des cérémonies, ou des confessions, ou des rites funéraires ou des processions, ou des miracles.

Faites en sorte de ne point vous laisser détourner de la vraie route, ayez des doutes sur tout ce qui ne vous conduit point à la charité, et représentez-vous le mot « d'hérétique » comme un terme inventé par un fourbe, un égoïste, pour la ruine et le malheur du monde, pour satisfaire à la misérable ambition personnelle. Ne vous informez pas si tel homme est un hérétique, s'il est un quaker, un juif ou un païen, mais c'est un homme vertueux, s'il aime la liberté et la vérité, s'il souhaite le bonheur et la paix de l'espèce humaine. Un homme si croyant qu'il soit, s'il n'aime pas ces choses, est un hypocrite sans cœur, un gredin, un fourbe. Méprisez-le, haïssez-le comme vous méprisez un tyran et un être ignoble. —

O Irlande, émeraude de l'Océan, Irlande dont les fils sont généreux et braves, dont les filles sont pleines d'honneur, de franchise et de grâce, tu es l'île sur les vertes rives de laquelle j'ai désiré voir se dresser l'étendard de la liberté, — un étendard de feu — un phare auquel le monde allumera la torche de la Liberté !

Nous allons maintenant passer à l'examen de la religion protestante.

Son origine s'appelle la Réforme. Elle fut entreprise par quelques hommes fanatiques qui montrèrent, en se brûlant mutellement, combien peu ils comprenaient l'esprit de la réforme. Vous remarquerez que ces hommes se condamnaient mutuellement au feu. A vrai dire ils faisaient preuve en général d'un goût passionné pour la destruction, et ils s'accordaient avec les chefs de l'Eglise catholique romaine non seulement dans la haine envers leurs ennemis, mais envers des gens qui n'étaient nullement leurs ennemis, qui n'étaient les ennemis de qui que ce fût.

De nos jours les protestants ont-ils, ou n'ont-ils pas les mêmes doctrines qu'à l'époque où Calvin brûla Servet. Ils le jurent : nous ne pouvons demander une meilleure preuve.

Alors de quel front les protestants peuvent-ils s'opposer à l'émancipation catholique, en alléguant qu'autrefois les catholiques étaient barbares, alors que leur passé est sujet aux mêmes critiques, aux mêmes reproches.

C'est là, je crois, un exemple d'intolérance effrontée, que j'aurais espéré ne pas voir déshonorer ce siècle, ce siècle qui est appelé le siècle de la raison, où la pensée se répand, où la vertu est reconnue, et où les principes en sont fixés. Oh ! puisse-t-il en être ainsi !

J'ai mentionné la religion catholique et la religion protestante surtout pour montrer que toute objection contre la tolérance à l'égard de l'une aboutit forcément à ne pas tolérer l'autre, — ou plutôt pour montrer qu'il n'y a pas de raison pour qu'elles ne soient point tolérées l'une et l'autre.

Mais pourquoi parlé-je de *tolérance?* Ce mot sem-

ble signifier qu'il y a quelque mérite de la part de
la personne qui tolère. Elle a le mérite, si c'en est
un de s'abstenir d'un acte blâmable, mais ce mérite, elle le partage avec toute personne paisible
qui s'occupe de ses propres affaires, et n'entrave
point l'exercice des droits d'autrui. Ce n'est point
un mérite d'être tolérant, mais c'est un crime d'ê-
tre intolérant. Je n'ai aucun mérite à demeurer
tranquillement chez moi, sans tuer qui que ce soit,
mais je serais criminel si je tuais quelqu'un.

En outre, aucun acte d'une représentation nationale ne peut transformer en une chose blâmable
celle qui ne l'était point déjà : elle ne saurait changer la vertu et la vérité, et cela pour une raison
bien simple, c'est que ce changement est impossible. Un acte voté dans le Parlement Britannique,
pour ôter aux catholiques les droits d'agir dans
cette assemblée, ne les leur enlève point en réalité.
C'est par la force qu'il les empêche de les exercer.
Dans de telles circonstances, c'est le moyen suprême et le seul efficace. Mais la force n'est point
la marque de la vérité; ceux-là n'auront jamais recours à la violence qui reconnaissent pour seule
règle de conduite la vertu et la justice.

La folie de persécuter les hommes pour leur religion deviendra évidente si nous y réfléchissons.
Pourquoi les persécutons-nous? Pour les amener
à croire ce que nous croyons. Peut-il y avoir rien
de plus barbare ou de plus sot? Car, bien que nous
puissions les contraindre à dire qu'ils croient
comme nous croyons, ils n'en feront pourtant rien
au fond de leur cœur; et vraiment ils ne peuvent

pas. Cette méthode diabolique ne saurait qu'en
faire d'hypocrites menteurs. En effet, qu'est-ce c'est
que croire? Nous ne pouvons pas croire ce qui nous
plaît, mais seulement ce que nous jugeons être vrai,
car ce n'est point en battant ou en brûlant un
homme que vous pouvez changer son opinion, c'est
en lui persuadant que ce que vous lui dites est
vrai, et on ne peut y arriver que par un langage
sincère et par la raison. Il est ridicule de qualifier
quelqu'un d'hérétique parce qu'il pense autrement
que vous. Il serait tout aussi fondé à vous qualifier
ainsi. C'est de la même façon qu'on se sert du mot
« orthodoxe ». Il signifie « penser droitement » et
que peut-il y avoir de plus vain, de plus présomptueux en un homme, en une réunion d'hommes
quelconque, que de s'écarter du cours ordinaire
des choses au point de dire : « Ce que nous croyons
est vrai ; il n'y a de par le monde personne qui ait
des opinions qui vaillent les nôtres en quoi que ce
soit. »

Tout ce qui n'est pas la tolérance absolue, la
charité parfaite envers tous les hommes, points sur
lesquels, vous vous en souvenez, Jésus-Christ in-
sistait surtout, est faux, et pour cette raison-ci :
qu'est-ce qui fait d'un homme un honnête homme?
Ce n'est point sa religion, car, à ce compte, il ne
pourrait y avoir d'honnêtes gens dans aucune religion, excepté une seule ; et, cependant, nous reconnaissons qu'il y en a eu dans tous les siècles, dans
tous les pays, dans toutes les opinions.

La vertu et la sagesse, partout où elles se sont
développées, ont toujours eu pour résultat la liberté

ou le bonheur, longtemps avant qu'on entendît parler d'aucune des religions qui existent maintenant
dans le monde. La seule utilité que j'aie jamais pu
découvrir dans une religion, c'est de rendre les
hommes plus sages et meilleurs. Elle vaut d'autant
mieux qu'elle atteint de plus près ce but. Or, si les
gens sont honnêtes, et que pourtant ils aient des
manières de voir différentes des vôtres, cela réalise
tous les vœux qu'un homme raisonnable peut former, et soit qu'il pense comme vous, soit qu'il
pense autrement, cela est trop peu important pour
justifier l'emploi de moyens qui doivent répugner
aux esprits droits et les révolter. Non certes, ils
ne sauraient approuver de tels moyens. Car, comme
je l'ai déjà dit, vous ne sauriez croire ou ne pas
croire à votre gré. Peut-être en est-il parmi vous
qui se l'imaginent, mais ils n'ont qu'à essayer.

Je vais prendre un exemple dans la vie de tous
les jours.

Supposons que vous ayez un ami dont vous ne
vouliez avoir qu'une opinion favorable. Il commet
un crime qui vous prouve qu'il est un scélérat.
C'est un grand chagrin pour vous que d'avoir sur
lui une opinion fâcheuse, et vous ne demanderiez
qu'à le juger favorablement, si vous le pouviez.
Mais, notez bien ce mot, vous ne le *pouvez* pas, vous
n'auriez plus l'esprit en paix si vous le pouviez.
Vous vous y efforcez, mais vos efforts sont vains.
Cela montre que l'homme a bien peu d'empire sur
sa croyance, ou plutôt qu'il ne saurait croire ce
qu'il ne regarde pas comme vrai.

Et maintenant que devrons-nous penser ?

Ils ont été bien fous, bien tyranniques, ces hommes qui établirent une religion de leur conception, qui dirent que cette religion était la seule vraie, et que quiconque lui refusait sa croyance devrait être privé de certains droits qui lui appartenaient sans conteste, et qu'on lui reconnaîtrait, s'il croyait. Certainement, si vous ne pouvez vous empêcher d'être incroyant, ce n'est pas votre faute. Enlever à un homme ses droits et privilèges, le qualifier d'hérétique, avoir de lui une opinion défavorable, en même temps que vous êtes obligé d'avouer qu'il n'a pas commis de faute, c'est là le fait de la tyrannie, de l'intolérance la plus brutale.

Après ce qui précède, je crois que nous sommes en droit de conclure que les hommes de toutes les religions doivent avoir une place égale dans l'Etat, que les mots d'hérétiques et d'orthodoxes ont été inventés par un coquin plein de vanité, qu'ils ont causé bien des maux dans le monde, et que toute personne dont les actes sont vertueux et moraux, ne doit aucun compte de sa religion, que la religion la meilleure est celle dont les adeptes sont les plus honnêtes, et que personne n'est maître de croire ou de ne pas croire.

Soyez pleins de charité envers tous les hommes.

Peu importe donc ce qu'*a été* votre religion, ou ce qu'*a été* la religion protestante, nous devons les examiner telles que nous les trouvons.

Que sont-elles maintenant?

La vôtre n'est point intolérante. Oui, mes amis, je me suis risqué, en votre nom, à garantir qu'elle ne l'est pas. Vous voulez tout simplement aller au

2

ciel par le chemin que vous préférez, vous ne voulez pas arrêter vos compagnons de voyage, quoique la route choisie par vous soit différente de la
leur. Croyez-moi, la bonté du cœur et la pureté de
la vie sont des choses plus importantes aux yeux
de l'Esprit de bonté, que ne le sont de vaines cérémonies terrestres, et des choses qui tendent à
tout autre but que la charité.

Et est-ce sur le premier ou sur le dernier de ces
points que vous et les protestants, vous êtes en
querelle ?

C'est sur le dernier.

C'est avoir des préjugés que de disputer au
bonheur et au bien-être de vos âmes des choses qui
ne peuvent nuire à personne. On n'est nullement
obligé de s'associer à ces rites.

Irlandais, les lumières ont fait plus de progrès
que dans les premiers temps de votre religion. Les
gens ont appris à penser, et plus il y a de pensée
dans le monde, plus il y aura de bonheur et de liberté. Les hommes commencent maintenant à faire
moins de cas de vaines cérémonies, et plus de cas
des réalités. Ils sont sortis d'une longue nuit, et
ils peuvent en apprécier l'obscurité.

Je ne connais personne de réfléchi et d'instruit
qui ne regarde l'idée catholique du purgatoire
comme bien plus rapprochée de la vérité que la
doctrine de l'éternelle damnation selon les protestants. Pouvez-vous croire que les Mahométans et
les Hindous qui auront accompli de bonnes actions
en cette vie, ne seront point récompensés en l'autre ? Les Protestants croient que ces gens-là seront

damnés pour l'éternité, tout au moins ils jurent qu'ils le croient. Selon moi, ils font meilleure figure dans le rôle de parjures que dans celui de croyants à une fausseté aussi révoltante, aussi peu charitable que celle-là.

Je propose une tolérance illimitée, ou plutôt la destruction simultanée de la tolérance et de l'intolérance.

L'Acte permet à certaines gens d'adorer Dieu d'une certaine façon comme si, à supposer, qu'ils ne s'y conformaient pas, on pourrait empêcher Dieu d'entendre leurs appels. Pouvons-nous rien concevoir de plus présomptueux et en même temps de plus ridicule qu'une réunion d'hommes qui accorde licence à Dieu d'accueillir les prières de certaines de ses créatures ?

O Irlandais, je suis intéressé dans votre cause, et ce n'est point parce que vous êtes Irlandais ou Catholiques romains, que je suis ému, et que je partage vos sentiments, mais parce que vous êtes des hommes, et des persécutés. Si à cette heure l'Irlande était peuplée de Brahmines, ce même appel eût été inspiré par le même état d'esprit.

Vous avez souffert non seulement dans votre religion, mais encore dans bien d'autres choses, et je suis tout aussi désireux d'y porter remède.

L'union de l'Angleterre avec l'Irlande a éloigné du pays natal l'aristocratie et la petite noblesse protestante, et en même temps ce qu'elles avaient d'amis et de relations. Leurs ressources ont été tirées du pays, bien qu'elles soient dépensées dans un autre. Le peuple, le malheureux peuple, est ac-

cablé de la façon la plus infâme sous le pesant fardeau dont les classes supérieures chargent ses
épaules.

Je ne désire pas moins la réforme de ces maux
(et de bien d'autres) que l'émancipation des Catholiques.

Peut-être serez-vous d'accord avec moi sur ces
deux sujets.

Nous en venons maintenant à la méthode à suivre pour accomplir tout cela. Je suis d'accord avec
les Quakers, en ce qu'ils désavouent la violence,
et demandent le triomphe de leur cause entièrement, uniquement à sa vérité. Si vous êtes convaincus de la vérité de votre cause, confiez-vous
entièrement à sa vérité ; si vous n'en êtes pas convaincus, abandonnez-la. En aucun cas ne recourez
à la violence : pour aller à la liberté et au bonheur,
on ne doit jamais transgresser les règles du bien et
du juste. La liberté et le bonheur sont fondés sur
la vertu et la justice ; détruire l'un, c'est détruire
l'autre. Si malhonnêtement que puissent agir les
autres, ce ne sera point une excuse pour vous que
de suivre leur exemple ; il devrait plutôt vous servir d'avertissement contre le choix d'une méthode
aussi mauvaise.

Comptez-y, ô Irlandais, votre cause ne sera point
négligée. Je me complais dans l'espoir que les
projets conçus pour votre bonheur et votre liberté
aussi bien que pour le bonheur et la liberté de
l'univers, ne resteront pas entièrement stériles.

Un moyen certain de les faire échouer, c'est, du
côté des opprimés, d'employer la violence. Si vou

vous abaissez à l'usage des mêmes armes que votre ennemi, vous vous mettez à son niveau à ce
point de vue ; vous devez vous convaincre que sur
ce terrain, il est votre supérieur. Mais dès que
vous faites appel aux principes sacrés de vertu et
de justice, comme l'épouvante le réduit à rien,
comme la vérité le fait paraître sous ses réelles
couleurs, et met dans le jour le plus lumineux la
cause de la tolérance et de la réforme !

Ce n'est pas seulement vous, Irlandais, que j'envisage, ce sont tous les hommes sans distinction
de croyance et de pays.

Soyez calmes, paisibles, réfléchis, patients ; sou-
venez-vous que vous ne sauriez travailler plus ef-
ficacement à la cause de la réforme qu'en employant vos moments de loisir à raisonner, ou à
cultiver votre esprit. Réfléchissez, conversez, dis-
cutez ; les seuls sujets que vous devriez mettre
sur le tapis sont ceux qui se rapportent au bonheur et à la liberté. Soyez libres et heureux, mais
tout d'abord soyez sages et bons. Car vous n'êtes
point absolument sages et bons. Vous pouvez le
devenir un jour, et alors l'Irlande sera un paradis
terrestre.

Vous savez ce qu'on entend par une cohue. C'est
un rassemblement de gens qui, sans réflexion
préalable, sans objet, se groupent pour manifester
violemment contre une mesure qui leur déplaît.
Une assemblée de ce genre-là ne saurait jamais
faire que du mal ; des actes tumultueux retardent
fatalement l'époque où la réflexion et le sang-froid
produiront la liberté et le bonheur, et cela pour

ceux même qui forment l'attroupement. Mais si
un certain nombre d'hommes, après avoir réfléchi
sur leurs intérêts, se réunissent pour s'en entretenir, et ont recours à la résistance morale, et non
à la résistance physique ces gens-là suivent la véritable route pour aller au but.

Mais que leurs passions impétueuses ne les en-
traînent pas plus loin. Ils doivent se dire que de
leur prudence dépend jusqu'à un certain point le
bien-être de leurs concitoyens, et qu'il leur in-
combe de sauvegarder le bien-être d'autrui autant
que le leur. Des associations qui ont pour but des
actes de violence doivent s'attendre à la plus vive
désapprobation de la part du véritable réformateur. Craignez toujours de trouver au fond des affaires de cette sorte un fourbe, un coquin qui se
tient prêt à profiter de la confusion.

De même toutes les associations secrètes sont
mauvaises. Etes-vous des hommes aux desseins
profonds, et dont les actes préfèrent les ténèbres
au grand jour? Redoutez-vous de dire, devant n'importe qui, ce que vous pensez? Ne pouvez-vous
pas vous rassembler en plein jour, dans la conviction de votre innocence?

Oui, Irlandais, vous le pouvez.

Des armes dissimulées, des réunions clandesti-
nes, des projets de séparer violemment l'Angleterre
et l'Irlande, tout cela est très mauvais.

Je ne veux point dire par là que le but suprême
de tout cela soit très mauvais. L'objet que vous
avez en vue peut être fort juste, alors que les
moyens que vous employez pour l'atteindre ne le

sont pas, alors que peut-être ils sont de nature à produire un effet contraire.

Ne faites jamais le mal en vue de produire le bien, songez toujours à autrui autant qu'à vous-même, réfléchissez prudemment aux résultats avantageux ou fâcheux que peut produire votre conduite, alors que vous vous en irez en poussière dans la tombe. Soyez loyaux, francs, et vous serez redoutables pour vos ennemis. Un ami ne peut vous défendre, quelle que soit sa sympathie pour vos souffrances, si vous avez recours à des procédés que la vertu et la justice désapprouvent.

Il n'est pas de cause qui soit en elle-même aussi chère à la liberté que la vôtre. Bien des intérêts vous sont confiés ! Vos efforts peuvent porter bien loin l'espérance ou le désespoir ; dès lors ne dissimulez point dans les ténèbres des maux qui devraient faire rougir la face du jour et celle des tyrans qui somnolent à sa chaleur.

La violence a-t-elle jamais réussi ?

La Révolution Française, bien qu'entreprise avec les meilleures intentions, a donné de fâcheux résultats, pour le peuple, parce qu'on a eu recours à la violence. La cause que l'on défendait était celle de la vérité, mais on lui donna l'aspect du mensonge en adoptant des méthodes qui servaient les intérêts des fourbes aussi bien que ceux qu'on visait.

Exprimez hardiment, audacieusement votre pensée. Jamais Irlandais ne fut accusé de lâcheté. Ne laissez pas supposer qu'il passe pour être un lâche. Qu'il dise ce qu'il pense. Un mensonge est l'acte le plus vil et le plus bas que puissent commettre des hommes ; laissons aux courtisans, aux petits seigneurs les mensonges et les secrets. Soyez francs, sincères, de cœurs constants. Montrez que les adorateurs irlandais de la liberté osent dire ce qu'ils pensent ; qu'ils résistent à l'oppression non par la force des armes, mais par la puissance de l'esprit, par la confiance en la vérité et la justice.

Y aura-t-il des poursuites pour délits de presse, y aura-t-il des condamnations à la prison ou à mort pour avoir délit de propagande ? Non, probablement, mais s'il y en avait ? Le danger effraie-t-il un Irlandais qui parle pour sa propre liberté, pour celle de sa femme, pour celle de ses enfants ? Non, il persévérera avec fermeté, et on verrait plutôt les pensionnés cesser de donner leurs votes à leurs bienfaiteurs qu'un Irlandais se détournant du sentier du devoir.

Mais persévérez sans relâche dans le système exposé plus haut ; les avantages ne tarderont pas à se manifester. La persécution peut en détruire quelques-uns, mais elle ne peut les détruire en totalité ou en majorité, quoi qu'elle fasse.

Vous avez fait appel à la vérité et à la justice ; montrez la bonté de votre religion par une confiance persistante en ces choses, qui règlent nécessairement la conduite de l'Eternel lui-même. Mais pour produire quelques résultats, il faut acquérir et pratiquer fermement des habitudes de SOBRIÉTÉ, de *régularité* et de *réflexion*.

Mes amis au cœur chaud, qui vous réunissez pour vous entretenir des souffrances de vos compatriotes, jusqu'à ce qu'enfin une causerie pleine d'abandon vous amène à boire un peu trop copieusement, de même que vous avez senti avec passion, vous devez méditer avec sang-froid.

Rien ne dure de ce qui est hâtif.

Mettez de côté l'argent que vous dépensez d'ordinaire à vous procurer l'ivresse et la maladie, pour l'employer au soulagement de vos compatriotes malheureux.

Que dès le berceau vos enfants bégaient le mot de liberté, que votre lit de mort leur soit une école de nouveaux efforts, que chaque rue de la cité, chaque champ de la campagne rappelle des pensées qu'a sanctifiées la liberté ! Soyez ardents pour votre cause, et néanmoins raisonnables et tolérants ; que jamais l'oppresseur ne vous contraigne à justifier sa conduite, parce que vous aurez copié sa bassesse.

Je l'avouerai, bien des circonstances peuvent excuser ce qu'on appelle une rébellion, mais il n'est pas de circonstances qui puissent jamais la rendre utile à votre cause, et si honorable qu'elle soit pour vos sentiments, elle ne fera guère briller votre jugeotte. Elle vous enchaînera d'un lien plus fort au poteau de l'oppresseur, et les enfants de vos enfants, tout en se contant vos exploits, éprouveront que vous leur avez porté tort au lieu de leur faire du bien.

Une crise approche qui décidera de votre destin.

Le roi de la Grande Bretagne est arrivé au soir de ses jours. Il s'est opposé à votre émancipation. Il s'est montré hostile envers vous, mais dans quelque temps il n'existera plus. Alors le prince de Galles actuel sera roi. On dit qu'il a promis de vous rendre la liberté. En ce cas, le droit que vous tenez réellement de la nature ne vous sera pas refusé plus longtemps. J'espère qu'il s'est personnellement engagé à accomplir cet acte de justice, parce qu'alors il faudra l'obliger à tenir ses engagements.

Les rois ne sont que trop disposés à se dispenser de réfléchir sur ce qu'ils devraient faire; ils croient que dans le monde tout est fait pour eux, alors qu'en toute vérité, ce sont les vices des hommes qui rendent ces gens-là nécessaires, et que leur seul titre à être rois est fondé sur le bien qu'ils peuvent produire.

L'avantage des gouvernés est l'origine et la raison d'être du gouvernement.

Le prince de Galles a eu toutes les occasions possibles de savoir de quelle manière il doit agir envers l'Irlande et la liberté. Le grand et bon Charles Fox, qui était votre ami et l'ami de la liberté, était l'ami du prince de Galles. Il ne le flatta jamais; jamais il ne déguisa ses sentiments, il les exprima franchement en toute circonstance, et le prince tirait profit de sa conversation instructive. Il voyait la vérité et il la croyait.

Maintenant je ne sais que dire; son entourage s'est dispersé; il s'appuie sur un roseau brisé. Ses conseillers actuels ne ressemblent point à Charles Fox; ils ne font point des plans pour la liberté, ni pour la sécurité, ni pour le bonheur, mais pour la gloire de leur pays.

Or, Irlandais, qu'est-ce que la gloire d'un pays si on la sépare de son bonheur?

C'est une lumière trompeuse suspendue par les ennemis de la liberté pour attirer les irréfléchis dans leur filet.

Tels sont les hommes qui entourent le prince.

A-t-il ou n'a-t-il pas réellement promis de vous émanciper, sera-t-il ou non disposé à regarder la promesse du prince de Galles comme engageant le roi d'Angleterre? C'est encore un sujet de doute. Du moins nous n'avons pas de certitude absolue sur ce point, et vous ne sauriez y compter entièrement.

Mais il est des hommes qui, pour peu qu'ils découvrent quelque tendance vers la liberté, vont accroître, fortifier, régler cette tendance. Ces hommes qui possèdent avec un mépris raisonnable du danger, l'expérience d'exprimer la vérité, et de défendre la cause de l'opprimé contre l'oppresseur, — ces hommes voient ce qui est juste et veulent y arriver. Vous pouvez compter avec assurance sur ces gens-là; ils vous aiment comme ils aiment leurs frères, ils sympathisent avec le malheureux, et ne s'enquièrent jamais si un homme est un Anglais ou un Irlandais, un catholique, un hérétique, un chrétien ou un païen, sans avoir tout d'abord ouvert leur cœur et leur bourse pour compatir avec le malheur et en soulager les besoins: tels sont les hommes qui se rangeront toujours de votre côté.

Ainsi donc ne comptez point sur les promesses des princes, mais sur celles d'hommes vertueux et désintéressés. Ne comptez point sur la force des armes ou la violence, mais sur la force de la vérité

des droits dont vous avez une part égale à celle des
autres, dans les avantages et les inconvénients du
gouvernement.

La crise à laquelle je fais allusion, comme à l'é-
poque de votre émancipation, n'est point la mort
du roi actuel, ni aucun autre fait dépendant des rois,
mais une chose qui vous sera probablement beaucoup plus avantageuse. C'est le progrès en vertu
et en sagesse qui amènera les gens à reconnaître
que la force et l'oppression sont funestes et illusoi-
res, et cette opinion, quand elle aura gagné du
terrain, interdira au gouvernement la sévérité.
Voilà ce qui rétablira ces droits que le Gouvernement a enlevés.

Refusez-vous à toute force, à toute violence, et
les choses iront d'un pas sûr et régulier vers le véritable but.

Les ministres ont actuellement une très forte
majorité dans le Parlement, et les ministres sont
contre vous. Ils affirment ce mensonge que, si vous
étiez au pouvoir, vous persécuteriez, vous brûleriez,
et ils le justifient en disant que vous l'avez fait jadis. Ils affirment bien d'autres choses de ce genre.
Ils commandent à la majorité de la Chambre des
Communes, ou plutôt à la partie de cette assemblée
qui est pensionnée et dont les parents sont pensionnés par le gouvernement. Naturellement ces gens-
là sont contre vous, puisque leurs patrons le sont.
Mais le sentiment du pays n'est point contre vous;
le peuple d'Angleterre n'est point contre vous; il a
pour vous une sympathie ardente; sous certains
rapports il partage vos sentiments.

Ceux des Anglais et ceux de leurs gouvernants sont en opposition Il faut que cela ait une fin.

La qualité d'un gouvernement, c'est de rendre heureux les gouvernés. Si les gouvernés sont misérables et mécontents, le gouvernement a manqué son but. Il faut le changer et l'améliorer. Il sera amélioré, et cette réforme du gouvernement anglais aura de bons résultats pour les Irlandais, — pour tout le genre humain, excepté pour ceux dont le bonheur est fait des douleurs d'autrui, et ce sera pour eux un véritable châtiment d'être privés de leur joie diabolique.

C'est, selon moi, un événement prochain, et il sera le point de départ de nos espérances en une époque qui développera la sagesse et la vertu à tel point qu'il ne restera pas un trou dans lequel puissent se cacher la folie ou la méchanceté.

Je voudrais, ô Irlandais, que vous soyez aussi attentifs, aussi réfléchis pour vos intérêts que le sont vos vrais amis.

Ne buvez pas, ne jouez pas, ne perdez pas votre temps à des choses frivoles. Ne prenez pas à la lettre ce qu'on vous dit. Il y a nombre de gens qui vous mentiront pour faire leur fortune, vous ne sauriez rendre un plus grand service à votre cause qu'en décevant les espoirs de ces gens-là. Méditez, conversez, lisez : que votre situation, que celle de vos femmes, que celle de vos enfants occupent tout votre esprit. Répudiez tout ce qui tient de près ou de loin à la violence. Tenez des réunions si vous le voulez, mais qu'elles ne soient pas des attroupements. Si vous réfléchissez, si vous lisez, si vous

parlez avec un réel désir de rendre service à la cause
de la vérité et de la liberté, on verra bientôt combien vous vous rendez utiles, et combien vous êtes
sincères dans vos affirmations, mais il faut renoncer aux attroupements et à la violence.

La somme déterminée de liberté civile et religieuse que concède la Constitution anglaise est
telle qu'on la doit aux pires des hommes, bien
que vous ne la possédiez pas; mais cette liberté
que nous pouvons espérer un jour, c'est la sagesse et la vertu qui peuvent vous donner le droit
d'en jouir.

Cette sagesse et cette vertu, je vous recommande
de la manière la plus pressante de les pratiquer
dès aujourd'hui même. Ne perdez pas un jour, pas
une heure, pas un moment. La tempérance, la sobriété, la charité et l'indépendance vous donneront
la vertu; la lecture, les entretiens, l'étude, les recherches, vous donneront la sagesse ; quand vous
aurez ces deux choses-là, vous pourrez défier le
tyran.

Ce n'est point en allant souvent aux chapelles,
en vous signant, en vous confessant, que vous vous
rendrez vertueux; maint coquin assista régulièrement à la messe, maint honnête homme n'y alla
jamais. Ce qui fait l'honnête homme, ce n'est point
de payer les prêtres, ou de croire à ce qu'ils disent
mais d'accomplir de bonnes œuvres, et de rendre
service à autrui; tel est le vrai chemin de la vertu,
et les prières, les confessions et les messes de
quiconque ne fait point ces choses, ne sont bonnes
à rien du tout.

Acquittez-vous de votre besogne avec régularité, avec promptitude, et quand elle est terminée, méditez, lisez, causez, ne dépensez pas votre argent à ne rien faire et à boire, car bien loin que cela avance vos affaires, il n'en résultera que du mal. S'il vous reste quelque chose, outre le nécessaire pour votre femme et vos enfants, employez-le à vous rendre utile aux autres. Mettez-les en mesure d'acquérir sagesse et vertu, car le plaisir que vous donneront ces bonnes œuvres vaudra bien mieux que la migraine occasionnée par une orgie de boisson. Et n'ayez jamais de querelles entre vous, soyez toujours aussi unis que possible; agissez ainsi, et je vous promets la liberté et le bonheur.

Mais, si vous agissez d'une façon opposée, et que vous négligiez votre propre amendement, si vous continuez à employer le terme d'hérétique, si vous demandez à d'autres la tolérance que vous n'êtes pas disposés à accorder, vos amis et les amis de la liberté auront lieu de déplorer le coup mortel porté à leurs espérances. J'attends mieux de vous; c'est pour vous-mêmes que je crains et que j'espère. Bien des Anglais sont prévenus contre vous, ils restent au coin de leur feu, et certaines rumeurs répandues habilement circulent toujours contre vous. Mais ces gens qui pensent mal de vous et de votre nation, sont souvent les mêmes qui, mieux informés, sympathiseraient le plus vivement avec vous.

Pourquoi ces bruits sont-ils semés? Quelle en est l'origine?

Ils tirent leur source de l'ardeur du caractère ir-

landais, que les amis de la nation irlandaise ont
jusqu'à maintenant plutôt encouragée que modérée.
Elle les conduit, en cette époque où leurs griefs
sont si vivement en lumière, à des actes qui exci-
tent un juste mécontentement. Ils ont donc leur origine en vous-mêmes, bien que le mensonge et la
tyrannie les amplifient savamment, et multiplient
les occasions de blâme.

Ne donnez pas prise au blâme.

Je vais maintenant laisser de côté la question de
l'émancipation catholique. Un peu de réflexion vous
prouvera la justesse de mes remarques. Soyez sincères envers vous-mêmes, et vos ennemis ne triom-
pheront pas.

Je ne redoute rien, si la charité et la modération
caractérisent vos actes.

Tout est à craindre : vous-mêmes, vous ne méri-
terez pas qu'on vous restitue vos droits, si vous
déshonorez par la violence une cause, qui est, je
l'espère, celle de la vérité et de la liberté, si vous
refusez à autrui une tolérance à laquelle vous prétendez pour vous-mêmes. Mais cela, vous ne le fe-
rez pas.

J'y compte, ô Irlandais, persuadé que l'ardeur
de votre nature se manifestera par l'accord avec
les Anglais et ceux que vous traitez d'hérétiques
s'ils ont de la sympathie, de l'affection pour vous
aussi bien qu'en vengeant vos griefs et en travaillant
à en supprimer la cause.

La flamme doit être dans le cœur et non sur les
joues. La fermeté, la sobriété, la bienséance dans
votre attitude extérieure, rien de cela n'indique la

dureté de cœur. Elles montrent que vous êtes fortement attachés à votre cause, et que la vertu et la sagesse sont nécessaires au vrai bonheur, à la vraie liberté.

L'Émancipation catholique est, à mon avis, une chose sûre. Je ne vois absolument rien que la violence et l'intolérance de votre part qui puissent donner prétexte à vos ennemis pour prolonger votre esclavage. Les autres injustices dont vous supportez le poids disparaîtront probablement aussi. Vous serez reconnus les égaux du peuple anglais en ses droits et privilèges, et vous serez tout aussi indépendants à tous les points de vue, en ce qui concerne l'Etat, tout aussi heureux.

Et maintenant, Irlandais, un nouvel et plus vaste horizon s'ouvre à mes yeux. Je ne puis me dispenser de m'en entretenir avec vous, si peu que ce sujet semble convenir à votre situation actuelle.

Il s'agit d'une chose qui intéresse profondément le bien-être de vos enfants et de vos petits-enfants, d'une chose qui vous montrera peut-être bien mieux que tout autre argument l'avantage et la nécessité de la réflexion, de la modération, de la régularité, le bénéfice qu'il y a pour vous d'éviter les propos vains et sots ; de faire voir en vous des hommes capables de devenir bien plus sages, et plus heureux que vous ne l'êtes aujourd'hui ; car des habitudes pareilles n'auront pas seulement pour résultat de remédier heureusement à vos griefs actuels et immédiats ; elles contiendront un germe qui, le temps venu, grandira pour devenir l'arbre de liberté et donner comme fruit le bonheur.

3

Il est hors de doute que le monde va de travers, ou plutôt qu'il a le plus grand besoin d'être fortement amendé. Ce qui selon moi l'améliorerait, ce serait de favoriser une distribution plus égale, plus générale du bonheur et de la liberté.

Bien des gens sont très riches, et bien des gens sont très pauvres.

Lesquels sont les plus heureux, d'après vous ?

Je puis vous dire qu'ils ne le sont ni les uns ni les autres, en tant que l'on ne tient compte que de leur situation. La nature n'a jamais entendu qu'il y eût rien de tel qu'un homme pauvre ou un riche.

Étant dans une situation anti-naturelle, ni l'un ni l'autre ne peut être heureux, du moins par le fait de sa situation.

Le pauvre naît pour obéir au riche, bien qu'ils viennent au monde dans le même état de faiblesse, la même nudité. Mais le pauvre n'est d'aucune utilité au riche quand il lui obéit ; le riche ne rend aucun service au pauvre en lui donnant des ordres.

Il serait bien préférable qu'on pût les déterminer à vivre sur le pied d'une égalité fraternelle. Au bout du compte, tous deux seraient plus heureux. Mais c'est une chose qui ne saurait être réalisée ni aujourd'hui ni demain ; si désirable que soit un pareil changement, il est absolument impossible. En ceci, comme dans le reste, la violence et la folie n'aboutiraient qu'à reculer le moment de la réalisation. La douceur, la modération, la raison, voilà les moyens efficaces de favoriser les plans de liberté et de bonheur.

Bien que nous puissions voir bien des choses se

réaliser pendant notre vie, nous ne saurions espérer de voir aujourd'hui s'achever l'œuvre de la
vertu et de la raison. Nous ne pouvons qu'en poser
les fondations pour notre postérité.

Le gouvernement est un mal : c'est l'irréflexion
et les vices des hommes qui en font un mal nécessaire. Quand tous les hommes seront bons et sages,
le gouvernement tombera de lui-même. Aussi longtemps que les hommes continueront à se montrer
sots et vicieux, il y aura un gouvernement, et un
gouvernement, même comme celui de l'Angleterre,
ne cessera d'être nécessaire pour empêcher les crimes des méchants.

La société est le résultat des besoins, le gouvernement celui de la malhonnêteté ; un état de juste
et heureuse égalité sera celui du perfectionnement
et de la raison de l'homme.

Il est vain d'espérer aucune liberté, aucun bonheur sans la raison et la vertu, car partout où la
vertu est absente, le crime paraît et partout où paraît le crime, il faut un gouvernement. Avant que
les entraves politiques ne se desserrent, il est tout
juste que nous les rendions moins nécessaires.
Avant de nous débarrasser du gouvernement, nous
devons nous amender nous-mêmes. C'est cette tâche, que je voudrais vous recommander sérieusement.

O Irlandais, TRAVAILLEZ A VOTRE PROPRE RÉFORME,
et je ne vous le recommande point tout particulièrement parce que je crois que vous en avez le plus
grand besoin, mais parce que, je crois, vous avez
le cœur chaud, les sentiments élevés, et que vous

comprendrez, mieux que des êtres plus froids et plus réservés, la nécessité de le faire.

Je regarde d'un œil plein d'espoir et de plaisir l'état présent des choses, bien qu'à d'autres elles puissent paraître sombres et incapables d'amélioration. Je suis enchanté de voir que les hommes commencent à penser et à agir pour le bien d'autrui. Si étendu qu'ait été, en ce siècle, l'empire de la folie et de l'égoïsme, j'éprouve de l'espérance et du plaisir à voir que du moins un grand nombre d'hommes savent ce qui est honnête. L'ignorance et le vice vont ordinairement de compagnie ; celui qui veut faire le bien doit être sage ; on ne saurait être vraiment sage si l'on n'est vraiment vertueux. Prudence et sagesse sont deux choses bien différentes. L'homme prudent est celui qui pèse avec soin ses propres intérêts ; l'homme sage est celui qui médite profondément sur le bien d'autrui.

Selon moi, l'Emancipation catholique et le rétablissement des libertés et du bonheur de l'Irlande, dans tout ce qui est compatible, avec la Constitution anglaise, voilà de grands, d'importants événements. J'espère les voir bientôt. Mais si tout s'arrêtait là, je n'en éprouverais que peu de plaisir, je continuerais à voir des milliers d'êtres malheureux et méchants, les choses iraient toujours mal. Je regarde donc l'accomplissement de ces deux faits comme l'acheminement vers une réforme plus grande, celle qui aura pour conséquence le triomphe de la vertu et de la sagesse sur la souffrance et le vice ; et alors on n'aura besoin pour tout gouvernement, que de l'opinion de son prochain.

J'envisage ces choses avec espoir et plaisir, parce que je suis d'avis que leur accomplissement est certain, et parce que les hommes ne voudront plus alors être méchants et misérables. Si demain vous deveniez tous vertueux et sages, le gouvernement qui est aujourd'hui pour vous une protection, deviendrait alors une tyrannie.

Mais je ne puis compter sur un changement rapide.

Beaucoup d'hommes sont obstinés et endurcis dans leur vice; leur égoïsme les porte à ne songer qu'à leur propre intérêt, alors qu'en réalité le meilleur moyen de le servir consiste à faire le bonheur d'autrui. Je ne souhaite pas de voir les choses changer maintenant, parce que cela ne saurait avoir lieu sans violence, et nous pouvons être certains que parmi nous personne n'est prêt pour un changement quelconque, si avantageux qu'il soit, si nous nous abaissons à mettre la force au service d'une cause que nous croyons juste. La force met tous les torts du côté qui l'emploie, et malgré toute notre pitié pour le zèle emporté et intolérant de ses adhérents, nous ne pouvons l'approuver.

Pouvez-vous concevoir, ô Irlandais, un heureux état social, — concevoir des hommes qui pensent de cent manières différentes et qui vivent ensemble comme des frères? Le descendant du plus grand prince n'aurait pas droit à plus de respect que le fils d'un paysan. Il n'y aurait point de pompe, point de parade, mais ce qu'aujourd'hui les riches gardent pour eux serait alors distribué entre le peuple. Nul ne vivrait au milieu de la magnificence, mais le superflu qu'alors on enlèverait aux riches serait suffisant quand il serait réparti sur une grande étendue, pour donner à tous le confortable. Nul amant ne serait alors trompeur envers sa maîtresse, nulle maîtresse ne pourrait abandonner son amant. Aucun ami ne jouerait un faux personnage, pas de rentes, pas de dettes, pas de taxes, pas de fraudes d'aucune sorte pour troubler le bonheur général. Vertueux comme on le serait, sage comme on le serait, on chercherait à devenir chaque jour meilleur et plus sage. Il n'y aurait plus de mendiants ; on ne verrait plus de ces malheureuses qui sont réduites à la misère et au vice les plus horribles par des hommes que leur fortune rend vils et endurcis : plus de voleurs, plus d'assassins, car la pauvreté ne contraindrait plus un homme à priver autrui de son bien-être, alors qu'il en aurait assez pour lui-même. Vice et misère, pompe et pauvreté, commandement et obéissance, seraient bannis en même temps.

C'est à un pareil état de choses, ô Irlandais, que je vous exhorte à vous préparer. « Un chameau passerait plutôt par le trou d'une aiguille qu'un riche n'entrerait dans le royaume des cieux. » Cela ne doit pas s'entendre à la lettre. Jésus-Christ, selon moi, a voulu dire simplement que la richesse a pour effet ordinaire d'endurcir et de corrompre le cœur; il en est de même de la pauvreté. Je crois donc bien sots, et incapables de voir un pouce plus loin que leur nez, ceux qui disent que la nature humaine est dépravée, quand, en même temps les deux grandes sources du crime, la richesse et la pauvreté, sont le sort commun de la grande majorité du peuple, et alors qu'ils voient toujours grande sagesse et grande vertu chez les gens de condition moyenne. On dit que la pauvreté n'est pas un mal; ceux qui parlent ainsi ne l'ont point ressentie, sans quoi ils penseraient différemment; on dit que l'opulence est nécessaire pour encourager les arts, mais les arts ne sont-ils pas des choses bien inférieures à la vertu et au bonheur? Il serait vraiment mort à tous les sentiments généreux, celui qui aimerait mieux voir de belles peintures et de belles statues qu'un million d'hommes libres et heureux.

On dira que j'ai le dessein de vous rendre mécontents de votre situation présente, et que je veux exciter une rébellion. Mais combien ils doivent être stupides et sots ceux qui croient que la violence et l'agitation d'esprit puissent favoriser en quoi que ce soit la cause de la paix, de l'harmonie et du bonheur. Ils devraient savoir que s'il est une chose bien faite pour produire la servitude, la tyrannie et le vice, c'est la violence dont on fait l'attribut des amis de la liberté, et, que les vrais amis de la liberté sont les seuls à répudier.

Quant au mécontentement que vous éprouvez de votre situation actuelle, tout ce que je pourrai dire n'ajoutera probablement rien à ce mécontentement. Je n'ai rien avancé, touchant votre situation, que ce qui est réel, que ce qui peut être prouvé. Je mets n'importe qui au défi d'indiquer une fausseté dans tout ce que j'ai dit en cet appel. Il est impossible que les plus aveugles d'entre vous ne voient pas que tout ne va pas bien.

Ce spectacle a souvent excité quelques-uns des plus pauvres parmi vous, à puiser par violence dans les provisions du riche, pour soulager leurs propres besoins. Je ne saurais le justifier, bien que je le plaigne. Je ne saurais déplorer ces résultats de l'intempérance du riche, je suppose qu'il s'en trouvera parmi vous pour lui donner raison. Ce spectacle a souvent mis sous les yeux du journalier la vérité dont je m'efforce de vous convaincre, que tout ne va pas pour le mieux. Mais je ne désire pas seulement vous prouver que notre situation présente est mauvaise, je veux encore vous montrer que son amélioration dépend de vos propres efforts et de vos résolutions.

Mais celui-là n'aura jamais trouvé la méthode pour la rendre meilleure, qui n'aurait pas tout d'abord réformé sa propre conduite et qui n'aura point exercé sur les autres son ascendant pour qu'ils renoncent aux habitudes vicieuses qu'ils ont pu contracter. Il s'en faut plus encore que le pauvre suppose que la sagesse nécessaire aussi bien que la vertu et qu'en employant son peu de loisir à lire et à réfléchir, il fait réellement tout ce qu'il est en son pouvoir de faire pour l'Etat, la suppression simultanée de la souffrance et du vice.

Je veux graver en vos esprits cette vérité, que sans vertu et sans sagesse, il ne saurait y avoir de liberté ni de bonheur, et que la tempérance, la sobriété, la charité, l'indépendance d'âme, vous donneront la vertu, de même que la réflexion, les recherches, la lecture vous donneront la sagesse. Sans la première, la seconde est de peu d'utilité, et sans la seconde, la première est un terrible fléau pour vous-même et pour autrui.

Je vous ai dit ce que je pense à ce sujet, parce que je veux produire en vos esprits la crainte et la prudence nécessaires, avant que puisse être réalisé l'heureux état dont j'ai parlé. Cette réserve méticuleuse est très différente de la crainte inspirée par la prudence qui vous conduirait à songer tout d'abord à vous-mêmes, tandis que l'autre sentiment est plein de cet amour ardent, brûlant pour autrui, qui brûle dans vos cœurs, ô Irlandais, et auquel j'ai, en une chère espérance, compté allumer une flamme capable d'éclairer et de régénérer le monde.

J'ai dit que le riche commande et que le pauvre obéit, et que l'argent n'est qu'une sorte de signe montrant que selon le gouvernement, le riche a un droit de commander au pauvre ou plutôt que le pauvre, faute d'argent pour se procurer du pain, est forcé de travailler pour le riche, ce qui revient au même. J'ai dit que je trouve cela très mal, et que je voudrais voir toutes ces relations modifiées. J'ai dit aussi que nous ne devons guère attendre d'amélioration en notre temps, et que nous devons nous contenter de poser les fondations de la liberté et du bonheur par la vertu et la sagesse.

Telle sera donc ma tâche, ô Irlandais; maintenant que celle-ci soit la vôtre : cette gloire que je suis anxieux de vous voir mériter, elle ne vous fera jamais défaut, cette gloire d'enseigner à un monde les premières leçons de vertu et de sagesse.

Que les pauvres continuent encore à travailler !

Je ne veux pas leur dérober la connaissance de leur place relative dans la société. Je crois cela à peu près impossible. Que le laboureur, que l'artisan, que tout travailleur, à quelque profession qu'il appartienne, déploient leur persévérance dans sa voie accoutumée. La diffusion publique de cette vérité ne doit entraver en aucune manière les usages établis de la société, si propre que soit cette vérité à les faire abandonner à la longue.

C'est pour ce motif même qu'il ne faut pas les entraver, parce qu'en le faisant, il reproduirait dans tous les rangs de l'humanité une sensation violente et inaccoutumée qui aboutirait à la violence et rendrait absolument impossible un évènement qui, par sa nature même, doit s'accomplir graduellement quoique rapidement et doit être raisonné quoique ardent. Il a pour base la réforme des individus, et sans une amélioration individuelle, c'est vanité et folie que d'attendre l'amélioration d'un Etat ou d'un gouvernement.

Je conseillerais donc à ceux dont cet appel a réussi à émouvoir les sentiments, (et assurément les sentiments que réveillent des observations charitables et modérées ne peuvent jamais être ceux de la violence et de l'intolérance) si, comme je l'espère, ils sont de ceux que la pauvreté a forcés de se classer dans les rangs inférieurs de la société, je leur conseillerai donc de s'appliquer comme d'ordinaire à leurs professions, à l'exercice de ces devoirs publics et privés que la coutume a réglés.

Rien ne peut être plus téméraire, plus irréfléchi que de montrer en nous des exemples isolés d'une opinion particulière avant que la grande masse du peuple soit si bien convaincue par les arguments de cette opinion, qu'elle cesse enfin d'être particulière, que les raisons aussi bien que les sentiments concourent à établir le bonheur et la liberté, sur la base de la sagesse et de la vertu, tel doit être notre but.

Ne nous laissons pas entraîner à des moyens qui soient indignes de cette fin, et quand tant de choses dépendent de vous-mêmes, ne cessons pas de veiller attentivement à notre conduite. Que quand nous parlons de réforme, on n'ait point à nous objecter que la réforme doit commencer par nous. Dans l'intervalle que laissent les devoirs publics et privés et les travaux nécessaires, ménagez votre temps de façon à pouvoir vous faire à vous-même le plus de bien réel.

Perfectionner votre esprit, c'est se conformer en même temps à ces deux objets. La conversation et la lecture sont les procédés principaux, essentiels pour faire naître dans l'esprit la connaissance et la bonté. La lecture ou la méditation donneront surtout la première de ces qualités; l'exercice bien réglé des facultés intellectuelles, en vue de répandre des connaissances utiles contribuera, autant que cela dépend de votre valeur individuelle, à cette grande réforme, qui sera parfaite, complète, dès le moment où chacun sera devenu bon et sage. Toute folle doctrine réfutée, toute mauvaise habitude maîtrisée, voilà autant de gagné dans cette grande et excellente cause.

Commencer par la réforme du gouvernement est

d'une nécessité immédiate, que les individus soient bons ou mauvais. Il est plus nécessaire encore, s'ils sont dans ce dernier cas, de pallier jusqu'à un certain point, ou de faire disparaître la cause, attendu que les instructions politiques ont toujours la plus grande influence sur le caractère de l'homme, et c'est la seule différence qu'il y ait entre le Turc et l'Irlandais.

Maintenant je n'écris pas seulement en vue de l'Emancipation catholique, mais pour l'Emancipation universelle, et cette Emancipation complète et absolue, qui s'appliquera à tout individu sans distinction de nation ou de principes, qui enveloppera dans ses plis tout ce qui pense et sent. La cause catholique est secondaire, et son succès n'est que l'acheminement à cette grande cause qui n'a point pour objet une secte, mais la société, pas d'autre but que le bonheur, n'est d'aucun parti, mais est du peuple.

Je désire l'Emancipation catholique, mais je désire ne pas m'en tenir là, et j'espère que bien peu, après avoir parcouru les arguments qui précèdent, refuseront de partager avec moi le désir d'une amélioration complète, durable, heureuse.

Toutes les mesures que l'on pourra prendre, si bonnes et si salutaires qu'elles soient, toutes les réformes qui pourront être accomplies conformément à la Constitution britannique ne peuvent être que subordonnées, préparatoires à la grande et durable réforme qui amènera la paix, l'harmonie, et le bonheur de l'Irlande, de l'Angleterre, de l'Europe, du monde.

Je ne présente qu'une esquisse de ce tableau que vos espérances peuvent orner des couleurs de la réalité.

Le gouvernement ne permettra point une discussion paisible et raisonnable de ses principes par une association d'hommes qui se réuniraient dans ce but formel. Mais des êtres humains n'ont-ils pas le droit de se réunir pour s'entretenir de ce qui leur plaît. N'est-il pas de la dernière évidence que le gouvernement n'est utile qu'autant qu'il a pour effet le bonheur des gouvernés, et que, par suite, les gouvernés sont en droit de s'entretenir sur l'efficacité de la protection qu'on exerce à leur profit. Peut-il y avoir un sujet plus intéressant ou plus utile que de discuter jusqu'à quel point les procédés employés par le gouvernement sont utiles ou peuvent l'être davantage pour arriver à ce but? Bien que je répudie la violence, ainsi que la cause qui compte sur elle pour agir sur la force, je ne puis pourtant penser que le fait de se réunir simplement pour causer de la manière dont vont les choses, je ne puis arriver à comprendre que des sociétés formées pour causer de n'importe quel sujet, puissent, en dépit de l'aversion qu'elles inspirent au gouvernement, donner prise à des accusations de pression ou de violence, — je crois que des associations dirigées avec un esprit de modération, d'ordre, et de prévoyance sont un des moyens les meilleurs et les plus efficaces que je recommanderais pour parvenir au bonheur, à la liberté, à la vertu.

Etes-vous des esclaves ou êtes-vous des hommes?

Si vous êtes des esclaves, prosternez-vous devant
ce bâton et léchez les pieds de vos oppresseurs ;
pavanez-vous dans votre honte. Il vous sera naturel, si vous êtes des bêtes, d'agir conformément à
votre essence.

Mais vous êtes des hommes.

Un homme véritable est libre, autant que les
circonstances le lui permettont.

Alors opposez une ferme mais tranquille résistance. Quand on vous frappe sur une joue, tendez
l'autre vers le lâche insulteur. Vous serez véritablement brave, vous résisterez et vous vaincrez.
La discussion sur n'importe quel sujet est un droit
que vous avez apporté dans le monde avec votre
cœur et votre langue. Sacrifiez le sang de votre
cœur plütôt que de renoncer à cet inestimable pri-
vilège de l'homme. Car il est naturel que les gouvernés s'enquièrent des actes du gouvernement,
qui n'est d'aucune utilité s'il ne se dirige pas
d'après le principe de la protection.

Vous avez bien des sujets de réflexion.

La guerre est-elle nécessaire à votre bonheur et
à votre sécurité ? Les intérêts des pauvres n'ont
rien à gagner à ce qu'une nation s'enrichisse ou
qu'elle étende ses frontières ; ils ne gagnent rien
à la gloire, mot qui a servi souvent de manteau à
l'ambition ou à l'avidité des hommes d'Etat. Les
victoires stériles que l'Espagne a remportées, au
profit d'un gouvernement fanatique et tyrannique,
ne sont rien pour eux. Les conquêtes que l'Angleterre a faites aux Indes, et qui lui ont sans doute
acquis de la gloire, mais une gloire aussi peu ho-

'norable que celle de Bonaparte, ne sont rien pour eux.

Les pauvres paient cette gloire et cette aisance au prix de leur sang, de leur labeur, de leur bonheur et de leur vertu. Ils meurent dans les batailles pour cette cause infernale. Leur travail produit l'argent et les vivres pour la faire aboutir. Leur bonheur est détruit par l'oppression qu'ils subissent, leur vertu est déracinée par la dépravation et le vice qui règnent constamment dans l'armée et que le système actuel rend absolument inévitables. Qui ne sait que l'établissement d'un régiment dans une ville ne tardera pas à bannir les bonnes mœurs et le bonheur de ses habitants. Ceux qui défendent le bonheur et la liberté de la grande masse du peuple, qui paie la guerre de sa vie et son labeur, ne devraient jamais cesser d'écrire et de parler, jusqu'à ce que les nations voient, autant qu'elles la sentent, la folie de livrer des batailles et de s'entretuer en uniforme pour rien du tout.

Vous avez bien des sujets de réflexion.

La manière dont vous êtes représentés à la chambre, qu'on nomme la représentation collective du pays, réclame votre attention.

Il est horrible que les classes inférieures aient à prodiguer leur vie et leur liberté pour fournir à leurs oppresseurs les moyens de les opprimer encore plus terriblement. Il est horrible que les pauvres aient à donner en taxes ce qui les sauverait de la faim et du froid, eux et leurs familles; il est plus horrible encore qu'ils aient à faire cela pour qu'on puisse accroître leur abjection et leur misère. Mais quels mots peuvent exprimer l'énormité de l'abus qui consiste à leur interdire la nomination de représentants autorisés à s'enquérir de quelle façon on prodigue leur vie, leur labeur, leur bonheur, leur moralité, et si ces dépenses produisent dès résultats assez avantageux pour contrebalancer un mal aussi horrible, aussi monstrueux. On crie de toutes parts contre la réforme ; elle est qualifiée d'innovation et condamnée par nombre de gens incapables de réflexion, et qui ont un bon feu, et de quoi boire et manger à discrétion.

Etres au cœur dur, ou irréfléchis, combien d'hommes sont affamés pendant que vous délibérez, combien périssent pour contribuer à votre plaisir! J'espère qu'il n'en est point parmi vous qui soient nés Irlandais. Vraiment j'ai peine à croire qu'il y en ait.

Que l'objet de vos associations (car je ne dissimule pas que j'approuve des assemblées dirigées avec ordre, avec *tranquillité* et d'une manière réfléchie) soit la réforme de ces abus. Elles auront pour objet l'Emancipation universelle, la liberté, le bonheur et la vertu.

Il y a un autre sujet : « La Liberté de la Presse ».

La Liberté de la Presse consiste dans le droit de publier une opinion sur tout sujet qui peut convenir à un écrivain. L'Attorney-Général en 1793, lors du procès de M. Percy, dit-il : « Je ne contesterai jamais à qui que ce soit le droit de discuter à fond un des sujets de gouvernement, et de montrer honnêtement ce qu'il croit un moyen d'amélioration ».

La Liberté de la Presse est placée comme une sentinelle pour nous donner l'alarme quand on veut porter quelque atteinte à nos libertés.

C'est maintenant, ô Irlandais, c'est moi qui réveille la sentinelle ! Je me crée une liberté qui n'existe pas. Il n'y a pas de liberté de la presse pour les sujets du gouvernement britannique.

Il est vraiment risible d'entendre des gens qui la vantent bien haut comme un inestimable bienfait, alors qu'ils l'ont vue tous les jours muselée et outragée par les légistes de la couronne, en vertu de ce qu'on appelle des informations *ex officio*. Blackstone dit que si l'on publie quelque chose d'inconvenant, de malfaisant, d'illégal, on doit accepter les conséquences de sa témérité. » Et le Lord Principal Baron Comyns définit le libelle comme « l'injure, ou reproche publié contre le gouvernement, dans le but de le diffamer, par une personne en charge ou un particulier. »

Or je vous prie de considérer ces termes *malfaisant*, *inconvenant*, *illégal*, *injure*, *reproche*, *diffamer*. Ne peuvent-ils pas qualifier de *malfaisant*, d'*inconvenant* tout ce qui leur plaît ? La loi n'est-elle pas entre leurs mains comme l'argile en celles du potier ? Ces mots d'*injure*, de *reproche*, de *diffamer* n'expriment-ils pas tous les degrés, toutes les nuances de désapprobation ?

Il est impossible de vous déclarer peu satisfait de certains actes du gouvernement, ou des individus qui le dirigent, sans exprimer un reproche. Il n'y a pas de sécurité pour nous à signaler loyalement des abus, parce que la seule mention de griefs sera

4

un reproche pour les personnes qui les soutiennent,
- et dès lors nous nous exposons à être accusés comme
pamphlétaires. Car les personnes qui subissent ainsi
un blâme direct ou indirect, diront pour leur défense que la démonstration de leur corruption est
malfaisante ou *inconvenante*. En conséquence, celui
qui formule un reproche s'expose bel et bien à trois
ans de prison.

Existe-t-il une liberté de la presse, avec des restrictions aussi accommodantes?

Le peu de liberté dont nous jouissons sous ce
point de vue si important, nous le devons à la clé-
mence de nos gouvernants, ou à ce qu'ils craignent
que l'opinion publique, prenant l'alarme à la vue
de son état d'esclavage, ne fasse valoir violemment
le droit de prendre du champ et de l'espace. Cependant, l'opinion publique peut n'être pas toujours aussi formidable; les gouvernants peuvent
se montrer moins endurants ou moins craintifs.
A tout prendre, des maux, et de grands maux résultent du système actuel d'esclavage intellectuel,
et vous avez assez à réfléchir, quand il ne resterait
que ce grief dans la constitution de la société.

Je me bornerai à donner un exemple de l'état
présent de notre presse.

En ce moment un de vos compatriotes est enfermé
dans une prison anglaise. Sa santé, sa fortune, son
énergie souffrent de cette réclusion rigoureuse.
L'air qui pénètre à travers les barreaux d'une prison ne fortifie point la santé et ne ranime point les
esprits. Mais M. Finnerty, malgré tout ce qu'il a
perdu, conserve encore une bonne renommée de sin-

cérité et d'honneur. Il a été emprisonné pour avoir persisté dans la vérité. Son juge lui a dit pendant son procès que la vérité et le mensonge étaient chose indifférente devant la loi, et que s'il se reconnaissait l'auteur de la publication, il était sans importance que les faits qui y étaient exposés fussent bien ou mal fondés.

Telle est la loi sur les pamphlets, telle est la liberté de la presse.

Voilà assez de quoi réfléchir.

Le droit de refuser votre assentiment à la guerre, le droit de choisir des délégués pour vous représenter dans l'assemblée de la nation, et celui d'opposer librement une force intelligente à toute mesure gouvernementale que vous jugez à propos de désapprouver, et aussi l'impartialité qui devrait servir de règle aux pouvoirs législatif et exécutif dans leur conduite à l'égard de ceux qui professent n'importe quelle religion, voilà assez de sujets pour vos réflexions.

Je désire ardemment la paix et la concorde, — la paix, pour que malgré tous les torts que vous avez pu souffrir, la bienveillance et un esprit de pardon marquent votre conduite envers ceux qui vous ont persécutés, — la concorde, pour qu'il n'y ait pas de divisions entre vous, pour que Protestants et Catholiques s'unissent dans un commun intérêt, et que quels que soient la croyance et les principes de votre compatriote et de votre compagnon de souffrance, vous désiriez servir sa cause en même temps que vous faites prévaloir la vôtre.

Soyez forts, ne vous laissez pas égarer par l'égoïsme ou le préjugé, car votre religion, ô Catholiques, n'a pas été exempte de taches. Dans les siècles passés, elle a été souillée par des crimes, que vous devez mettre votre gloire à effacer.

Vous aussi, Protestants, votre religion n'a pas toujours été caractérisée par la douceur bienveillante que Jésus-Christ recommandait.

Si la chose n'était pas en dehors du sujet présent, je pourrais expliquer l'esprit d'intolérance qu'ont montré les deux religions. Je me bornerai cependant à mentionner le fait, et je vous exhorterai très sérieusement à extirper de vos esprits tout ce qui pourrait conduire au défaut de charité, à réfléchir que vous-mêmes vous pouvez, tout comme vos frères, être dans l'erreur. Nul n'est infaillible sur terre. Les prêtres qui y prétendent sont de coupables et méchants imposteurs; mais c'est une imposture qu'on prend plus ou moins à son compte, quand on encourage en son cœur, le préjugé contre ceux qui sont d'une opinion différente, ou quand on présente sa propre religion comme la seule honnête et vraie, alors que personne n'est assez aveugle pour ne pas voir que toute religion est bonne et vraie, qui rend les hommes bienfaisants et sincères.

J'engage donc sérieusement Protestants et Catholiques à agir en frères, avec concorde, à ne jamais oublier, parce que les Catholiques seuls sont privés odieusement de droits religieux, que les protestants et certaine classe de peuple, quelle que soit sa religion, partagent avec eux tout ce qui reste de terrible, d'irritant, d'intolérable dans l'ensemble des griefs politiques.

En aucun cas, ne recourez à la violence ou au mensonge. Je ne saurais trop multiplier, exagérer mes efforts pour imprimer en vos esprits l'idée que ces procédés n'auront d'autre résultat que la misère et l'esclavage, qu'en même temps ils riveront les chaînes dont l'ignorance et l'oppression vous lient à la dégradation, et vous livreront à une tyrannie qui vous mettra hors d'état de renouveler vos efforts.

La violence rendra immédiatement votre cause mauvaise. Si vous croyez en une Providence divine, vous devez aussi croire à sa bonté. Et il n'est point probable qu'un Dieu compatissant voudra favoriser une cause mauvaise.

Le défaut de franchise n'est pas moins nuisible que la violence; ceux qui ont contracté l'habitude de ces deux défauts, feraient bien de se corriger. Un bravo menteur ne rendra jamais service à son pays; il ne peut être un honnête homme. Les hommes, qui sont à la fois courageux et sincères, peuvent lutter avec succès contre la corruption, en unissant leur voix à celle d'autrui, ou se lever isolément, en une opposition intelligente, pour combattre les abus du gouvernement et de la société.

Pour peu que vous vouliez vous rendre utiles à vous-mêmes et à votre pays, des habitudes de sobriété, de régularité et de réflexion sont tout d'abord si nécessaires, que sans ces préliminaires, tout ce que vous aurez fait s'écroulera. Vous aurez bâti sur le sable; assurez-vous de bonnes fondations, et vous élèverez un édifice capable de durer toujours, — et d'être pour le monde une gloire et un objet d'envie.

J'ai évité à dessein toute discussion étendue sur ces griefs que l'habitude et l'intérêt immédiat des circonstances rendent sans doute des plus douloureux à vos cœurs. Néanmoins je ne les ai pas tout à fait négligés. Pour la plupart, j'ai insisté sur leur atténuation immédiate, et sur leur destruction finale ; je n'ai pas non plus omis de considérer les moyens que je crois les plus efficaces pour la réalisation de ce grand objet. Plus vous regarderez les premiers points comme dignes d'être adoptés, plus j'estimerai que les derniers sont probables et méritent l'attention des amis du genre humain.

Et j'ai ouvert devant vos yeux une nouvelle perspective.

Est-ce que votre cœur ne bondit pas à la simple possibilité que votre descendance possède cette liberté, ce bonheur, dont vous pouvez, de notre vivant, par de vigoureux efforts, par l'habitude de l'abstinence, nous donner un avant-goût ? Oh ! si vos cœurs ne palpitent pas à cette idée, c'est que vous êtes morts, glacés, — que vous n'êtes pas des hommes.

J'aborde maintenant l'application de mes principes, la conclusion de mon Appel.

O Irlandais, quelque parti que vous vous sentiez obligés d'adopter, le sentier que le devoir indique, s'ouvre devant moi, lumineux et sans nuage. Des dangers peuvent se dissimuler aux alentours, mais ce ne sont point les dangers qui se trouvent sous les pas de l'hypocrite et du temporisateur.

Car ce tableau de bonheur que caresse mon imagination, je ne vous l'ai point présenté comme un

incertain météore pour égarer un honorable enthousiasme, ou pour aveugler d'un bandeau le jugement qui rend la vertu utile. Je n'ai point pro-
posé des plans prématurés, que je serais incapable
de mûrir, ni désiré exciter en vous des sentiments
enfiellés contre les abus de l'état politique ; toutes
les fois que j'ai eu l'occasion d'en parler, j'ai recommandé la modération, et toujours en insistant
de tout mon pouvoir sur l'énergie et la persévérance.

J'ai parlé de paix et néanmoins déclaré que la
résistance était louable ; mais cette résistance morale que je recommande, je la regarde comme la
préparation à ce millenium de vertu dont chacun
peut hâter l'avénement, en ce qui le concerne, par
ses propres forces.

Je n'ai pas essayé de montrer que les revendications catholiques, ou aucune de ces revendications de droits réels que j'ai formellement reconnus comme préliminaires de cette revendication
suprême, celle du bonheur, de la liberté et de l'é-
galité pour tous, — je n'ai point essayé de montrer
que ces revendications peuvent être obtenues conformément à l'esprit de la Constitution anglaise [1].

C'est là un point que je ne me sens pas disposé
à discuter, et que je regarde comme étranger à mon
sujet.

1. L'excellence de la Constitution de la Grande Bretagne
me paraît consister dans sa nature vague et changeante,
qui la rend susceptible de s'accommoder, sans résistance,
aux progrès de la sagesse et de la vertu. C'est cette adaptation que je désire, mais je souhaite la cause avant l'effet.

Mais j'ai montré que ces demandes sont fondées sur la vérité et la justice, qui sont immuables, et qui, dans la ruine des gouvernements, renaîtront de leurs cendres comme un phénix.

Quelqu'un est-il disposé à contester la possibilité d'un changement heureux dans la société? Dira-t-on que la nature de l'homme est corrompue, et qu'il a été fait pour être misérable et méchant?

Soit! Si certaines que soient les affirmations opposées, je veux bien concéder pour un moment cette supposition.

Quels sont les moyens que je propose pour une amélioration? La violence, la corruption, la rapine, le crime? Est-ce que je fais le mal pour que le bien en sorte? J'ai recommandé la paix, l'amour des hommes, la sagesse. Si mes arguments ont quelque portée, c'est dans ce sens-là, et si maintenant il se trouve quelqu'un pour dire que les vices des particuliers font le bien de l'Etat, et que la paix, l'amour des hommes, et la sagesse, en gagnant du terrain, ruineront l'espèce humaine, qu'il se complaise dans son charmant enfer; pour moi, si j'étais cet homme, j'envierais à Satan son enfer.

La sagesse et la charité dont je parle sont les *seuls* moyens que je conseillerai pour le redressement de vos griefs et des griefs de l'univers. Si étendue que soit leur influence, je consens à assumer la responsabilité de leurs mauvais effets. Je m'attends à ce qu'on m'accuse de désirer le renouvellement en Irlande des scènes d'horreur révolutionnaire qui ont marqué les convulsions de la France, il y a vingt ans. Mais c'est la réapparition de cette ère désastreuse que j'éloigne de tous mes vœux, et que cet appel a pour but de prévenir.

En effet ces fardeaux peuvent-ils être portés éternellement? Les esclaves peuvent-ils se courber, s'humilier sans cesse? La misère et le vice sont-ils si bien en harmonie avec la nature de l'homme, qu'il les serre contre son cœur? Mais quand le misérable prisonnier voit approcher l'heure de sa libération, ne supportera-t-il pas sa misère, pour un peu de temps, avec espoir et patience, pour s'élancer alors dans les bras de son sauveur, et devenir soudain un homme?

Je me propose, ô Irlandais, d'observer l'effet que produira sur vos esprits cet appel dicté par la ferveur de mon amour et de mon espérance.

Je suis venu dans ce pays pour n'épargner aucune peine, chaque fois qu'il en résultera un avantage réel pour vous.

Le moment présent est une crise, importante entre toutes, pour fixer l'oscillation du sentiment public; si peu que mes faibles efforts aient réussi à le fixer du côté de la vertu, Irlandais, ce sera la mesure de mon bonheur.

Je me propose de faire de cet appel une introduction à un second.

L'organisation d'une société dont l'institution servira de lien entre ses membres dans la poursuite de la vertu, du bonheur, de la liberté et de la sagesse, par le moyen d'une opposition morale aux abus, serait probablement utile.

J'avoue m'intéresser vivement à la formation d'une telle société.

Adieu, mes amis ! Que chaque soleil qui se lève
sur votre île verdoyante puisse voir l'anéantissement d'un abus, et la naissance d'un embryon d'a-
mélioration. Que vos cœurs deviennent les sanctuaires de la pureté et de la liberté ; que jamais le
culte du Mammon de l'injustice n'exhale sa fumée
sur l'autel immaculé de leur dévotion.

N° 7. Lower-Sackville-Street, 22 février.

POST-SCRIPTUM.

Je viens de passer une semaine à Dublin, et j'ai
tâché d'employer ce temps à m'informer plus exactement de ce que pense l'esprit public de ces grands
abus, qui m'ont décidé à choisir l'Irlande pour
théâtre, comme le plus vaste et le plus sûr pour
les opérations de l'ami résolu de la liberté religieuse et politique.

Le résultat de mes observations m'a décidé à proposer une association dans le but de rendre à l'Irlande la prospérité dont elle jouissait avant l'Acte
et Union, ainsi que la liberté religieuse, possession
légitime de tous, comme le caractère spontané de
la croyance eût dû l'apprendre depuis longtemps,
à tous ceux qui se sont fait du ciel un monopole.

Dans le but d'obtenir l'émancipation des catholiques à l'égard des lois pénales qui les affligent, et
un retrait de l'Acte d'Union législative, et en prenant pour base l'atténuation de la police sacerdotale et de l'oppression, qui ont causé ces souffrances, *un plan d'amendement et de régénération dans
l'état moral et politique de la société, aidé d'une phi*

lanthropie large et systématique, qui sera sûre quoique lente dans ses projets ; plan exempt de la rapidité et du danger de la révolution, et en même temps à l'abri de l'esprit temporisateur qui se fait l'esclave des circonstances, on sera en mesure d'agir délibérément, et après avoir étudié l'état du gouvernement anglais, d'opposer la force intellectuelle à telle ou telle de ses parties qui ne supportera pas l'examen, à la pierre de touche de la raison.

Pour la connaissance des principes que je professe, et de la nature, de l'esprit de l'association que je propose, je renvoie le lecteur à une petite brochure que je publierai sur ce sujet dans peu de jours.

J'ai publié l'appel ci-dessus (rédigé en Angleterre) sous la forme la moins coûteuse possible, et je me suis efforcé d'exprimer les idées qu'il contient de manière à les rendre intelligibles aux esprits les moins cultivés.

Les hommes ne sont point, parce qu'ils sont pauvres, des esclaves, ni des bêtes : ç'a été le système des coquins ou des imbéciles des classes supérieures (et je suis heureux de constater comme un signe de la décadence de ce système le rapide succès d'une méthode d'éducation comparativement éclairée) de cacher aux pauvres les vérités que je me suis efforcé de leur enseigner.

En agissant ainsi, je n'ai fait que traduire mes pensées dans une autre langue ; et le langage n'ayant d'autre utilité que de servir à communiquer des idées, je croirai mon style d'autant meilleur qu'il réussira mieux à réaliser le but qu'en toute occasion je désire atteindre.

Un journal de Limerick, qui, à ce que je suppose, fait profession de soutenir certains principes de liberté, comme l'entendent le *loyalisme* et *John Bull*, contient dans un essai en faveur de la liberté de la presse, le paragraphe suivant :

« Quant à la licence effrénée de discussion, nous ne l'avons jamais défendue, et jamais nous ne la défendrons ».

Qu'est-ce qu'une licence effrénée dans la discussion? N'est-ce pas une désignation aussi indéfinie que celles d'*injure*, de *reproche*, de *diffamation*, qui laissent tant de latitude aux attaques connues contre la libre expression de l'opinion individuelle?

Ne voit-on pas que ce qui est raisonnable se tient debout par sa propre raison, que ce qui est vrai est soutenu par sa vérité, que ce qui est sot tombera sous sa propre sottise, que ce qui est mensonger tombera sous son propre mensonge?

La liberté ne gagne rien aux réformes des politiciens de ce modèle, pas plus qu'elle ne gagnerait à un changement de ministres à Londres. Ce qui est maintenant injure et diffamation, deviendrait sous le régime de ce libéral de Limerick « de la licence effrénée dans la discussion » et voilà l'énorme avantage que propose de réaliser cet intraitable champion de la liberté.

PROPOSITIONS
POUR UNE ASSOCIATION
(1812)

PROPOSITIONS
POUR UNE ASSOCIATION

DE CEUX D'ENTRE LES PHILANTHROPES
QUI, ÉTANT CONVAINCUS DE L'IMPUISSANCE DE L'ÉTAT
MORAL ET POLITIQUE DE L'IRLANDE,
A PRODUIRE DES AVANTAGES NÉANMOINS RÉALISABLES,
VEULENT SE RÉUNIR POUR ACCOMPLIR
SA RÉGÉNÉRATION [1].

————

Je propose une Association qui visera immédiatement l'Émancipation catholique et le rappel de l'Acte d'Union entre la Grande-Bretagne et l'Irlande, et en prenant pour base la suppression de ces griefs, l'anéantissement ou l'atténuation de tout mal moral ou politique qu'il est possible aux forces humaines d'adoucir ou d'extirper.

L'homme ne peut créer les occasions, mais il peut saisir celles qui s'offrent.

Il n'en est pas de plus intéressantes pour la philanthropie que celles qui remuent les passions bienfaisantes, qui transforment, généralement, en sentiments publics les sentiments privés, et font battre les cœurs des individus non seulement pour eux-mêmes, pour leurs familles, pour leurs amis, mais

1. Édition de Dublin, 1812.

pour la postérité, pour un peuple, si bien que leur pays, c'est désormais l'univers, et leur famille, les créatures douées de raison.

Le souvenir de l'absent, l'intérêt que l'on porte à ceux qu'aucun lien ne rattache à nous, voilà une des grandes sources du sentiment qui engendre les occasions où l'amour du genre humain peut devenir éminemment utile et actif. Des sujets publics de crainte et d'espoir, de nature à s'harmoniser avec la souffrance commune, tels sont ceux auxquels le philanthrope se livrerait avec le sentiment le plus chaud, parce que ce sont d'ordinaire ceux-là qui exaltent les individus au-dessus de leur moi; car plus ils sont absorbés dans le sentiment public, plus la vision de leur avantage personnel s'étend pour devenir une vision générale. Selon qu'il se sent plus ou moins vivement uni de cœur à une nation ou à un monde, l'homme se regarde de moins en moins comme le centre vers lequel nous avons trop de penchant à supposer que tendent ou devraient tendre toutes les directions des affaires humaines.

Je ne devrais pas faire ici la remarque banale qu'un motif égoïste influence, abêtit et dégrade l'esprit de l'homme, s'il n'en résultait pas que l'empressement à saisir les occasions où prédomine la tendance opposée, est un devoir que la philanthropie impose rigoureusement à ses adeptes, que des occasions de cette sorte sont les plus favorables pour conduire l'humanité à son bien en éveillant dans les âmes des hommes l'affection envers les intérêts de leurs semblables. C'est une plante qui croît dans tous les terrains, bien que trop souvent elle soit étouffée par l'ivraie avant que ses charmantes fleurs se soient épanouies. La vertu produit du plaisir, elle est comme la cause à l'effet; je ressens du plaisir en faisant du bien à mon ami, parce que je l'aime. Je ne l'aime pas à cause de ce plaisir.

Je regarde l'état actuel de l'esprit public en Irlande, comme une de ces occasions que l'ardent disciple de la religion philanthropique ne doit pas laisser échapper.

Je m'aperçois que l'intérêt public est excité, je m'aperçois que l'intérêt public s'est, jusqu'à un certain point, détaché des préoccupations individuelles pour se généraliser en un sentiment général.

Que l'Emancipation catholique soit une affaire de petite ou de grande conséquence, qu'elle soit un moyen d'augmenter le bonheur de quatre millions d'hommes, ou une réforme qui ne fera honneur qu'à un petit nombre de personnes des hautes classes; il n'y en a pas moins un sentiment très large de bienveillance et de désintéressement que je voudrais ne pas voir s'éteindre petit à petit.

Je désire qu'on emploie des moyens énergiques et rapides dans cette crise importante, mais passagère, pour entretenir la flamme impolluée, à laquelle des nations et des siècles pourraient allumer la torche de la liberté et de la vertu.

Dans mon opinion, les revendications des habitants catholiques de l'Irlande, seraient-elles accordées demain, que cela n'ajouterait que bien peu à leur liberté et à leur bonheur.

5

Les incapacités atteignent surtout les catholiques des classes supérieures, qui profiteraient surtout de leur abolition.

Le pouvoir et la richesse ne sont pas avantageux, mais nuisibles à la cause de la vertu et de la liberté.

Je suis néanmoins heureux que cette émancipation soit prochaine, parce que je suis l'ennemi de toutes les incapacités fondées sur les opinions. J'ai plaisir à voir l'approche de cet affranchissement, non point pour le bien qu'il apportera, mais parce que c'est un signe de bienfaits fu urs, un prophète des bonnes choses qui vont arriver.

C'est pour cela que je m'unis de cœur aux Irlandais dans cette grande cause, une cause dont le succès n'apportera aucun bien-être à l'habitant de la chaumière, n'arrachera pas un prisonnier aux ténèbres de la geôle, n'extirpera aucun vice, n'adoucira aucune souffrance ; mais qui forme en quelque sorte le premier plan d'un tableau, où les vagues lointains me permettent de voir le lion couché avec l'agneau, l'enfant se jouant avec le basilic. Car cette émancipation suppose l'extermination du monstre sans yeux qu'on nomme fanatisme, et dont le trône est ébranlé depuis deux cents ans.

J'entends claquer des dents la vieille sorcière Superstition, que je vois descendre toute paralysée dans la tombe. La Raison montre du doigt les portes ouvertes du temple de la Liberté Religieuse ; la Philanthropie s'agenouille devant l'autel du Dieu de tous. Là, les mots de richesse et de pauvreté, de rang et d'abjection, ne sont [plus connus que comme des souvenirs d'autrefois, météores qui se jouent au-dessus de l'infect marais du vice et de la misère, pour mettre le voyageur en garde contre les dangers.

Est-ce un Dieu qui régit cet univers sans limites? Etes-vous reconnaissants de sa bienfaisance? Suspendez-vous à son autel la guirlande de la piété? Ne maudissez pas votre frère, parce qu'il a tressé sa guirlande de fleurs d'une couleur différente. La religion la plus pure est celle de la charité; sa douceur aimable commence ses conversions par les cœurs des hommes. L'arbre doit être jugé par son fruit.

Je regarde la reconnaissance des revendications catholiques et le retrait de l'Acte d'Union comme les fleurs du fruit que le soleil estival de l'intelligence éclairée et de la vertu en progrès a pour destinée de faire mûrir.

Je n'omettrai pas dans mes réflexions l'Union législative de la Grande-Bretagne et de l'Irlande, et je n'en parlerai pas comme d'un grief aussi supportable et aussi peu important dans son essence que celui qui impose des incapacités aux catholiques.

Ce dernier atteint le petit nombre; le premier atteint des milliers d'hommes.

L'un interdit au riche le pouvoir, l'autre appauvrit le paysan, accroît la mendicité dans la cité, la famine à la campagne, propage l'abjection, pendant que la misère et le crime se donnent la main sous ses auspices flétrissants.

J'estime donc que la destruction du second grief

est quelque chose de plus que le signe d'un bien futur, j'estime qu'elle est par elle-même un bienfait réel.

L'aristocratie de l'Irlande — (bien que je désapprouve de toutes mes forces, toutes distinctions autres que celles de la vertu et du talent, je regarde comme inutile, prématuré, violent, le refus de la laisser exister dans son état présent) — l'aristocratie de l'Irlande suce les veines de ses habitants, et se nourrit de ce sang en Angleterre. Je ne prétends pas contredire cette fâcheuse vérité qu'il y a en ce monde bien de la misère et du vice. Je veux dire que l'Irlande a sa large part de l'un et de l'autre. L'Angleterre l'a appauvrie, et la pauvreté d'une nation riche doit pousser ses fils au désespoir et au crime.

J'envisage donc pour l'avenir la suppression de ces deux fléaux, ou plutôt je vois l'état de l'esprit public, qui précède cette suppression, comme la crise qui amènera un changement salutaire. Cette dernière circonstance me paraît être la cause de la première, de même j'espère qu'elle sera la cause d'améliorations plus largement salutaires. Cela constitue l'occasion qu'il faudrait saisir avec énergie et promptitude.

La voix de l'espèce humaine tout entière, ses crimes, sa misère, son ignorance nous appellent à la tâche. Car les souffrances des Irlandais pauvres, exaspérées par l'union de leur pays avec l'Angleterre, ne leur sont point particulières. L'Angleterre, tout l'univers civilisé, à peu d'exceptions près, sont tantôt plongés dans une abjection excessive, tantôt élevés à une hauteur contraire à la nature. L'abrogation de l'Acte d'Union placera l'Irlande en ce qui concerne le bien-être de ses pauvres, au même niveau que sa nation-sœur.

Des sentiments bienveillants se sont fait jour en ce pays en faveur du bonheur de ses habitants; puissent ces bonnes dispositions grandir, se régler, se continuer! Qu'elles ne s'affaiblissent jamais!

Mais elles ne se soutiendront pas si chaque citoyen reste tranquillement au coin de son feu, à dire que tout va bien, parce que l'ondée ne déverse pas sur lui, parce qu'il a des livres et du temps pour les lire, parce qu'il a de l'argent et peut à son gré accumuler le luxe autour de lui.

Les sentiments généreux ne suggèrent point de tels propos.

Quand le cœur se reporte aux milliers d'hommes qui n'ont ni liberté ni loisirs, il faut qu'il ait perdu toute sensibilité à force d'avoir contemplé la misère, pour qu'il puisse battre d'un mouvement tranquille et content, après avoir encouragé un tel tableau.

Pourquoi parlé-je ainsi?

Est-il douteux pour qui que ce soit, que l'état présent de la politique et des mœurs ne soit mauvais? On dit : Exposez-nous un plan certain d'amélioration. Il n'en est pas de plus sûr que de fortifier et propager des sentiments généreux et philanthropiques, que d'entretenir dans toute sa vivacité l'amour de l'espèce humaine, que de mettre en activité des causes capables de produire la vertu et la liberté, et comme, à mon avis, des individus, agis-

sant isolément ne peuvent arriver aux mêmes résultats qu'une société, quelle que soit leur énergie,
je propose que tous ceux dont les vues concordent
avec celles que j'ai exposées, ceux qui ont conscience de l'état de l'esprit public en Irlande, ceux
qui considèrent le moment actuel, comme une occasion favorable, pour en fixer les fluctuations du
côté de la philanthropie, ceux qui désirent s'engager
à travailler pour sa cause ou à subir passivement
les persécutions de ceux qui sont hostiles à son
succès; à tous ceux-là, je propose de former une
association qui aura pour but, premièrement de
discuter de l'opportunité de toutes les mesures qui
peuvent être agitées; en second lieu, de mettre à
exécution, par les efforts en commun ou individuels, les mesures qui auront été décidées.

Cette association devrait se proposer de répandre
les connaissances et la vertu parmi les classes les
plus pauvres de la société en Irlande, de donner
son concours à tout système éclairé d'éducation, de
discuter des sujets propres à jeter la lumière sur
les divers moyens d'atténuer le mal moral et poli'i-
que, et autant qu'il serait en son pouvoir, de s'intéresser activement à toutes les circonstances qui
pourraient surgir en faveur de l'espèce humaine.

Quand je nomme l'Irlande, je n'entends pas limiter l'influence de cette association à ce pays ou
à tel autre, si ce n'est pour l'époque actuelle. En
outre, je désirerais que cette association s'efforçât
d'en fonder d'autres, et de leur inspirer un esprit
semblable; et je me tiens ainsi dans le vague en
décrivant l'association que je propose, parce que,

selon moi, une assemblée d'hommes qui se réunissent pour faire tout le bien que les circonstances leur permettront de faire, doit être, de son essence même, aussi indéfinie, aussi variable que les formes de vice, de misère humaine qui précèdent, occasionnent et appellent sa création.

Comme l'organisation politique et les maux qui en sont la suite, constituent la majeure partie des souffrances que les philanthropes désirent guérir, il est probable que les gouvernements actuels deviendront fréquemment le sujet de leurs discussions, et que les résultats pourront bien n'être guère d'accord avec les opinions que souhaitent répandre dans le monde ceux qui profitent de l'indifférence des esprits. Il adviendra probablement que cette liberté excitera la haine de certaines gens bien intentionnés qui épinglent leur foi aux cordons du tablier de leur grand'mère.

La minorité numérique est majorité par l'intelligence et le pouvoir. La première gouverne l'autre, bien que ce pouvoir qui n'était à l'origine qu'une délégation ne soit exercé que parce que l'autre le souffre. Ce pouvoir est devenu héréditaire, et il a cessé d'être nécessairement uni avec l'intelligence.

Il est donc certain que remettre en question les principes établis soulèverait l'horreur et l'opposition de ceux qui tirent pouvoir et honneur (si honneur il y a) de la permanence de ces principes.

Comme l'association que je recommande mettrait en question ces principes, si bien protégés qu'ils soient par l'ancienneté et les précédents, lorsqu'ils lui paraîtraient mal combinés pour l'avantage de l'espèce humaine, elle deviendrait probablement un objet de haine pour les gens puissants.

Elle serait mal vue du gouvernement, quoique les philanthropes associés écartent bien loin de leur esprit tout ce qui tendrait à renverser les institutions par la force, voire même hâtivement.

Elle aurait pour adversaire l'aristocratie, tant celle de l'opposition que celle du ministère (car la philanthropie n'est d'aucun parti) parce que son objet ultime serait la destruction de toutes les distinctions artificielles, quoique je crains que cette aristocratie n'ait rien à craindre des premières visées de cette société.

Le corps sacerdotal lui serait hostile parce qu'une union de l'Eglise et de l'Etat, union contraire aux principes et aux actes de Jésus, contraire à cette égalité qu'il s'efforça inutilement d'enseigner à l'humanité, est parmi toutes les institutions que la rouille de l'antiquité fait qualifier de vénérables, la moins capable de soutenir l'examen d'un raisonnement libre et froid, parce qu'elle est la moins propre à donner le bonheur à l'humanité.

Et pourtant, si le ministre, si le pair, si l'évêque connaissaient leur véritable intérêt, au lieu de cette violente opposition que certains d'entre eux ont faite à la liberté et à la philanthropie, ils apporteraient avec un empressement joyeux leur concours à la diffusion et à l'affermissement de ces principes qui soulageraient leurs épaules d'un lourd fardeau de pitoyable hypocrisie, de grandeur plus pitoyable encore, de ces perruques qui, par leur seul poids, vident les cerveaux qu'elles cou-

vrent, en leur permettant de reprendre le nom
d'homme, dégradé, vilement méconnu, cette diffusion ne rendrait-elle pas inutile tout mystère, toute
tromperie, ne les honorerait-elle pas d'un titre respectable, d'une dignité qui n'aurait pas besoin d'une
gravité simiesque, et qu'ils pourraient garder avec
l'aisance et la fierté virile ?

Pour les raisons énumérées ci-dessus, par erreur,
par l'effet des préjugés, ces personnes mêmes, dont
l'intérêt ultime est compris dans l'intérêt général,
dont le progrès est le but essentiel d'une association de philanthropes, persécuteront ceux qui sont
animés à leur égard des meilleures intentions, et
qui n'ont de malveillance envers aucun.

Je ne dissimule donc pas que ceux qui font de la
faveur gouvernementale le soleil de leur jour moral, ont confiance dans les fabricants de credos en
vogue, croient volontiers que la rouille et la ver-
moulure rendent les choses vénérables, et admet-
tent, sans faire de questions, les choses mondaines
telles qu'elles sont, parce qu'ils les trouvent en
place et en possession d'état, aussi volontiers qu'ils
trouvent la lumière du soleil et l'air, quand ils
viennent au monde. Ces gens-là, il vaut mieux
même qu'ils ne pensent pas à la philanthropie.

Je ne leur tairai pas que la malveillance dont le
gouvernement fera preuve envers une association
comme celle que je désire établir, rentre dans la
plus large conception qu'ils se sont faite du danger.
Que la vertu, que toute assemblée fondée sous les
auspices de cette association exige de la part de
ceux qui se dévouent à elle, de l'empressement à

sacrifier leur intérêt personnel à celui du public;
qu'il est possible qu'un groupe d'êtres associés
pour répandre les principes de la vertu, soit exposé
à des inconvénients qui pourront devenir des dangers personnels, par suite de la prédominance
qu'un long usage a donnée aux motifs opposés d'action. Ces considérations sont néanmoins, pour l'esprit du philanthrope, dans la proportion d'une goutte
d'eau à un océan.

La possibilité de leur réalisation sert de pierre
de touche pour distinguer l'homme vraiment vertueux de celui qui, dans un but infâme et égoïste,
se qualifie de patriote.

Je propose donc à ceux qui pensent comme moi,
association philanthropique, en dépit du danger
qu'il peut y avoir dans la tentative. Je ne le fais
pas en m'abritant du mystère et de ténèbres. Je
ne propose pas une association secrète. Qu'elle soit
visible comme l'éclat du jour; qu'elle rivalise de
pureté immaculée avec le rayon de soleil, comme
dans l'étendue de son irradiation !

Je désavoue tout ce qui rappelle la dissimulation
et la recherche de l'obscurité, la seconde est l'effet
de la première, de même que la première a besoin
de la seconde. C'est un système tout à fait latitu-
dinaire de morale que celui qui permet à son disciple l'emploi de moyens malhonnêtes, quel que soit
le but. Les armes que le vice peut manier ne valent
rien dans les mains de la vertu. Le désir de se cacher implique le mensonge; il est mauvais, et par
conséquent il ne peut jamais rendre aucun service
à la cause de la philanthropie.

Je propose donc que l'association soit établie et
tienne séance à la face du jour, avec toute la pu-
blicité possible. Il n'y a que le vice qui se cache
dans les trous et les coins, et dont l'effronterie se
dérobe à l'examen, dont la lâcheté

Dit au « je n'ose pas » de se mettre au service du « je vou-
                                                        [drais »
    Comme le pauvre chat de l'adage 1.

Mais l'œil de la vertu, pareil à celui de la vertu,
plonge hardiment dans l'éclat de la vérité éternelle,
qui n'éblouit pas, et à l'inépuisable source de sa
pureté, il puise de quoi vivifier et éclairer un univers.

Je me suis abstenu jusqu'à présent d'examiner,
si l'Association que je propose est conforme ou non
à la Constitution anglaise. Et il convient ici de rechercher sommairement ce que c'est qu'une constitution.

Le gouvernement ne saurait avoir de droits. C'est
une délégation qui a pour but de les assurer à d'autres. L'homme devient un sujet du gouvernement
non point pour être dans un état de choses pire,
mais dans un état meilleur qu'une société non civilisée. La force du gouvernement est dans le bonheur des gouvernés. Tout gouvernement existant
pour le bonheur des autres n'est juste qu'autant
qu'il existe par leur consentement, et n'est utile
qu'autant qu'il agit pour leur bien-être. La constitution est pour le gouvernement ce que le gouver-

1. *Macbeth.* Acte I, scène 7.

nement est pour la loi. La constitution peut être définie, selon cette manière d'envisager le sujet, comme une chose qui n'est pas simplement instituée pour le bien d'une nation ou d'une classe du peuple, mais comme une chose instituée par eux dans leur propre intérêt.

Les nations d'Angleterre et d'Irlande n'ont pas de constitution, parce qu'en aucun temps les individus qui les composent n'ont constitué un système en vue du bien général.

Si un système défini par un très petit nombre d'hommes, à une époque très lointaine; si la Grande Charte, si le Bill des Droits, si d'autres usages dont l'efficacité doit être attribuée aux progrès qu'ont faits les connaissances humaines plutôt qu'à un certain système dont l'existence est alléguée, — et peut être admise de bonne foi par les gens de la cour, un système dont le ressort actif est représenté par eux comme quelque chose de secret, d'impénétrable, de redoutable comme la loi de la nature, — si tout cela fait une constitution, oui l'Angleterre en a une. Mais si une constitution (et je me suis efforcé de démontrer qu'ils n'en ont point), est une chose toute différente, dans ce cas les discours des rois, des commissaires, les écrits des courtisans, les journaux du Parlement qui sont bourrés de ses éloges, sont pleins de cant politique. Ils exhibent un squelette de liberté nationale, et ce sont d'inutiles tentatives pour cacher des maux en raison desquels ils ne peuvent établir un alibi.

Ainsi donc, le coin de terre où nous vivons étant dépourvu de gouvernement constitué, dans le vrai

sens du mot, on ne saurait en blesser les principes,
ou être justement accusé de vouloir détruire ce qui
n'existe réellement pas. Si quelqu'un était inculpé
d'avoir mis le feu à une maison, et que cette maison n'existât point, que son existence fût même
impossible selon la nature des choses, un jury qui
posséderait toute sa raison serait-il capable de le
déclarer convaincu d'incendie volontaire ?

La Constitution anglaise ne peut donc être atteinte
par les principes de vertu et de liberté. En fait, les
changements qu'a subis le gouvernement de l'Angleterre depuis les premiers temps de son établissement, prouvent que son état actuel résulte d'une
adaptation graduelle aux principes existants. Il y
a eu du côté du peuple une lutte continuelle pour
la liberté, et un continuel effort pour serrer les freins
de l'oppression, pour encourager l'ignorance et
l'imposture, du côté de l'oligarchie à qui Guillaume Iᵉʳ partagea les biens des autochtones, lors
de la conquête de l'Angleterre par les Normands.
J'en entends souvent dire que c'est un arbre qui a
poussé si longtemps, qu'il serait aussi coupable de
l'abattre que d'abattre un chêne dans un endroit où
il n'en reste aucun. Mais ce qu'il y a de mieux à
faire dans des sujets pareils, c'est de dire la vérité
simplement, sans recourir aux complications orne-
mentales d'une métaphore. J'appelle les expressions de ce genre-là, du cant politique; de même
que les chants du « Rule Britannia » et du « God
save the King » sont seulement des résumés où est
condensée la foi de chacun des courtisans, retaillés
à la mesure que comportent le goût et l'intellect de

la cohue; le premier pour travestir aux regards
d'un politicien d'auberge les maux de la guerre,
diabolique invention; l'autre pour répandre dans
les clubs de toute catégorie un certain sentiment que
d'aucuns nomment loyalisme, et d'autres servilité.

Une Association Philanthropique n'a rien à craindre de la Constitution de l'Angleterre, mais elle
peut courir du danger par le fait de son gouvernement.

Je suis néanmoins si loin de regarder cela comme
un argument contre sa fondation, son établissement,
et son développement, que je suis porté à présenter
comme un des appuis les plus stables de la cause
dont mes devoirs m'imposent la défense, ce fait
même que le gouvernement use de violence, quand
l'opposition contre ses actes est, dans son essence
intime, et d'une manière indéniable, une opposition uniquement morale. Quand une cause est
bonne, on peut prouver qu'elle est bonne; la violence a pour effet immédiat de rendre mauvais ce
qui jusqu'alors eût pu être bon. « Les armes que
peut manier le mensonge sont impuissantes aux
mains de la vérité »: la vérité peut raisonner, la fausseté ne le peut pas.

Un système politique ou religieux peut brûler
ou emprisonner ceux qui examinent ses principes,
mais c'est là une preuve infaillible de leur fausseté et de leur vide. Voilà une autre raison qui
montre la nécessité d'une Association Philanthropique, j'invite tout adversaire loyal et raisonnable
à discuter l'argument qu'elle contient, car il n'est
personne se disant philanthrope qui voie dans le

danger ou le déshonneur qui le menace rien de redoutable, excepté en ce que cela l'empêche d'être
utile.

L'homme a un cœur pour sentir, un cerveau pour
penser, et une langue pour se faire entendre. Les
lois de sa nature tant morale que physique sont
immuables, comme tout ce qui fait partie de la nature, et les institutions éphémères de la société
humaine sont impuissantes à supprimer ces droits,
à annihiler ou renforcer les devoirs qui ont pour
base les rapports éternels de sa constitution.

Le Parlement d'Angleterre aurait beau voter des
milliers de bills pour infliger mille peines à ceux
qui ont résolu de dire ce qu'ils pensent, cela ne
saurait rendre criminel ce qui était innocent en soi
avant le vote de pareils bills.

L'homme a le droit de sentir, de penser et de
parler, et nuls actes législatifs ne peuvent détruire
ce droit. Il sentira, il faut qu'il parle, et il devait
exprimer ces pensées et ces sentiments avec la
franchise la plus simple, et la bonne foi la plus rigoureuse.

Un homme a droit de faire une chose avant qu'il
y ait pour lui un devoir. Il faut que ce droit lui
permette de faire une chose avant que son devoir
ne lui commande. Toute loi est mauvaise qui
prétend faire un crime de ce que les notions les
plus claires qu'il y ait dans le cœur de l'homme
lui enseignent à accomplir comme une obligation.

Le gouvernement anglais permet qu'un fanatique
rassemble un nombre quelconque de personnes
pour leur enseigner les croyances les plus extra-

vagantes et les plus immorales; mais si quelques hommes se réunissent pour examiner ses principes, ils sont désignés à sa haine et poursuivis de sa malveillance.

Le prêcheur torture sur son lit de mort le paysan et en dépeignant l'enfer qu'ont pu seuls inventer des cœurs sombres et étroits comme le sien, et qui n'existe qu'en eux-mêmes, répand l'inhumaine doctrine qui voue les hérétiques aux supplices éternels. Il représente le ciel comme analogue à la terre, un monopole dans les mains de certains privilégiés, dont le mérite consiste dans la servilité, dont le succès est la récompense de leur hypocrisie. Cela est permis, mais un examen public qui suppose quelque doute sur la justesse des principes du gouvernement, n'est point permis.

Un jour que Jupiter et un paysan se promenaient ensemble, en causant familièrement des affaires terrestres, le paysan écouta quelque temps Jupiter dire son opinion à ce sujet, et eut l'air d'y adhérer. A la fin, comme il lui arriva d'émettre une sorte de doute, Jupiter le menaça de sa foudre :

— Ah! ah! dit le paysan, maintenant, Jupiter, je suis sûr que vous avez tort; vous vous trompez toujours quand vous recourez à votre tonnerre.

L'essence de la vertu est le désintéressement. Le désintéressement est la qualité qui fait de la vertu une chose tout à fait distincte de l'innocence ou du vice. Cela, dira-t-on, n'est qu'une simple affirmation. C'est vrai, mais c'est une affirmation dont les cœurs des philanthropes ne sont guère, je crois, disposés à contester la vérité. Ceux que leur grand-mère a convaincus du dogme d'un péché originel et héréditaire, ceux qui ont endoctriné les apôtres d'une dégradante philosophie, qui enseigne que l'homme est nécessairement, universellement égoïste, ceux-là ne peuvent être philanthropes.

Or, comme une action ou un motif d'action n'est vertueux qu'autant qu'il est désintéressé, ou qu'il tient (j'emploie cette expression-là pour m'accommoder au goût de quelques-uns), qu'il tient davantage de l'égoïsme généralisé, dès lors la récompense ou la punition que la toute-puissance elle-même a attachées à toute action ne sauraient en aucune façon la rendre ou bonne ou mauvaise.

Ce n'est point un crime d'agir en contradiction avec un juge ou un législateur anglais, mais c'est un crime de transgresser les ordres d'un moniteur qui connaît intuitivement le ressort de tout motif, dont le trône est dans le sensorium de l'homme, dont l'empire est la conduite de l'homme.

La conscience est un gouvernement devant lequel tous les autres se réduisent à rien, et quand il peut agir, il rend tout autre superflu, comme la nature surpasse l'art, comme Dieu surpasse l'homme.

Dans les pages précédentes, en passant en revue les objections que la philanthropie pourrait faire valoir contre une association telle que je la recommande, comme j'ai cherché plutôt à mettre en avant mes principes qu'à les cacher, on verra qu'ils tirent leur origine des découvertes dans les sciences politiques et morales, qui précédèrent et occasionnèrent les révolutions d'Amérique et de France.

C'est avec franchise que je le reconnais, oui,

6

c'est même avec orgueil que j'affirme qu'il en est
ainsi. Les noms de Paine et de Lafayette survivront
à l'aristocratie d'un jésuite exilé[1], de même que le
factotum d'un gouvernement fanatique mourra
avant que ne s'épuise le dégoût inspiré par l'hypocrisie de ses apologistes.

On dira peut-être que tous ces principes, tant
qu'ils sont, portent ostensiblement le sceau de la
paix, de la liberté, de la vertu, et que leur tendance
dernière est une révolution, qui finira comme celle
de France, par des flots de sang, le vice et l'esclavage.

Il faut donc que j'exprime ce que je pense de cet
événement qui a, d'une manière si soudaine et si
lamentable, étouffé les espérances démesurées de
liberté qu'il avait fait naître.

Je ne conteste pas que la Révolution de France
n'ait été occasionnée par les travaux des Encyclo-
pédistes. Quand nous voyons deux événements se
produire à la fois, dans certains cas, nous parlons
de l'un comme de la cause, de l'autre, comme de
l'effet. Nous ne concevons la cause et l'effet que
sous la forme d'une connexion nécessaire. On peut
donc douter que D'Alembert, Boulanger (d'Holbach), Condorcet, et d'autres personnages célèbres,
aient été les auteurs du renversement de l'antique
monarchie française. Tout ce qu'on peut affirmer,
c'est qu'ils contribuèrent grandement au progrès
et à la diffusion des lumières et que les lumières
sont incompatibles avec l'esclavage.

1. Voir *Mémoires pour servir à l'histoire du Jacobinisme*, par
l'abbé Barruel.

La nation française était courbée jusqu'à terre par des siècles de despotisme ininterrompu. Elle était pillée et insultée par une succession d'oligarchies, dont chacune se montrait plus sanguinaire, plus impitoyable que la précédente. Dans un état comme celui-là, les soldats apprirent à combattre pour la liberté dans les plaines de l'Amérique, pendant qu'en cette même conjoncture, un rayon de science perçait à travers les nuages de fanatisme qui obscurcissaient le jour moral de l'Europe. Les Français étaient au dernier degré de la dégradation humaine, et quand la vérité, toute nouvelle pour leurs oreilles, qu'ils étaient hommes et égaux, fut promulguée, ils furent les premiers à donner cours à leur indignation contre ceux qui accaparaient le monde, parce qu'ils étaient le plus impudemment dépouillés des privilèges de la nature.

Depuis, les Français furent entraînés par les sophismes de l'organisation politique, bien loin de la véritable condition d'êtres humains, et alors ils durent devenir tout à fait impropres à cet heureux état de loi égale qui découle d'une civilisation parachevée, et qui exige pour son établissement des habitudes de la plus rigoureuse vertu.

Les massacres commis au cours de la Révolution française, et le despotisme qui s'est établi depuis, prouvent que les doctrines de philanthropie et de liberté n'étaient comprises que d'une manière superficielle. Et ce ne fut qu'après cette époque, que leurs principes commencèrent à être expliqués clairement, et démontrés d'une façon irréfutable.

Voltaire était l'adulateur des rois, bien qu'au

fond de son cœur il les méprisât; en cela il a été l'instrument de l'esclavage actuel de son pays.

Rousseau, par ses écrits, déchaîna des passions qui ne peuvent que paralyser et rétrécir le cœur humain; en cela il a préparé ses concitoyens à plier le cou sous le joug de la servitude irritante et honteuse qu'ils portent en ce moment.

Helvétius et Condorcet établirent des principes, mais s'ils tirèrent des conclusions, elle n'étaient point systématiques; il y manquait la lumière et la puissance de la méthode. Ils ne furent guère compris pendant la Révolution.

Mais ce siècle où nous vivons n'est point stationnaire. Les philosophes n'ont pas développé les grands principes de l'esprit humain pour que les conclusions qui en découlent, restent sans utilité, sans application. Nous sommes dans un état d'amélioration constamment progressive. Une vérité, une fois découverte, ne meurt jamais, mais elle empêche la renaissance de l'erreur antagoniste qui lui correspond.

C'est principalement en développant la vérité et combattant son contraire que l'on favorise les efforts de la philanthropie.

Godwin écrivait pendant la Révolution française, et certainement ses ouvrages n'ont pas eu la moindre influence sur les objets qu'elle poursuivait. Oh! non, ils n'en eurent aucune !

A la Révolution Française prirent part des hommes dont les noms ne pourront être effacés des tablettes de la Liberté. Leur génie pénétra d'un coup d'œil à travers le sombre voile d'effronterie que

l'astuce sacerdotale et gouvernementale avait tendu
devant l'imposture et la scélératesse de leurs institutions. Ils virent le monde. Etaient-ils des hommes ? oui ! Ils se sentirent émus pour lui ! Ils ris-
quèrent leur vie et leur bonheur pour son bien. Si
ces hommes avaient été plus nombreux, la France
ne serait pas maintenant un phare qui nous tient
en garde contre le hasard et l'horreur des révolutions, mais une société modèle, qui marche rapidement vers un état de perfection ; elle nous offri-
rait un exemple pour la régénération graduelle et
pacifique du monde.

Je regarde comme un des résultats d'une Association philanthropique sa coopération à produire des
hommes comme ceux-là, par le large développement de ces germes d'excellence dont le terrain préféré est le jardin bien cultivé de l'esprit humain.

Maintes personnes bien intentionnées peuvent
croire que la réalisation du bien que je propose
comme le but ultime des efforts philanthropiques,
est chimérique et hors de proportion avec la nature
humaine. Elles me conseilleraient de ne pas faire
le bonheur du peuple dans la crainte que le monde
ne soit encombré, et de permettre à ceux qui ont
trouvé les plats tout servis devant eux par une partialité naturelle, de savourer leur superflu en toute
tranquillité, pendant que des millions de misérables se serreraient autour d'eux pour ramasser les
miettes [1], qui ont encore été refusées aux prières
de l'affamé agonisant.

1. Voir Malthus *Sur la Population*.

Je ne puis m'empêcher de regarder cela comme
un mal, ni m'interdire de pallier présentement par
les moyens les plus efficaces que je puisse trouver, et d'extirper finalement ce mal. La guerre, le
vice, la misère sont incontestablement des maux ;
ils renferment tout ce que nous pouvons concevoir
de mal temporel et éternel. Nous laisserons-nous
dire que ces maux-là sont incurables parce qu'en
y remédiant on encombrerait le monde d'habitants,
— que les riches doivent continuer à se gorger, les
ambitieux à intriguer, les imbéciles qu'ils forment
continuer à massacrer leurs frères sous le nom de
gloire, les pauvres, à payer de leur sang, de leur
travail, de leur bonheur, de leur moralité, les crimes et les bévues que commettent les accapareurs
héréditaires du monde? Curieux sophisme! Avec
quelle ardeur le riche sans cœur t'embrassera et
endormira les consciences dans la torpeur grâce au
narcotique de tes dogmes conciliants!

Mais quand le philosophe et le philanthrope con-
templent l'univers, quand il aperçoit des maux
réels qui comportent un remède, et entend parler
d'autres maux, qui, dans le cours de soixante siècles, peuvent déranger le système de bonheur que
ce remède est appelé à produire, se résignera-t-il
à laisser durer un mal positif, parce que l'extirpa-
tion de ce mal aurait pour effet, après un millenium de 6000 ans (période nécessaire pour peupler
la terre) la naissance d'un autre mal.

A quelle dégradation misérable de la plus grossière crédulité le préjugé n'abaissera-t-il pas l'esprit humain? Nous voyons en hiver que le feuillage

des arbres a disparu, qu'ils ne présentent plus à nos regards que des branches dénudées, nous voyons s'évanouir le charme des fleurs, pendant que les racines continuent à vivre sous terre quelle opinion nous formerions-nous d'un homme, si, quand il se promène à la fraîcheur du printemps, quand il contemple les champs émaillés de fleurs, et les feuilles qui font éclater les bourgeons, il trouvait à redire à ce bel ordre, et murmurait son méprisable mécontentement, parce que l'hiver doit arriver, parce que le paysage doit être dépouillé une fois encore, pour un temps? Et voilà pourtant, ce qu'est M. Malthus. Ne voyons-nous pas que les lois de la nature agissent éternellement par la destruction et la reproduction, chacun devenant à son tour cause et effet. Les analogies que nous pouvons établir entre les choses physiques et les choses morales sont les plus frappantes de toutes.

Est-il encore un homme pour contester la possibilité d'accomplir une réforme radicale du mal moral et politique? En est-il un pour opposer cette impossibilité à l'association que je propose, et que j'avoue franchement devoir être l'instrument que j'emploierais pour réaliser cette réforme. Qu'.ls examinent les méthodes auxquelles j'ai recours. Faisons disparaître de leurs yeux mon moyen, qu'ils présentent le leur, comment accompliraient-ils cette réforme? En répandant la vertu et les connaissances, en travaillant au bonheur de l'homme. Qu'elle soit paralysée, la main, qu'elle devienne muette pour toujours, la langue qui par une seule expression énoncerait des sentiments différents de

ceux-ci : je n'emploierai jamais de moyens mauvais pour atteindre un but, quel qu'il soit.

Sachez donc, ô philanthropes, quelle que soit la
croyance religieuse, quel que soit le système de
principes auxquels vous aient amenés le hasard,
la raison, ou l'éducation, — sachez que les efforts
des hommes vraiment vertueux convergent nécessairement vers un point alors même que la position de ce point leur est cachée, que tous travail-
lent pour une même fin, et que les controverses
relatives à la nature de cette fin ne servent qu'à
affaiblir la puissance qui devrait être accrue dans
l'intérêt de la vertu.

La diffusion des principes de vérité et de vertu
(car il n'y a aucun désaccord sur les premiers principes de morale) amènera au meilleur résultat
possible.

J'invite à faire partie d'une Association philanthropique ceux qui voudront employer les mêmes
moyens que moi, quel que soit le but définitif qu'ils
se proposent. Que leurs desseins diffèrent autant
que possible des miens, je me réjouirai de leur
coopération, parce que si l'objet final de mes espérances est fondé sur l'unité de la vertu, j'aurai
alors des auxiliaires pour sa cause, et s'il est erroné,
je me réjouirai de ce qu'on n'aura pas négligé de
faire ce qu'il faut pour favoriser ce qui est vrai.

L'accumulation de maux que l'Irlande a souf-
ferts pendant les vingt dernières années, et qu'elle
a supportés patiemment, on peut le dire, en voyant
avec quelle persistance impitoyable ils lui ont été
imposés, la triste perspective de leur durée que

fait entrevoir la conduite imprévue du régent d'Angleterre, exigent de tout Irlandais dont le pouls n'a pas cessé de battre sous l'impulsion du sang vital de son cœur, qu'il se consulte individuellement et qu'il s'unisse aux autres pour fixer en commun les mesures à prendre pour la liberté de ses compatriotes. Que ces mesures soient pacifiques, quoique résolues, que leurs auteurs soient animés d'un calme courage, qu'ils soient inflexibles dans leur modération, alors même qu'ils doivent se donner de tout leur cœur et de toute leur âme à l'entreprise, telle est l'opinion que mes principes m'ordonnent de formuler.

Et je suis amené à donner, à une association telle que la demande cette occasion, le nom d'association philanthropique parce que des hommes vertueux ne devraient jamais limiter leur utilité en adoptant un nom qui indiquerait leur dévouement exclusif à la réalisation du but ainsi désigné.

Quand j'ai commencé à écrire les remarques précédentes, je supposais que le Régent supprimant les restrictions, un ministère moins ennemi des intérêts de la liberté que le ministère actuel serait nommé. Je suis déçu, et la perte des espérances de liberté conçue, en cette occasion, constitue un argument de plus en faveur de la nécessité d'une association.

Je termine ces remarques que j'ai écrites principalement en vue de dévoiler mes principes, par la proposition de fonder une association pour arriver à l'Emancipation Catholique, à l'abrogation de l'Acte d'Union, et poursuivre sur ces bases la réforme de tous les maux moraux et politiques qu'il est au pouvoir de l'homme de corriger.

Toutes les personnes favorablement disposées à l'égard de cette institution feraient un grand plaisir à l'auteur en se mettant directement en rapport avec lui sur cet important sujet. Cela permettrait de mûrir le plan, de découvrir les erreurs dans le système primitif de l'auteur, d'organiser dans ce but un meeting, avec toute la célérité de résolution que comporte la nature de la crise actuelle.

Nº 7 Lower Sackville Street.

DÉCLARATION DES DROITS

I. — Le gouvernement n'a pas de droits ; il est une délégation formée par un certain nombre d'individus pour assurer l'exercice des leurs. Il est donc juste dans la limite où il existe par leur consentement, utile seulement dans la limite où il réalise leur bien.

II. — Si ces individus croient que la forme de gouvernement constituée par eux ou leurs ancêtres est défectueuse pour produire leur bonheur, ils ont le droit de la changer.

III. — Le gouvernement est institué pour assurer l'exercice des droits. Les droits de l'homme sont la liberté et une égale participation aux biens communs de la Nature.

IV. — Comme l'avantage des gouvernés est, ou devrait être, l'origine du gouvernement, personne ne peut avoir d'autorité qui n'émane expressément de leur volonté.

V. — Bien que tous les gouvernements ne soient pas aussi mauvais que celui de la Turquie, il

n'en est aucun qui soit aussi bon qu'il pourrait
l'être. La majorité, dans chaque pays, a le
droit de perfectionner son gouvernement. La
minorité ne doit pas la troubler, elle devrait
se séparer et organiser son propre système à
sa manière.

VI. — Tous ont droit à une part égale dans les
avantages et les charges du Gouvernement.
Toute incapacité implique, par le fait de son
existence, une impudente tyrannie dans le
gouvernement, un ignorant esprit de servilité
chez les gouvernés.

VII. — Les droits de l'homme, dans l'état actuel
de la Société, n'ont besoin que d'être assurés
par un certain degré de contrainte, pour être
exercés contre celui qui les viole. La victime
a droit à ce que le degré de contrainte employée
soit aussi faible que possible.

VIII. — On peut considérer comme une preuve
certaine du vide de toute proposition, si pour
la faire prévaloir on fait usage de la force au
lieu de la raison. Le gouvernement n'est jamais consolidé par la fraude tant qu'il ne peut
pas être soutenu par la raison.

IX. — Nul n'a le droit de troubler la paix publique
par sa résistance individuelle à une loi, si
mauvaise qu'elle soit. Il doit s'y conformer,
en faisant usage, autant qu'il le peut alors, du
pouvoir de sa raison pour en provoquer l'abrogation.

X. — Un homme doit avoir le droit d'agir d'une
certaine manière, avant qu'elle puisse être

pour lui un devoir. La possibilité doit précéder l'obligation.

XI. — Tout homme a le droit de penser comme sa raison l'y porte : c'est un devoir qu'il a envers lui-même de penser librement, afin qu'il puisse agir avec conviction.

XII. — L'homme a droit à une liberté illimitée de discussion. Le mensonge est un scorpion qui se fera à lui-même une piqûre mortelle.

XIII. — L'homme n'a pas seulement le droit d'exprimer ses pensées : c'est pour lui un devoir de le faire.

XIV. — Nulle loi n'a le droit de décourager la pratique de la vérité. L'homme doit dire la vérité en toute occasion. Un devoir ne peut jamais être criminel. Ce qui n'est point criminel ne saurait être nuisible.

XV. — La loi ne peut faire qu'une chose vertueuse ou innocente en son essence soit criminelle, pas plus qu'elle ne peut rendre innocent ce qui est criminel. Le gouvernement ne peut faire une loi ; il ne peut que formuler ce qui était une loi avant son organisation, c'est-à-dire le résultat moral des éternels rapports entre les choses.

XVI. — La génération actuelle ne peut lier sa postérité ; le petit nombre ne peut faire de promesses pour la majorité.

XVII. — Nul ne peut faire une chose mauvaise dans le but de faire le bien.

XVIII. — Les expédients sont inadmissibles en morale. La politique n'est saine que quand elle est conduite d'après les principes de la morale ; elle est, en somme, la morale des nations.

XIX. — Nul n'a le droit de tuer son frère. Ce n'est point une excuse pour lui que de le faire sous un uniforme : il ne fait qu'ajouter l'infamie de la servitude au crime de meurtre.

XX. — L'homme, quel que soit son pays, a les mêmes droits, dans un endroit ou dans un autre, — les droits de cité universelle.

XXI. — Le gouvernement d'un pays doit être parfaitement indifférent à toute opinion. Les discordes religieuses, les plus sanglantes et les plus acharnées de toutes, naissent de la partialité.

XXII. — Une délégation donnée par des particuliers, dans le but de protéger leurs droits, ne peut créer aucun pouvoir non délégué pour restreindre l'expression de leur opinion.

XXIII. — La croyance est indépendante de la volonté ; rien de ce qui est involontaire n'est méritoire ou répréhensible. Un homme ne doit pas être tenu pour pire ou meilleur, à raison de sa croyance.

XXIV. — Le Chrétien, le Déiste, le Turc, le Juif ont des droits égaux : ils sont hommes et frères.

XXV. — Si les idées religieuses de quelqu'un ne concordent pas avec les vôtres, ne l'en aimez pas moins pour cela. Combien les vôtres seraient différentes, si le hasard vous avait fait naître dans la Tartarie ou dans l'Inde !

XXVI. — Ceux qui croient que le ciel est, comme la terre l'a été, un monopole entre les mains d'une minorité privilégiée, feraient bien d'examiner à nouveau leur opinion ; s'ils découvrent qu'elle leur vient de leur prêtre ou de leur grand'mère, ils n'auront rien de mieux à faire que de la rejeter.

XXVII. — Nul homme n'a droit au respect pour d'autres richesses que celles que constituent la vertu et les talents. Les titres sont du clinquant, le pouvoir est corrupteur, la gloire est une bulle d'air, et une richesse excessive une accusation infamante contre son possesseur.

XXVIII. — Nul homme n'a le droit d'accaparer plus qu'il ne peut consommer ; ce que les riches donnent aux pauvres, pendant que des millions d'hommes meurent de faim, n'est point à proprement parler une faveur, mais une restitution imparfaite.

XXIX. — Tout homme a droit à une certaine somme de loisir et de liberté, parce qu'il a pour devoir d'atteindre un certain degré d'instruction. Il le peut, donc il le doit.

XXX. — La sobriété de corps et d'esprit est nécessaire à ceux qui veulent être libres, parce que faute de sobriété, un sentiment élevé de philanthropie ne saurait agir sur le cœur, et qu'on manquerait de courage froid et résolu pour en exécuter les commandements.

XXI. — La seule utilité du gouvernement est de réprimer les vices de l'homme. Si l'homme était impeccable aujourd'hui, il aurait demain le droit de demander la cessation du gouvernement et de tous ses maux.

Homme, dont les droits sont exprimés plus haut, ne sois pas plus longtemps oublieux de ta haute destinée. Songe à tes droits, à ces richesses qui te donneront la vertu et la sagesse, grâce auxquelles tu pourras atteindre au bonheur et à la liberté. Ils te sont formulés par un homme qui connaît ta dignité, car à chaque heure son cœur se gonfle d'un honorable orgueil à la contemplation de ce que tu peux accomplir, — par un homme qui ne perd pas de vue ta dégénération, car chaque instant ravive en lui l'amère connaissance de ce que tu es.

Réveille-toi ! Lève-toi ou reste à terre à jamais.

RÉFUTATION DU DÉISME

DIALOGUE

(1814)

RÉFUTATION DU DÉISME [1]

DIALOGUE

A ceux qui savent comprendre !

———

PRÉFACE

L'objet du Dialogue qui suit, est de prouver que le système du Déisme est insoutenable. On cherche à faire voir qu'il n'y a pas d'alternative autre que l'Athéisme et le Christianisme, et les arguments pour l'Existence d'un Dieu ne doivent être tirés d'aucuns autres principes que ceux d'une Révélation divine.

L'auteur s'efforce de faire voir combien la cause de la Religion naturelle ou révélée a souffert du système de défense adopté par les Chrétiens théosophistes. Jusqu'à quel point réalisera-t-il la tâche qu'il s'est imposée dans la composition de ce dialogue, c'est ce que décidera le monde.

La manière dont est imprimé ce petit ouvrage

1. Edition de Londres, 1814.

peut paraître trop coûteuse, soit pour ses mérites, soit pour son étendue. Tout en reconnaissant combien ce procédé est contraire à la diffusion des lumières, on l'a néanmoins adopté en cette circonstance afin d'interdire au vulgaire l'abus d'un genre de raisonnement qui peut être mal interprété à raison de sa nouveauté.

EUSÉBÈS ET THÉOSOPHUS

Eusébès. — O Théosophus, j'ai depuis longtemps observé avec regret l'étrange infatuation qui a aveuglé votre intelligence. Ce n'est pas sans une souffrance aiguë que j'ai vu votre audacieux scepticisme s'enhardir jusqu'à piétiner les plus vénérables institutions de nos ancêtres, et rejeter enfin le salut que le Fils unique engendré par Dieu a daigné offrir en personne à un monde capable et incrédule. Voilà donc à quel excès en est arrivée, dans son orgueil, l'intelligence humaine! A se mesurer avec l'Omniscience! A sonder les intentions de l'Impénétrable!

Il se peut que vous n'ayez fait que des réflexions superficielles sur ce terrible et important sujet. L'amour du paradoxe, une affectation de singularité, ou l'orgueil de la raison vous ont séduit et égaré dans les sentiers stériles et sombres de l'incroyance. Sûrement vous vous êtes endurci contre la vérité par un esprit de froideur et de raillerie.

Avez-vous été absolument indifférent à l'accumulation de preuves qu'il a plu à la Divinité
d'attacher à la révélation de sa volonté ? Livres antiques où l'avénement du Messie était prédit, miracles par lesquels sa vérité a été confirmée si visi-
blement, martyrs qui ont subi les tourments les
plus variés pour rendre témoignage à sa véracité ?
On dirait que vous demandez une démonstration
mathématique dans un cas où il suffit d'une forte
probabilité morale. Certes, alors, c'en serait fait de
la foi que nous sommes appelés à mettre en notre
Rédempteur. Où est la difficulté d'accorder créance
à ce qui est parfaitement clair et évident ? Quel droit
aurait-il à une récompense, celui qui croit qu'il ne
peut se refuser à croire ?

Quand il est prouvé d'une manière suffisante que
les témoins des miracles chrétiens ont passé leur
vie dans les labeurs, les dangers, les souffrances,
et se sont maintes fois résignés à être torturés, brûlés, étranglés, en témoignage de la vérité de leur
récit, dira-t-on qu'ils étaient inspirés par un désir
désintéressé de tromper autrui ? Qu'ils étaient hypocrites sans autre but que d'enseigner la doctrine
la plus pure qui ait jamais éclairé le monde ; qu'ils
étaient martyrs sans avoir à espérer aucun profit,
aucune gloire ? Le sophiste qui avance gravement
une opinion aussi absurde, pèche sûrement avec
un entêtement gratuit et inexcusable.

L'histoire du Christianisme est en soi la preuve
la plus incontestable de ces miracles par lesquels
son origine a été solennellement annoncée au
monde. Elle est elle même un grand miracle. Quel-

ques humbles l'ont établie en face d'un monde hostile. En moins de cinquante ans une multitude extraordinaire était convertie, ainsi que Suétone[1], Pline[2], Tacite[3]. et Lucien l'attestent; et bientôt après, des milliers d'hommes, qui avaient audacieusement renversé les autels, égorgé les prêtres et brûlé les temples du Paganisme, demandaient à grands cris qu'on arrachât aux Païens exaspérés de quoi les récompenser de leur martyre. Ce fut seulement trois siècles après la venue du Messie que sa sainte religion prit rang parmi les institutions de l'Empire Romain, et prit pour appui le bras visible de la force charnelle. Ainsi, pendant longtemps, sans autre aide que celle de son tout-puissant auteur, le Christianisme prévalut, en dépit d'incroyables persécutions, et puisa une vigueur nouvelle dans les circonstances les plus capables de produire le désespoir et le découragement. Par quelle série de sophismes un être raisonnable peut-il se persuader de rejeter une religion dont la propagation fut dès l'origine un événement sans aucun parallèle dans la sphère de l'expérience humaine?

La morale de la Religion Chrétienne n'est pas moins originale et sublime que ses miracles et ses mystères sont différents des autres prodiges. Une

---

1. *Judæi, impulsore Chresto, turbantes, facile comprimuntur.* (Suétone, *Tibère.*) — *Affecti suppliciis christiani, genus hominum superstitionis novæ et maleficæ.* — (Id. *Nerón.*)

2. *Multi omnis ætatis utriusque sexus etiam; neque enim civitates tantum, sed vicos etiam et agros superstitionis istius contagio pervagata est.* (Pline, *Lettres.*)

3. Tacite, *Annales*, XV, 14.

soumission patiente aux injures et à la violence;
une docilité passive à la volonté des souverains; le
dédain de ces liens par lesquels les sentiments de
l'humanité ont toujours été attachés au peu de chose
qu'est ce monde; l'humilité, la foi, voilà des doctrines qu'on ne peut ni assimiler, ni comparer à
celles d'aucun système [1]. L'amitié, le patriotisme,
et la grandeur d'âme, un cœur prompt à s'émouvoir, un bras inflexible dans l'action, le génie, l'é-
rudition, et le courage, telles sont les qualités qui
ont forcé l'admiration des hommes, mais que le
Christianisme nous enseigne à regarder comme des
vices magnifiques et décevants.

Je ne sais pourquoi un Déiste éprouverait plus
de penchant à se défier des historiens de Jésus-
Christ, que de ceux d'Alexandre le Grand. Qu'y
a-t-il dans l'annonce de la Rédemption qui motive
une défiance plus particulière? On ne contestera
pas qu'une révélation de la volonté divine ne doive
être un bienfait pour l'humanité [2]. On ne soutiendra pas que même sous le règne de la Révélation
chrétienne nous avons une solution trop claire de
la vaste énigme de l'Univers, une justification trop
complète des attributs de Dieu. Lorsque nous évo-
quons en notre esprit l'ignorance profonde, où, à
l'exception des Juifs, étaient plongés les philosophes de l'antiquité; quand nous nous souvenons
que des hommes éminents par leurs talents éblouis-
sants et leurs trompeuses vertus, Épicure, Démo-

1. Voir Les preuves internes du Christianisme, et aussi les
Démonstrations de PALEY, t. II, p. 27.
2. PALEY. Démonstrations, t. I, p. 3.

crite, Pline, Lucrèce [1], Euripide, et une infinité d'autres, eurent la hardiesse d'avouer publiquement, et impunément leur foi athéiste, et que les théistes, Anaxagoras, Pythagore et Platon, employèrent en vain cette raison humaine, si disproportionnée avec un tel sujet, à établir parmi les philosophes la croyance en un Dieu tout-puissant, créateur et conservateur du monde, quand nous nous rappelons que la multitude était grossièrement, ridiculement idolâtre, et que les magistrats, lorsqu'ils n'étaient pas athées, voyaient l'existence d'un Dieu sous le jour d'une spéculation abstruse et dépourvue d'intérêt ; quand nous ajoutons [2] à ces considérations le souvenir des guerres et des oppressions qui, à l'époque de la venue du Messie, désolèrent l'espèce humaine, ne doit-on pas croire que la divinité est réellement intervenue en vue d'arrêter la marche rapide de la décadence humaine, plutôt que de penser qu'elle aurait permis à une imposture spécieuse et pestilentielle d'attirer l'humanité dans le labyrinthe d'une superstition plus funeste? Assurément la Divinité n'a point créé l'homme immortel, pour le laisser dans l'ignorance éternelle de sa glorieuse destinée. Si la religion chrétienne est fausse, je ne vois pas sur quelle

1. PLINE. Hist. nat. cap. de Deo. — EURIPIDE, fragment de Bellérophon. — LUCRÈCE, de Rerum natura (I, 147-151).

Hunc igitur terrorem animi, tenebrasque necesse est
Non radii solis, neque lucida tela diei.
Dissentiant, sed naturæ species ratioque :
Principium hinc cujus nobis exordia sumet :
NULLAM REM NIHILO GIGNI DIVINITUS UNQUAM.

2. CICÉRON, de Natura Deorum.

base peuvent reposer notre croyance en un être qui gouverne moralement l'Univers, ou nos espérances d'immortalité.

Ainsi donc le complet examen du cas et le suffrage du monde civilisé, concourent avec les suggestions plus certaines de la foi pour rendre invincible ce système qui a été si vainement, si témérairement attaqué. Supposez pourtant qu'on admette que les conclusions de la raison humaine et les leçons de la vertu du siècle devraient, dans le détail, apparaître comme incompatibles avec la Révélation divine, quel est celui des deux guides dont nous devrions accepter les commandements? ce n'est pas celui qui erre chaque fois qu'on le consulte, mais celui qui est incapable d'erreur; ce ne sont point les systèmes éphémères d'une vaine philosophie, mais la parole de Dieu, qui est destinée à durer éternellement.

Réfléchissez, ô Théosophus, que si la religion que vous rejetez est vraie, vous êtes justement dépouillé des avantages qui résultent d'une foi en son efficacité pour le salut. Ne vous montrez pas indifférent, je vous en prie, aux malédictions si énergiquement multipliées contre les incrédules par les organes inspirés de la volonté divine, le feu qui ne s'éteindra pas, le ver qui ne mourra pas. Je n'ose pas croire que le Dieu a qui j'ai confié mon salut, voudrait terrifier ses créatures par les menaces d'un châtiment qu'il n'a point l'intention d'infliger. L'ingratitude de l'incrédulité est peut-être, le seul péché auquel le Tout-Puissant ne peut étendre sa miséricorde sans compromettre sa justice. Comment

le cœur humain peut-il supporter sans désespoir,
la seule pensée d'une alternative aussi terrible?
Revenez, je vous en supplie, dans cette forte tour
qui domine en sûreté le chaos des opinions contradictoires des hommes. Revenez à ce Dieu qui est
votre créateur et votre conservateur, et qui seul
vous défend contre les pièges incessants de votre
éternel ennemi. Les institutions humaines sont-
elles si parfaites, que le principe qui leur sert de
base puisse se comparer avec la voix de Dieu? Sachez que la foi est au-dessus de la raison, autant
que la créature est au-dessous du Créateur, et que
dès qu'elles sont incompatibles, c'est aux inspirations de celui-ci et non de celle-là qu'il faut s'adres-
ser.

Permettez-moi de vous montrer au naturel la
laideur des erreurs qui vous attirent vers votre
perte. Exposez-moi avec sincérité l'enchaînement
de sophismes par lesquels le mauvais esprit a
trompé votre intelligence. Confessez les secrets
motifs de votre incroyance, et souffrez que j'admi-
nistre un remède à votre maladie intellectuelle. Je
ne redoute point la contagion de sentiments aussi
révoltants, je crains seulement que la patience me
fasse défaut avant que vous ne soyez arrivé jusqu'au
dernier détail de votre présomptueuse crédulité.

THÉOSOPHUS. — Je suis prêt non seulement à avouer
mais encore à soutenir mes sentiments. Néanmoins
je me vois, dès l'abord, obligé de reconnaître que
dans cette discussion je me trouve dans une situation désavantageuse qui n'est point la vôtre. Vous

croyez que l'incrédulité est immorale et vous regardez d'un œil soupçonneux et défiant, celui dont
la doctrine est incompatible avec la vôtre, mais la
vérité consiste à reconnaître l'accord ou le désaccord des idées. L'homme qui ne perçoit pas le désaccord entre des idées n'est pas plus capable, à
ce que je crois, de percevoir leur accord, que de
surmonter une impossibilité matérielle. Que les
articles de notre foi soient raisonnables ou absurdes, ce n'est donc point une cause légitime de
mérite ou de démérite ; nos opinions ne dépendent
point de la volonté, mais de l'intelligence.

Si je suis dans l'erreur (et le plus sage d'entre
nous ne saurait se prétendre à l'abri de toute illusion), cette erreur est la conséquence des préjugés
qui m'empêchent, — ou de l'ignorance qui me rend
incapable, — de me former une exacte appréciation
du sujet. Ecartez ces préjugés, dissipez cette ignorance, faites apparaître la vérité, et ne craignez pas
les obstacles qu'il restera à affronter. Mais ne me
répétez pas ces malédictions terribles et multipliées,
dont l'intolérance et la cruauté m'ont si souvent
dégoûté de lire vos livres sacrés. Ne me dites pas
que l'Etre miséricordieux par excellence, me punira des conclusions de la raison qu'il a jugé bon
de m'accorder pour me distinguer des bêtes péris-
sables. Et surtout évitez d'insister sur des considérations tirées de la raison pour dégrader ce que
vous êtes par là même obligé de reconnaître pour
arbitre suprême de la discussion. Répondez à mes
objections, comme je m'engage à répondre à vos
assertions, point par point, mot par mot.

Vous croyez que le Dieu unique et toujours présent a engendré un fils, qu'il a envoyé pour réformer le monde et pour en faire pardonner les péchés.
Vous croyez qu'un livre, nommé la Bible, contient
un récit fidèle de cet événement, en même temps
que d'une infinité de miracles et de prophéties qui
l'ont précédé depuis la création du monde! Votre
opinion que ces choses se sont passées ainsi me
paraît dépourvue de fondement raisonnable, pour
des motifs que je vais exposer.

Pour montrer en détail toute l'inconséquence,
l'immoralité et les fausses prétentions que je trouve
dans la Bible, il faudrait une critique minutieuse
qui formerait un volume aussi gros qu'elle. Je m'en
tiendrai donc à mettre vos doctrines en face de ces
principes primitifs et généraux qui sont la base de
tout raisonnement sur les choses morales.

En créant l'univers, Dieu avait certainement en
vue le bonheur de ses créatures. Il est donc juste
de conclure qu'il n'a négligé aucun moyen qui ne
comportait pas d'impossibilité, pour accomplir ce
dessein. En fixant une résidence à cette image de
sa propre majesté, il se préoccupait évidemment
d'en éloigner tout ce qui pouvait être nuisible, tout
ce qui pouvait être mauvais. Il connaissait l'étendue
de son pouvoir, il prévoyait les conséquences de sa
conduite, et sans contredit, il modela cette créature
en harmonie avec le monde qu'elle devrait habiter,
avec les circonstances dont elle allait être entourée.

Le récit donné par la Bible n'a qu'un rapport
vague avec les données de la raison au sujet de cet
événement.

Selon ce livre, Dieu créa Satan, qui, cédant à ses tendances naturelles, disputa au Tout-Puissant le trône du ciel. Après un conflit pour l'empire, dans lequel Dieu fut victorieux, Satan fut précipité dans un abîme de soufre brûlant. A la création de l'homme, Dieu mit à sa portée un arbre dont il lui défendit de goûter le fruit, et en même temps il permit à Satan d'employer tout son artifice pour persuader à cette créature innocente et facile à étonner, de transgresser la défense fatale.

Le premier homme céda à cette tentation, et pour satisfaire la justice divine, toute sa postérité eût dû être brûlée éternellement dans l'enfer, si Dieu n'avait envoyé sur terre son Fils unique pour sauver le petit nombre de ceux dont le salut avait été prévu et décidé d'avance, avant la création du monde.

Dieu est ici représenté comme créant l'homme avec certains pouvoirs, certaines facultés, comme le plaçant au milieu de certaines circonstances, et alors le condamnant à des tourments éternels pour avoir agi comme le lui faisait prévoir son omniscience, et pour être ce que sa toute-puissance l'avait fait. Car affirmer que le créateur est l'auteur de tout mal, c'est affirmer qu'un homme trace une ligne droite et une ligne courbe et qu'un autre homme les rend incompatibles [1].

Les nations barbares et incultes ont universellement adoré, sous des noms divers, un Dieu dont elles étaient elles-mêmes l'original, rancunier, sanguinaire, au caractère bas et capricieux. L'idole

---

1. Hobbes.

du sauvage est un démon qui fait ses délices du carnage. La vapeur du sang, les plaintes discordantes, les flammes d'un pays ravagé, voilà les offrandes qu'il croit dignes de lui, et dont ses adorateurs, en nombre immense sur la terre, se sont fait un rigoureux devoir de l'honorer suivant ses goûts [1]. Les Phéniciens, les Druides et les Mexicains ont immolé les hommes par centaines aux sanctuaires de leur divinité, et le grand et le saint nom de Dieu a été dans tous les siècles le mot d'ordre des massacres les plus impitoyables, la sanction des plus atroces perfidies.

Mais j'en appelle à votre bonne foi, ô Eusébès, s'il existe un récit de tant de basses absurdités, d'énormités si atroces, un tableau qui rend la Divinité si semblable à un Démon, qu'on le voit dans les livres sacrés des Juifs, je vous le demande, pouvez-vous en théiste consciencieux mettre d'accord la conduite attribuée au Dieu des Juifs, avec vos idées de la pureté et de la bonté de l'essence divine.

Les obscénités dégoûtantes et minutieuses, auxquelles descendent sans cesse les écrivains inspirés, les sales préceptes que Dieu institue en personne, à ce que l'on dit [2], le dédain absolu de la vérité, le mépris des premiers principes de morale,

---

1. Voir Préface au *Bon sens*.
2. Voir Osée, chap. I; ch. IX. — EZÉCHIEL, chap. IV, XVI, XXIII. Heyne, parlant des opinions qu'avaient sur les Juifs les poètes et les philosophes de l'antiquité, dit : *Meminit quidem superstitionis Judaicæ Horatius, verum ut eam risu exploderet.* — (Heyn. ad Virg. POLL. in arg.)

que manifestent dans les occasions les plus publiques, les favoris, les privilégiés du ciel, pourraient
pervertir, s'ils n'étaient pas indécents jusqu'à provoquer le dégoût.

Quand le chef de cette horde obscure et brutale
d'assassins affirme que le Dieu de l'Univers était
enfermé dans une caisse en bois de shittim [1] de
deux pieds de long sur trois de large, et qu'on le
ramena chez lui sur un char tout neuf [2], l'impertinence d'une aussi plate imposture me fait sourire. Mais c'est un blasphème d'un caractère plus
hideux et plus extraordinaire de soutenir que Dieu
commanda à Moïse d'envahir une nation inoffensive, et en raison de la différence de religion, de
détruire jusqu'au dernier tous les êtres humains
qui la formaient, de massacrer de sang-froid tous
les enfants, tous les hommes désarmés, de tuer les
prisonniers, d'éventrer les mères, de vouer les filles au concubinage et au viol. [3]

1. Samuel, ch. V, v. 8.
2. Wordsworth, Ballades lyriques.
3. Alors Moïse se tint debout à la porte du camp, et dit :
« Qui est du côté du Seigneur? qu'il vienne à moi. » Et tous
les fils de Lévi se rassemblèrent près de lui. Et il leur dit :
« Voici ce que dit le Seigneur Dieu d'Israël : que chaque
homme se ceigne de son épée, et qu'il traverse le camp
d'une porte à l'autre, et que *chaque homme égorge son frère,
que chaque homme égorge son compagnon, et que chaque homme
égorge son voisin.* » Et les enfants de Lévi firent ce que Moïse
leur disait, et en ce jour-là, il périt dans le peuple 23,000
hommes. (*Exode*, xxxii, 26.)
Et ils firent la guerre contre les Madianites, comme le
Seigneur l'avait ordonné à Moïse, et ils égorgèrent tous les
mâles. Et les enfants d'Israël prirent captives toutes les
femmes de Madian, et leurs petits enfants, et prirent comme
butin tout le bétail, et tous leurs troupeaux et tous leurs

A cette même époque des philosophes animés de la bienfaisance la plus courageuse établissaient en Grèce ces institutions qui en ont fait la merveille et le phare du monde, et vous me demandez de croire que le roitelet criminel d'une obscure et barbare nation, un meurtrier, un traître et un tyran, était un homme selon le cœur de Dieu ? Un misérable coupable d'énormités sans parallèles, dont la seule pensée fait défaillir de découragement

biens. Et ils brûlèrent par le feu toutes leurs huttes où ils habitaient et toutes leurs belles villes fortes. Et Moïse, et Eléazar le prêtre, et les princes de l'Assemblée, sortirent du camp à leur rencontre. Et Moïse fut en colère contre les officiers de l'armée et contre les chefs de mille hommes, et contre les chefs de cent hommes, qui revenaient du combat. Et Moïse leur dit : « *Avez-vous conservé la vie aux femmes ? Voyez, ce sont elles qui, par le conseil de Balaam, ont été la cause de la faute commise envers le Seigneur, dans l'affaire de Phégor, et il s'est déclaré une peste parmi le peuple du Seigneur. Donc maintenant tuez tous les petits enfants mâles, tuez toute femme qui a connu un homme en couchant avec lui. Mais quant aux jeunes filles, qui n'ont point connu d'homme en couchant avec lui, gardez-les en vie pour vous-mêmes.* » (*Nombres*, XXXI, 7-18.)

Et nous les détruisîmes tous, comme nous avons fait pour Sihon, roi d'Heshbon, détruisant les hommes, les femmes et les enfants de toute cité. (*Deut.* III, 6.)

Et ils détruisirent entièrement tout ce qui se trouvait dans la ville, tant les hommes que les femmes, les jeunes et les vieux, le bœuf et la brebis et l'âne, par le tranchant de l'épée. (*Josué.*)

Ainsi Josué combattit contre Débir, et détruisit entièrement tout ce qu'il y avait de vivant dans la ville, et ne laissa la vie à personne, et détruisit tout ce qui respirait, comme le Seigneur Dieu d'Israël le lui avait commandé. (*Josué*, ch. X.)

Et David rassembla tout le peuple, et alla à Rabbah, et s'en empara, et il y réunit tous les gens, et les fit passer sous des scies, sous des herses de fer, et les fit passer à travers le four à briques ; cela il le fit aussi aux gens d'Ammon. (*Samuel*, XII, 29.)

l'âme la plus ferme. Un monstre hors de la nature, qui sciait en deux des êtres humains comme lui, les déchirait sous des herses de fer, les coupait en morceaux avec la hache, les brûlait dans des fours à briques, parce qu'ils se courbaient devant une idole différente, et moins assoiffée de sang, que la sienne? On ne saurait donc traiter d'assertion erronée d'un esprit égaré le refus de voir dans le Dieu des Juifs le créateur plein de bonté, de ce bel univers.

La conduite de la Divinité dans la promulgation de l'Evangile ne paraît pas plus compatible, aux yeux de la raison, avec son immutabilité et son omnipotence, que ne l'est avec sa bonté l'histoire de ce qu'elle a fait sous le règne de la loi.

Vous prétendez que la race humaine méritait une réprobation éternelle parce que son premier père avait transgressé le commandement divin, et que le crucifiement du Fils de Dieu était le seul sacrifice assez efficace pour satisfaire l'éternelle justice. Mais il est tout aussi inconciliable avec la justice, tout aussi subversif de la morale, que des millions d'hommes aient à répondre d'un crime auquel ils n'ont eu aucune part, ou que le crucifiement d'un innocent puisse les laver de cette turpitude morale, s'ils avaient réellement commis ce crime. *Ferret ne ulla civitas latorem istiusmodi legis, vel condemnaretur filius, aut nepos, si pater aut avus deliquisset?* C'est là assurément un genre de législation propre à un état de sauvagerie et d'anarchie, c'est la logique invincible de la tyrannie et de l'imposture.

Supposons que Dieu ait jamais révélé d'une manière surnaturelle sa volonté à un homme à une
autre époque que dans l'origine première et la
création de la race humaine, c'est mettre nécessairement sa bonté en question. C'est prétendre
qu'il a refusé à l'humanité un bienfait qu'il était
en son pouvoir de lui conférer, qu'il abandonnait
ses créatures dans l'ignorance de vérités essentielles pour leur bonheur et à leur salut ; que pendant
le cours d'innombrables siècles, tous les individus
de l'espèce humaine ont péri sans rédemption, par
suite d'une tache que la Divinité est enfin venue
elle-même faire disparaître, que les hommes vertueux et sages de tous les siècles, entraînés dans
une destinée commune avec les ignorants et les
méchants, ont été souillés d'une erreur involontaire
et inévitable que des tourments d'une durée infinie
seront insuffisants à expier.

En vain m'affirmerez-vous, avec une aimable
inconséquence, que la miséricorde de Dieu s'é-
tendra aux gens vertueux, et que seuls les méchants seront punis. La base de la Religion chrétienne est manifestement compromise par une
concession de cette nature. Un subterfuge aussi
visible supprime la nécessité de l'incarnation de
Dieu pour la rédemption de l'espèce humaine, et
montre dans la venue du Messie sur la terre un
déploiement superflu de l'action divine, sans autre
résultat que d'embarrasser, de terrifier et de con-
fondre l'humanité.

Il est assez évident qu'un être omniscient n'eût
jamais conçu le dessein de réformer le monde par

le christianisme. L'omniscience eût certainement prévu l'inefficacité de ce système, et l'expérience fait voir que non seulement il a été impuissant à contenir les penchants malveillants des hommes, mais encore qu'il a été très actif pour les attiser.

Pendant la période qui s'est écoulée entre la translation du siège de l'Empire à Constantinople en 328, et sa prise par les Turcs en 1453, quelle influence le Christianisme a-t-il exercée sur ce monde qu'il se proposait d'éclairer? Jamais jusqu'alors l'Europe n'avait été le théâtre de guerres aussi continuelles, aussi sanglantes, jamais les peuples n'avaient été aussi abrutis par l'ignorance, aussi dégradés par l'esclavage.

Je veux bien admettre qu'une prophétie de Jésus-Christ a été incontestablement accomplie : « *Je viens apporter sur la terre non point la paix, mais l'épée.* » Le Christianisme a véritablement égalé en atrocités le Judaïsme, et l'a dépassé par l'étendue de ses ravages. Onze millions d'hommes, de femmes et d'enfants ont été tués dans des batailles, massacrés dans leur sommeil, ont péri par le feu dans des fêtes publiques de sacrifice, empoisonnés, torturés, assassinés, pillés sous l'inspiration de la Religion de paix, et pour la gloire du Dieu de toutes les miséricordes.

En vain me direz-vous que ces terribles effets résultent non point du Christianisme, mais de son abus. Aucune excuse de ce genre ne saurait pallier les énormités d'une religion prétendue divine. Une intelligence bornée n'est responsable des effets de son action qu'autant qu'elle les a prévus ou aurait pu les prévoir; mais à l'omniscience on peut légitimement imputer toutes les conséquences de sa conduite. Le Christianisme lui-même déclare que la valeur de l'arbre doit être estimée par la qualité de son fruit. L'extermination des infidèles, les persécutions réciproques de sectes hostiles, les massacres de minuit, les bûchers à feu lent, parce que la croyance des victimes contenait plus ou moins d'articles que la formule orthodoxe, tout cela directement imputable au Christianisme, l'invariable opposition que la philosophie a toujours éprouvée du fait de l'esprit de la religion révélée, montrent clairement qu'il aurait fallu une bien faible dose de sagacité pour apprécier à leur véritable valeur les avantages de cette croyance à laquelle certains mérites tiennent par un attachement inexplicable.

Vous insistez avec force sur l'originalité du système chrétien de morale. Si cette assertion est exacte, ou bien votre religion doit être fausse, ou bien la divinité a voulu que des règles de conduite opposées fussent suivies par l'espèce humaine à différentes époques, dans les mêmes circonstances, ce qui est absurde.

La doctrine qui enseigne à se soumettre au despotisme le plus insolent; à prier pour nos ennemis et à les aimer, à croire et à s'humilier, paraît faire consister la perfection du caractère de l'homme dans cette abjection, cette crédulité que les prêtres et les tyrans de tous les siècles ont jugées très avantageuses pour leurs projets. Il est évident qu'une nation entièrement chrétienne (si une pareille anomalie pouvait durer un seul jour) deviendrait, comme du bétail, la propriété du premier occupant. Il est évident que dix brigands suffiraient pour subjuguer le monde, s'il était peuplé d'esclaves qui n'oseraient résister à l'oppression.

L'indifférence à l'amour et à l'amitié que recommande votre croyance, ne serait pas moins pernicieuse si elle pouvait se réaliser. L'enthousiasme d'une misanthropie anti-sociale, s'il était une règle journalière de conduite, au lieu d'être la spéculation d'un petit nombre d'individus intéressés, aurait bientôt anéanti l'espèce humaine. L'abstinence totale des rapports sexuels n'est peut-être pas exigée, mais elle est énergiquement recommandée [1] et elle fut réellement mise en pratique dans des proportions effrayantes par les premiers chrétiens [2].

Les châtiments infligés par ce monstre de Constantin, le premier Empereur chrétien, aux plaisirs de l'amour défendu, sont d'une sévérité si inique, qu'aucun législateur moderne n'eût pu les appliquer aux crimes les plus atroces. Ce ruffian impassible et hypocrite coupa la gorge à son fils, étrangla sa femme, assassina son beau-père et son beau-frère, et entretint à sa cour une bande de prêtres chrétiens sanguinaires et fanatiques, dont un

1. Maintenant, à propos des choses sur lesquelles vous m'avez écrit, il est bon pour l'homme de ne jamais toucher une femme. — Je dis donc aux célibataires et aux veuves, il est bon pour eux de s'en tenir à ce que je suis. Mais s'ils ne peuvent pas se maltriser, qu'ils se marient : il vaut mieux se marier que brûler. (I Cor. ch. vii.)

2. GIBBON, *Hist. de la déc. et de la chute.* T. II, p. 210.

seul eût suffi pour faire massacrer une moitié du monde par l'autre moitié [1].

Je consens à reconnaître que deux ou trois axiomes de morale, empruntés par le Christianisme aux philosophes de la Grèce et de l'Inde, enseignent, sous une forme décousue, des règles de conduite dignes d'éloges mais les leçons les plus pures, les plus élevées de la morale doivent rester des bagatelles, les plus éloquentes exhortations à la vertu doivent manquer leur but, tant qu'on attache la moindre importance à ce dogme qui est l'essence vitale de la religion révélée.

La croyance est présentée comme le critérium du mérite ou du démérite ; un homme doit être jugé non point d'après la pureté de ses intentions, mais d'après l'orthodoxie de sa croyance ; l'assentiment à certaines propositions doit l'emporter dans la balance du Christianisme sur la vertu la plus généreuse et la plus élevée.

Mais l'intensité de la croyance, comme celle de toute autre passion, est précisément proportionnée aux degrés d'excitation. Une échelle graduée, sur laquelle serait marqué le plus ou moins d'aptitude des propositions à subir le contrôle des sens, permettrait d'apprécier exactement le degré de créance qu'on doit leur accorder et n'était l'influence du préjugé ou de l'ignorance, *c'est* la mesure invariable de la croyance. Ce à quoi l'on a foi, c'est ce que l'on reconnaît comme vrai, et l'esprit ne peut par aucun moyen s'empêcher d'accorder crédit à une

---

1. GIBBON. *Hist. de la décad. et de la chute.* T. II, p. 269.

opinion qui est soutenue par un témoignage inéluc-
table.

La croyance n'est point un acte de la volonté, et
elle ne peut être réglée par l'esprit, elle est évidemment dépourvue soit de mérite, soit de criminalité. Le système, qui admet un faux criterium de
la vertu morale, doit être aussi pernicieux qu'il est
absurde. Par dessus tout, il ne peut être divin,
parce qu'il ne saurait se faire que le créateur de
l'esprit humain en ignore les facultés.

Il faut examiner en dernier lieu le degré d'évidence que fournissent les miracles et les prophéties en faveur de la religion chrétienne.

Un témoignage doit être d'autant plus imposant
et d'une force d'autant plus irrésistible, qu'un certain événement est plus éloigné de la sphère de
notre expérience. Chaque fait miraculeux est une
mêlée d'improbabilités contradictoires, tant parce
qu'il est plus contraire à l'expérience qu'un miracle soit réel, ou que le récit qui le rapporte soit
faux, que parce que les lois immuables de ce
monde harmonieux auraient dû subir une violation,
ou que d'obscurs Grecs et Juifs auraient comploté
la fabrication d'un conte miraculeux.

L'apparition réelle d'un esprit défunt serait un
événement véritablement émérite et extraordinaire,
mais que douze vieilles femmes réunissent leur témoignage pour affirmer qu'un esprit a apparu,
cela n'est ni un fait sans précédent, ni un miracle.

Que Dieu, dont l'immensité n'est point bornée
par l'espace, aurait commis un adultère avec la
femme d'un charpentier, cela est moins aisé à

croire que d'admettre l'illusion d'une multitude crédule trompée par quelques audacieux coquins ou des dupes imbéciles [1].

Nous avons une continuelle et fâcheuse expérience de ce dernier fait; quant au premier, on en dispute encore. L'histoire nous offre d'innombrables exemples de la possibilité du premier cas; la philosophie en tous les siècles a protesté contre la possibilité de l'autre.

Toute superstition peut produire ses dupes, ses miracles et ses mystères; chacune est prête à justifier ses doctrines particulières par un pareil ensemble de prodiges, de prophéties et de martyres.

Les prophéties, quelle que soit leur précision, sont sujettes à la même objection que les miracles proprement dits. Il est plus conforme à l'expérience d'admettre que l'antériorité de la prédiction par rapport à l'événement prédit, repose sur des arguments historiques sans valeur, ou qu'un heureux concours de circonstances a réalisé la conjecture du prophète, que de croire à la communication faite par Dieu à un homme du pouvoir de discerner les événements futurs [2]. Je vous défie de produire plus d'un exemple de prophétie biblique, où l'écrivain inspiré s'exprime de manière à se faire comprendre, où sa prédiction n'ait pas été inintelligible et obscure au point de devenir elle-même un sujet de controverse parmi les Chrétiens.

La seule prédiction que j'excepte est certaine-

---

1. Voir Paley, *Démonstrations*. T. I, chap. r.
2. Voir la controverse entre l'Evêque Watson et Thomas Paine. — PAINE : *Critique sur le XIX⁵ chapitre d'Isaïe.*

ment très explicite et très précise. C'est la seule
de cette nature que contienne la Bible. Là, Jésus prédit lui-même son arrivée au milieu des
nuages pour clore une période de désolation, avant
que la génération à laquelle il s'adresse, ait disparu[1]. Dix-huit cents ans se sont écoulés, et l'on ne
prétend pas que rien de pareil soit survenu. Cette
prophétie, la seule qui soit claire, étant aussi évidemment fausse, peut servir de critérium pour
celles qui sont plus vagues et plus indirectes, et
qui, par une centaine de significations, s'appliquent à une centaine d'objets.

Les prétendues prédictions de la Bible étaient
faites pour être comprises, ou elles ne l'étaient
pas. Si elles l'étaient, pourquoi y a-t-il la moindre
contestation à leur sujet? Si elles ne l'étaient pas,
à quoi bon les écrire? Mais le Dieu du Christianisme parlait en paraboles aux hommes pour qu'en
voyant, ils ne pussent voir, et qu'en entendant ils
ne pussent comprendre.

Les Evangiles contiennent la preuve intrinsèque
qu'ils n'ont pas été écrits par les témoins oculaires
des événements qu'ils prétendent raconter. Il est

---

1. Immédiatement après la tribulation de ces jours, le soleil s'obscurcira, et la lune ne donnera pas sa lumière, et
les étoiles tomberont du ciel, et les puissances des cieux
seront ébranlées : et alors apparaîtra au ciel le signe du
Fils de l'homme, et alors toutes les tribus de la terre seront
dans le deuil, et elles verront le Fils de l'homme arriver
dans les nuages du ciel, avec puissance et grande gloire. Et
il enverra son ange avec un grand son de trompette, et ils
rassembleront des quatre vents ses élus, d'un bout du ciel
à l'autre. *En vérité, je vous le dis, cette génération ne passera
pas avant que ces choses ne s'accomplissent.* (MATTH. chap. XXIV.)

clair que l'Evangile de Saint Mathieu n'a été écrit qu'après la prise de Jérusalem, c'est-à-dire au moins quarante ans après l'exécution de Jésus-Christ, car il fait dire à Jésus : « *Que sur nous retombe tout le sang innocent versé sur la terre, depuis le sang du juste Abel, jusqu'au sang de Zacharie, fils de Barachie, que vous avez égorgé entre l'autel et le temple*[1]. » Or, Zacharie, fils de Barachie, fut assassiné entre l'autel et le temple par une faction de zélotes, pendant le siège de Jérusalem[2].

Vous affirmez que le but des interventions surnaturelles dont l'Evangile rapporte les exemples était de convaincre l'humanité que Jésus-Christ était réellement le Rédempteur attendu. Mais il est également impossible qu'aucun effort du sophisme humain fasse échouer la manifestation de la Toute-Puissance et que l'omniscience se trompe dans le choix des moyens les plus efficaces pour la réalisation de son projet. Dix-huit siècles se sont écoulés, et le dixième de l'espèce humaine a une foi aveugle et machinale en ce Rédempteur, alors que dans une certitude complète des mérites de celui-ci, elle a pour destinée inévitable une éternelle souffrance. Assurément, si le système chrétien était d'une importance tellement terrible, son auteur tout-puissant n'eût pas manqué d'y rendre impossibles ces abus dont il n'a jamais été exempt, et auxquels il n'est pas moins sujet que toutes les institutions humaines ; il ne l'aurait pas laissé devenir un sujet d'incessantes railleries ou de com-

1. MATTH. chap. XXIII, v, 35.
2. JOSÈPHE.

plète indifférence pour l'immense majorité des
hommes. Assurément il lui aurait accordé des caractères d'authenticité autrement visibles que l'ex-
pulsion des diables, la noyade des porcs, la guéri-
son d'aveugles, la vie rendue à un cadavre, et le
changement de l'eau en vin. Il eût fait choix d'un
théâtre plus digne d'un événement aussi capital
que la Judée, d'historiens plus autorisés par leurs
talents, leur génie pour rapporter l'incarnation du
Dieu immuable. La société humaine rend à la
santé les personnes noyées; tout empirique peut
guérir toute maladie; noyer des porcs n'est pas
bien malaisé; quant à chasser des diables il s'en
fallait beaucoup que ce fût un exercice nouveau et
rare en Judée. Ne me détaillez pas ces fades absurdités comme des preuves de l'origine divine du
Christianisme.

Si le Tout-Puissant avait parlé, est-ce que l'Univers n'aurait pas été convaincu? S'il avait jugé
que la connaissance de sa volonté importait plus
à l'humanité qu'aucune autre science, ne l'eût-il
pas rendue plus évidente et plus claire?

Maintenant, ô Eusébès, j'ai énuméré tous les
motifs de mon incrédulité à l'égard de la religion
chrétienne. J'aurais pu comparer ses Livres Sacrés
avec le récit que font les Brahmines des âges primitifs du monde, et identifier ses institutions avec
l'antique culte du Soleil. J'aurais pu entreprendre
la comparaison scrupuleuse des contradictions innombrables qui existent entre les historiens inspirés quand ils rapportent un même événement.
Mais j'en ai dit assez pour me défendre contre l'ac-

cusation de scepticisme immodéré et exagéré. Je
m'en rapporte donc à votre bonne foi pour examiner, et à votre logique pour répéter mes arguments.

Eusèbès. — Je ne veux pas, ô Théosophus, dissimuler la difficulté de résoudre vos objections
générales contre le Christianisme, par des motifs
tirés de la raison humaine.

Je n'assistai point aux conseils du Tout-Puissant
quand il décida d'étendre sa miséricorde sur notre
espèce et je ne puis m'enhardir à affirmer qu'il
était au delà des limites de sa puissance de manifester sa volonté d'une manière plus visible ou
plus universelle.

Mais cette difficulté porte en même temps sur le
Christianisme et sur la croyance à l'existence et
aux attributs de Dieu. Tout le plan des êtres eût
pu, dans notre conception bornée, être infiniment
plus admirable et parfait. Les poisons, les tremblements de terre, la maladie, la guerre, la famine
et les serpents venimeux; l'esclavage et la persécution sont les conséquences de certaines causes
qui, selon le jugement de l'homme, eussent pu
être évitées dans l'arrangement de l'économie terrestre.

Est-ce là le raisonnement que le Théiste consen-
tirait à admettre? Imposera-t-il des bornes à cette
divinité qu'il fait profession de regarder avec une
si profonde vénération? Placera-t-il son Dieu entre les cornes d'un dilemme logique qui restrein-
dra la plénitude de son pouvoir ou celle de sa
bonté?

Certainement il aimera mieux renoncer à ses objections contre le Christianisme que de poursuivre le raisonnement sur lequel elles sont fondées jusqu'aux terribles conclusions d'un froid et morne athéisme.

Je confesse que le Christianisme n'apparaît pas comme exempt de difficultés pour l'intelligence qui l'aborde résolue à en juger les mystères au tribunal de la raison. Je confesserai même que le discours, que vous venez de prononcer, devrait ébranler tout esprit sincère qui entreprend une tâche semblable. Les enfants de ce monde sont plus sages en leur génération que les enfants de la lumière.

Mais si je réussis à vous convaincre que la raison conduit à des conclusions destructives de la morale, du bonheur, de l'espérance en l'avenir, incompatibles avec l'existence même de la société, je compte que vous ne vous confierez pas plus longtemps à un guide aussi dangereux, aussi perfile.

Je vous requiers, ô Théosophus, de déclarer lequel du Christianisme ou de l'Athéisme vous adopteriez, si nuls autres systèmes de croyances n'étaient en état de subir l'épreuve de l'examen.

THÉOSOPHUS. — Je choisirais sans hésitation de préférence à l'Athéisme le système chrétien, ou même n'importe quel autre système de religion, si rude et si grossier qu'il soit. En cela nous sommes vraiment d'accord, et je ne blâme point, quoique je me sente porté à le plaindre, l'homme que son

zèle à fuir cette sombre croyance entraîne à se jeter tête baissée dans la plus abjecte superstition.

L'athée est un monstre parmi les hommes. Des
mobiles qui agissent d'une manière toute-puissante
sur la conduite des autres, sont sans force sur lui.
Son jugement personnel est son critérium du bien
et du mal. Il ne craint d'autre juge que sa propre
conscience ; il ne craint point d'aller en enfer, mais
de perdre sa propre estime. Il n'est pas de ceux
que l'on contient par des châtiments, car la mort
est pour lui dépouillée de sa terreur, et quel que
soit le dessein qui entre en son cœur, il n'aura aucun scrupule à l'exécuter. *Iste non timet omnia pro-
videntem et cogitantem, et animadvertentem, et omnia
ad se pertinere putantem, curiosum et plenum negocii
Deum.*

Cette sombre et terrible doctrine fut à coup sûr
le produit avorté du cerveau d'un aveugle spécula-
teur, je ne sais quelle étrange et hideuse perver-
sion de l'intellect, je ne sais quelle extraordinaire
déformation de la raison. Il ne saurait vraiment
exister un métaphysicien assez fanatique de son
système pour considérer ce monde harmonieux, et
mettre en discussion la nécessité d'une intelligence ;
pour contempler le plan et en nier l'auteur, pour
jouir de la beauté de l'Univers, et ne pas se sentir
instinctivement porté à la reconnaissance et à l'a-
doration. Peut-on alléguer quelque argument, si
faible qu'il soit, pour défendre une doctrine que
repoussent l'instinct du sauvage et la raison du
sage.

Je m'engage volontiers, à rejeter avec tous la

raison comme guide, si vous pouvez me démontrer qu'elle conduit à l'Athéisme. Néanmoins je me défie si peu des données de la raison, au sujet d'un Etre suprême, que je promets, au cas où vous réussiriez de souscrire à la créance la plus sauvage et la plus monstrueuse que vous pourrez imaginer. Je donnerai à la crédulité le nom de foi, à la raison, celui d'impiété ; les données de l'intelligence seront les tentations du diable, et les rêves les plus désordonnés de l'imagination, les infaillibles inspirations de la grâce.

EUSÉBÈS. — Alors permettez que je vous prie de formuler avec concision les motifs qui vous font croire à l'existence d'un Dieu. Dans ma réponse je m'efforcerai de discuter votre raisonnement, et j'estimerai que mon zèle pour la religion chrétienne m'est une excuse complète pour les blasphèmes que j'aurai à énoncer dans la suite de mon discours.

THÉOSOPHUS. — Je consens volontiers à exposer les motifs de ma croyance à l'existence de Dieu. Vous n'avez pu rester dans l'ignorance des preuves si claires de cette importante vérité, que pour avoir eu trop de confiance superstitieuse dans les témoignages fournis par une religion révélée. Le raisonnement tient dans des limites extrêmement étroites : *quidquid enim nos vel meliores vel beatiores facturum est, aut in aperto, aut in proximo posuit natura.*

Tout ce qui indique un plan, indique un auteur de ce plan. Si nous examinons la structure d'une

montre, nous reconnaîtrons sans difficulté l'existence d'un horloger. Aucun ouvrage de l'homme
ne peut avoir existé de toute éternité. De la contemplation de tout produit de l'art humain, nous
concluons qu'il a existé un artiste qui en a ordonné
les diverses parties. De même, d'après les preuves
de plan, d'harmonie qui se manifestent dans l'U-
nivers, nous sommes nécessairement amenés à
conclure qu'il existe un auteur, un artisan de ce
plan. Si les parties de l'Univers ont été conçues,
exécutées, adaptées, l'existence d'un Dieu est manifeste.

Mais le dessein est suffisamment évident. La
merveilleuse coordination des substances qui agissent avec celles qui subissent l'action; de l'œil
avec la lumière, de la lumière avec l'œil; de l'o-
reille avec le son et du son avec l'oreille, de tout
objet sensible avec le sens sur lequel il fait impression prouve que ni un hasard aveugle, ni une
nécessité incapable de discernement ne leur a
donné l'existence. L'adaptation de certains animaux
à certains climats, le rapport mutuel qui existe
entre les animaux et les végétaux, entre les diverses espèces d'animaux, et en dernier lieu le
rapport entre l'homme et les circonstances de la
situation extérieure, sont autant de démonstrations
de la Divinité.

Tout est ordre, dessein, harmonie, dans ce que
nous pouvons approfondir de la tendance des choses, et chaque fois que nos vues s'élargissent, que
le monde matériel se déploie sous un nouvel aspect, nous y reconnaissons une nouvelle et éclatante

preuve de la puissance, de la sagesse et de la bonté de Dieu.

L'existence de Dieu n'a jamais été un sujet de discussion pour le peuple. Il y a une tendance à la dévotion, une soif de confiance dans l'aide surnaturelle inhérentes à l'esprit humain. A peine a-t-on découvert un peuple qui, si barbare qu'il soit, ne reconnaisse avec respect et effroi les causes surnaturelles des effets naturels qu'il éprouve. On y adore, il est vrai, les choses les plus viles et les plus dépourvues de vie, mais on y a une ferme confiance dans la sainteté et le pouvoir de ces symboles, et on reconnaît aussi leur connexion avec ce qu'on ne peut ni voir, ni sentir.

S'il y a du mouvement dans l'Univers, il y a un Dieu [1]. Le pouvoir de commencer un mouvement n'est pas moins un attribut de l'esprit que la sensation ou la pensée. Partout où il existe du mouvement, il est évident que l'esprit a agi. Les phénomènes de l'Univers indiquent l'action de pouvoirs qui ne pourraient appartenir à la matière inerte.

Tout ce qui commence à exister doit avoir une cause; toute combinaison qui tend à une fin, implique l'intelligence.

Eusébès. — Il faut prouver l'existence du plan, avant de pouvoir conclure à l'existence de son auteur. Le sujet controversé est l'existence d'un plan dans l'Univers, et il n'est pas permis de poser des

1. Voir Dugald-Stewart, *Esquisses de Philosophie morale,* et Paley, *Théologie naturelle.*

prémisses contestées, et d'en conclure à la proposition discutée. Employer insidieusement les termes d'arrangement, de dessein, d'adaptation, avant que ces caractères aient été démontrés dans l'Univers, et en déduire justement un auteur, c'est un sophisme populaire contre lequel il nous convient de nous tenir en garde.

Affirmer que le mouvement est un attribut de l'esprit, que la matière est inerte, que toute combinaison est le résultat de l'intelligence, c'est également affirmer ce qui est l'objet de la discussion.

Pourquoi admettons-nous un plan dans tout mécanisme exécuté par l'homme ? Simplement parce que nous avons présents à l'esprit d'innombrables exemples de mécanismes exécutés par l'art de l'homme, parce que nous connaissons des personnes capables de construire de pareilles machines, mais si nous n'avions d'avance comme notion d'une combinaison artificielle et que nous eussions trouvé à terre une montre, nous aurions été en droit de conclure que c'était un produit naturel, une combinaison de la matière dont la cause nous serait inconnue, et toute tentative d'expliquer l'origine de son existence serait également présomptueuse et impuissante.

L'analogie que vous cherchez à établir entre les produits de l'art humain et les différents êtres de l'Univers, est inadmissible. Nous attribuons ces effets à l'intelligence humaine parce que nous savons à l'avance que l'intelligence humaine est capable de les produire. Supprimez cette connaissance : les bases de notre raisonnement seront détruites.

Ainsi donc notre ignorance totale de la nature divine fait que cette analogie pêche par le point essentiel de rapprochement.

Que reste-t-il à alléguer en faveur de la création
de l'Univers par un Être suprême ? Son adaptation
admirable en vue de la production de certains effets,
cet admirable concours de toutes ses parties, cette
harmonie universelle par laquelle d'innombrables
systèmes de mondes accomplissent, par des lois
immuables, leurs révolutions régulières, par lesquelles le sang coule dans les veines de l'animalcule
le plus ténu, qui se joue dans le liquide corrompu
d'un insecte, voilà pourquoi l'Univers exigeait un
Créateur intelligent, parce qu'en existant, il produit les effets constants, et par cela même qu'il est
admirablement organisé pour produire ces effets,
il manifestait davantage la nécessité d'une intelligence créatrice.

Nous voici arrivés au point essentiel de votre
thèse, « que tout ce qui existe produisant certains
effets, a besoin d'un Créateur, et plus on y reconnaît de perfection dans l'adaptation à produire ces
effets », plus nous serons fondés à conclure que cela
ne doit pas avoir existé éternellement, mais doit
avoir tiré son origine d'un créateur intelligent.

De quel droit ces arguments s'appliquent-ils à
l'Univers et ne s'appliquent-ils pas à Dieu ? De la
convenance de l'Univers pour sa fin, vous concluez
à la nécessité d'un créateur intelligent. Mais si
l'aptitude de l'Univers a produire certains effets est
manifeste et évidente, combien il doit y avoir de
supériorité exquise dans l'adaptation de l'Auteur

de l'Univers lui-même à sa fin? Si nous trouvons
une grande difficulté dans son admirable arrangement, en admettant que l'Univers ait existé de toute
éternité, et que, pour résoudre cette difficulté,
nous supposions un Créateur, combien nous sommes plus évidemment amenés à concevoir comme
nécessaire la création de ce créateur, dont les perfections exigent un arrangement bien autrement
exact et précis.

La croyance à une infinité de Dieux créateurs et
créés, dont chacun supposerait plus nécessairement
que le précédent un créateur intelligent de son être,
est une conséquence directe des prémisses que
vous avez formulées. L'assertion que l'Univers est
un dessein, conduit à la conclusion qu'il existe une
infinité de Dieux créateurs et créés, ce qui est absurde. Il est vraiment impossible de fixer des bornes à l'erreur savante, quand la philosophie aban-
donne l'expérience et la sensation, pour la spéculation.

Jusqu'à ce qu'il soit clairement prouvé que l'Univers a été créé, nous pouvons supposer raisonna-
blement qu'il dure de toute éternité. Dans un cas
où deux propositions sont diamétralement opposées, l'esprit adopte celle qui est la moins incompréhensible. Il est plus aisé de croire que l'Univers
a existé de toute éternité que de concevoir sa création par un être éternel! Si l'esprit succombe sous
le poids d'un seul, est-ce le soulager que de rendre
ce poids encore plus insupportable?

Un homme sait non seulement qu'il existe actuellement, mais encore qu'il y a eu un temps où il

n'existait pas ; parce qu'il a dû y avoir une cause.
Mais parlant des effets, nous ne pouvons conclure
qu'à des causes en rapport exact avec ces effets. Il
y a certainement un pouvoir générateur qui s'exerce
par certains instruments, nous ne pouvons prouver
qu'il est inhérent à ces instruments, mais l'hypothèse contraire n'est pas non plus susceptible d'être
prouvée. Nous admettons que le pouvoir générateur
est incompréhensible, mais supposer que les mêmes
effets sont produits par un être éternel omnipotent
et omniscient, c'est laisser la cause dans la même
obscurité, tout en la rendant plus incompréhensible.

Nous ne pouvons conclure des effets qu'à des
causes exactement adéquates à ces effets. Un nombre infini d'effets demande un nombre infini de
causes, et le philosophe n'a pas le droit de supposer une plus étroite connexion, une plus grande
unité dans le dernier cas, qu'on ne peut en aperce-
voir dans le premier. La même faculté créatrice ne
peut avoir produit en même temps le serpent et le
mouton, la moisissure par laquelle la moisson est
détruite, et le rayon de soleil par lequel elle est
mûrie, les penchants féroces grâce auxquels un
homme devient sa propre victime, et le jugement
réfléchi par lequel les institutions sont améliorées.
L'esprit de notre philosophie scrupuleuse et exacte
est outragé par des conclusions qui se contredisent
mutuellement avec tant d'audace.

Les plus vastes, de même aussi les plus petits
mouvements de l'Univers, sont soumis à la rigide
nécessité de lois inéluctables. Ces lois sont les cau-

ses inconnues des effets connus qui s'aperçoivent
dans l'Univers. Leurs effets sont les bornes de nos
connaissances, et leurs noms expriment notre ignorance. Supposer au delà ou au-dessus d'elles un
être quelconque, c'est inventer une seconde hypothèse superflue pour expliquer ce qui a déjà été
expliqué par les lois du mouvement et les propriétés de la nature. J'admets que ces lois sont incompréhensibles dans leur nature, mais l'hypothèse
d'une divinité y ajoute une difficulté gratuite, qui
bien loin de diminuer le poids de celle qu'elle a
pour but d'expliquer, demande de nouvelles hypothèses pour éclairer les contradictions qui lui sont
inhérentes.

Les lois de l'attraction et de la répulsion, du désir et de l'aversion, suffisent pour expliquer tout
phénomène du monde moral et physique. Une connaissance précise des propriétés de chaque objet,
voilà ce qu'il faut pour déterminer son mode d'action. Si le mathématicien connaît le poids et le volume d'un boulet de canon, ainsi que le degré de
vitesse, et l'inclinaison de l'impulsion qui le projette, cela lui permettra de marquer avec précision
la route suivie par le projectile, et la force avec laquelle il frappera un objet situé à une distance
donnée. Que l'on connaisse les motifs susceptibles
d'agir à un certain moment sur l'esprit de telle
personne, il en résultera la prévision de la conduite qu'elle tiendra par la suite. Sachant quels
sont le volume et la vitesse d'une comète, l'astronome grâce à l'estimation exacte des actions égales et contraires des forces centripètes et centri-

fuges, prédira avec sûreté la période de son retour.

Les mouvements anomals des corps célestes,
leurs inégalités de vitesse, et leurs fréquentes aber-
rations, sont corrigées par cette même gravitation
qui les cause. L'illustre Laplace a montré que le
rapprochement de la Lune par rapport à la Terre
et de la terre par rapport au Soleil n'est qu'une
équation à très longue période, qui a son maximum
et son minimum. Le système de l'Univers n'est
donc maintenu que par des forces physiques. La
nécessité matérielle est la reine du monde. C'est
une vaine philosophie qui admet plus de causes
qu'il n'en faut exactement pour expliquer les phénomènes. *Hypotheses non fingo : quidquid enim ex
phænomenis non deducitur hypothesis vocanda est; et
hypotheses vel metaphysicæ, vel physicæ, vel qualitatum
occultarum, seu mechanicæ, in philosophia locum non
habent*, dit Newton.

Vous affirmez que la construction de la machine
animale, l'adaptation de certains animaux et certaines situations, le rapport entre les organes de
perception et les objets perçus, la relation entre
tout ce qui existe et tout ce qui tend à le conserver
en vie, que tout cela implique un plan. Il est manifeste que si l'œil ne pouvait voir, si l'estomac ne
pouvait digérer, la charpente humaine ne conserve-
rait pas longtemps son mode actuel d'existence.
Cependant il est également certain que les éléments
dont elle est composée, s'ils n'existent pas sous
une forme, doivent exister sous une autre, et que
les combinaisons formées par eux doivent pendant

toute leur durée, tirer de quoi prolonger leur mode
particulier d'existence, de leur adaptation au milieu
où elles se trouvent.

Il n'est nullement légitime de conclure de ce que
cet être existe, et qu'il accomplit certaines fonctions
qu'il a été rendu par un autre être, propre à remplir ces fonctions. Une conclusion aussi hâtive conduirait à une absurdité, comme je l'ai montré plus
haut, et elle devient infiniment plus inacceptable
quand on considère que les lois connues de la matière et du mouvement suffisent, même dans l'imperfection actuelle de la science physique et morale,
à élucider le plus grand nombre des difficultés que
l'hypothèse d'une divinité devrait expliquer, selon
ses inventeurs.

Sans doute, aucun arrangement de matière inerte
ou de matière dépourvue de toute propriété, n'eût
jamais pu former un animal, un arbre, ou même
une pierre, mais une matière privée de qualités
n'est qu'une abstraction, dont il est impossible de
se faire une idée. La matière, telle que nous la
voyons, n'est point inerte. Elle est infiniment active
et subtile. La lumière, l'électricité, le magnétisme
sont des fluides que la pensée elle-même ne dépasse
pas en ténuité et en activité; comme la pensée, ils
sont tantôt la cause, tantôt l'effet du mouvement,
et distincts, comme ils le sont, de toute autre catégorie de substances qui nous sont connues, ils paraissent avoir les mêmes droits que la pensée à
l'insignifiante distinction d'immatérialité.

Les lois du mouvement et les propriétés de la
matière suffisent pour expliquer tout phénomène,

toute combinaison de phénomènes que présente l'Univers. Si certains animaux existent dans certains climats, cela résulte de l'accord entre leur structure avec les circonstances qui les entourent. Que ces circonstances changent jusqu'à un certain point, et les éléments dont ils sont composés doivent exister dans quelque nouvelle combinaison qui ne sera pas, moins que la précédente, le résultat de ces lois inévitables par lesquelles l'Univers est gouverné!

C'est une conséquence nécessaire de l'organisation de l'homme, que son estomac digère la nourriture; c'est aussi un résultat inévitable de son appétit glouton et anti-naturel pour la chair des animaux que sa structure soit ébranlée, et sa vigueur affaiblie, mais ni dans l'un ni dans l'autre de ces cas, on ne saurait voir une adaptation de moyens à une fin. Un genre de vie opposé à la nature, et les habitudes qui résultent de sa pratique, tels sont les moyens ; quant à la fin, c'est une complication effrayante de maladie, mais prétendre que ces moyens ont été adaptés à cette fin par le créateur du monde, ou que le caprice humain soit capable de contrarier les précautions de la toute-puissance, est absurde. Ce sont là les conséquences des propriétés que possède la matière organisée, et il faut avoir l'esprit étrangement faussé pour soutenir qu'un certain mouton a été créé pour être égorgé et dévoré par un certain individu de l'espèce, alors que la conformation de ce dernier, ainsi que cela est évident pour quiconque a étudié même superficiellement l'anatomie comparée, le classe parmi les animaux qui se nourrissent de fruits et de légumes [1].

Les moyens, grâce auxquels un animal conserve son existence, ne supposent pas plus l'auteur d'un plan que l'existence même de l'animal lui-même. S'il existe, il faut qu'il ait les moyens de conserver son existence. Dans un monde où *omne mutatur nihil interit*, aucun être organisé ne peut exister sans une continuelle séparation de la substance qui est continuellement épuisée, et cette séparation ne peut se faire autrement que par les lois invariables qui résultent des relations de la matière. Notre ignorance seule nous interdit de rapporter tout

---

1. Voir CUVIER, *Leçons d'Anatomie comparée*. T. III, pp. 169, 173, 448, 465, 480. — REES, *Cyclopedia*, article *Homme*. — PLUTARQUE, *sur la nourriture animale*. Livre II. « Ne rougissez-vous pas de mélanger les fruits les plus doux avec le sang et le meurtre? Vous parlez de dragons sauvages, de panthères, de lions, et vous-mêmes vous vous souillez de meurtre, ne le cédant en rien à ces animaux en cruauté; car s'ils tuent, c'est pour se nourrir, et vous, c'est pour vous régaler. L'homme n'est pas né pour manger de la chair, et sa conformation physique le montre tout d'abord. Le corps humain ne ressemble à celui d'aucun animal carnivore; il n'a pas un bec crochu, des serres aiguës, des dents tranchantes; il n'a pas cette vigueur de l'estomac, cette chaleur des esprits qu'il faut pour pétrir et élaborer une lourde masse de chair. Tout, dans sa nature même, ses dents si polies, sa bouche si petite, sa langue si molle, la faiblesse de ses esprits animaux pour la digestion, tout proteste contre la nourriture animale. Si tu prétends être né pour un tel régime, commence par tuer l'animal que tu veux manger, mais tue-le toi-même, avec tes propres armes, sans te servir de coutelas, de masse, ni de hache. Fais comme les loups, les ours, et les lions qui tuent ce qu'ils mangent. Abats d'un coup de dents un bœuf, d'un choc un sanglier, déchire un agneau ou un lièvre et, fais comme les bêtes, tombe sur eux, et dévore-les encore vivants.

phénomène, si extraordinaire, menu et complexe qu'il soit, aux lois du mouvement et aux propriétés de la matière, et c'est une grossière insulte aux premiers principes de la raison que suppose un créateur immatériel du monde, *in quo omnia moventur, sed sine mutua passione*; ce qui est une hypothèse superflue dans la philosophie mécanique de Newton, et une excroissance inutile dans la logique inductive de Bacon.

Qu'est-ce donc que cette harmonie, cet ordre que vous prétendez avoir été nécessaire pour son établissement, et qui pour se conserver n'ont pas besoin de l'intervention d'un agent surnaturel, s'il est vrai que l'ordre qui règne dans l'univers demande une cause, le désordre dont les effets ne sont pas moins visibles, en demande une autre. Ordre et désordre ne sont rien de plus que des changements dans la façon dont nous percevons les rapports qui existent entre nous et les objets extérieurs, et si nous avons raison d'attribuer à une puissance bienveillante les avantages que le premier vous donne, les maux que cause le dernier sont une preuve tout aussi manifeste de l'activité d'un principe mauvais, qui met autant de persévérance à tirer du bien le mal, que l'autre en met à faire naître du mal le bien.

Si nous permettons à notre magistrature de parcourir les obscures régions du possible, nous pouvons sans doute si notre tournure d'esprit le comporte, nous figurer que le désordre peut avoir une tendance à produire un bien sans mélange, ou que l'ordre peut être pénétré relativement d'un mal ex-

quis et subtil. Ni l'une ni l'autre de ces supposi-
tions qui sont également téméraires et dépourvues
de fondement, n'aura l'adhésion du vrai philosophe. Ordre et désordre sont des termes par lesquels
nous désignons nos perceptions de ce qui est nuisible ou avantageux à nous-mêmes, ou aux créatures dont le bien-être doit nous intéresser, à raison de l'analogie qui existe entre leur conformation et la nôtre [1].

Une belle antilope qui se débat sous les griffes
d'un tigre, un bœuf sans défense, qui gémit sous
la masse d'un boucher, ce sont des spectacles qui
éveillent aussitôt la compassion dans un cœur vertueux et pur. Cependant, bien des hommes sont
assez endurcis contre les reproches de la justice
et les principes de l'humanité, pour regarder le
massacre de sang-froid de milliers de leurs semblables, comme un sujet d'orgueil et une source
d'honneur, et voir dans tout échec de ces barbares
entreprises un défaut dans l'ensemble des choses.
Les caractères de l'ordre et du désordre sont aussi
variés que les êtres dont les opinions et les sentiments les produisent.

Des cités populeuses sont détruites par des tremblements de terre, et désolées par la peste. Partout
l'ambition sacrifie ses millions de victimes à des
maux incalculables, la superstition est employée
sous mille formes à abêtir et à dégrader l'espèce
humaine, à la rendre capable de supporter sans
murmure l'oppression de ses innombrables tyrans.

1. GODWIN, *la Justice politique.* T. I, p. 449.

Rien de cela n'est en soi, abstraitement bon ou mauvais, parce que les mots de bon et de mauvais sont employés pour désigner cet état particulier de nos perceptions qui résulte de la rencontre de tout objet à produire du plaisir ou de la douleur. Supprimez l'idée de relations, et les mots de bien et de mal perdront toute signification.

Les tremblements de terre sont désastreux pour les villes qu'ils détruisent ; avantageux à celles dont cette prospérité causait l'appauvrissement, indifférents à d'autres qui sont trop éloignées pour en subir l'influence.

La famine est bonne pour le marchand de blé, mauvaise pour les pauvres et indifférente à ceux à qui leur fortune permet en tout temps le superflu.

L'ambition est un mal pour le cœur agité où elle se fixe, pour les innombrables victimes qu'en sa soif éperdue d'infamie, elle condamne à périr dans les tourments les plus divers, pour les habitants du pays qu'elle dépeuple, pour l'espèce humaine, dont elle retarde le développement ; elle n'a aucun sens en ce qui concerne le système de l'univers ; elle n'est bonne que pour les vautours et les chacals qui suivent la conquérant à la piste, et pour les vers qui se repaissent en sécurité de la désolation qu'elle sème dans sa marche.

Evidemment nous ne pouvons pas raisonner sur l'ensemble des choses d'après ce qui n'existe que par rapport à nos perceptions.

Vous déduirez quelques considérations en faveur de la divinité, de l'universalité de la croyance en son existence.

Les superstitions du sauvage et la religion de l'Europe civilisée semblent conspirer à vos yeux pour prouver une première cause. Je maintiens que que c'est du témoignage de la révélation que cette croyance tire le peu d'empire qu'elle peut avoir.

Que la grossièreté d'une croyance soit proportionnée à l'ignorance de l'esprit qui en est l'esclave, c'est une conséquence rigoureuse des principes de la nature humaine. L'idiot, l'enfant et le sauvage sont également portés [1] à attribuer leurs passions et leurs penchants aux êtres animés ou inanimés qui leur causent du bien ou du mal. Les premiers deviennent des Dieux, les derniers des démons; de là des prières et des sacrifices par lesquels le théologien rudimentaire s'imagine pouvoir s'assurer la bonté des premiers, ou adoucir la méchanceté des derniers. Il a détourné la colère d'un puissant ennemi par des supplications et par la soumission; il s'est acquis l'alliance de son voisin par des présents, il a senti sa propre colère se fondre devant les prières d'un ennemi vaincu, il a éprouvé de la reconnaissance pour la bonté d'autrui. Par suite il croit que les éléments écouteront ses vœux. Il est capable d'amour et de haine envers ses semblables, et il est porté par la variété de ces principes à leur faire du bien ou du mal. La source de son erreur est bien facile à voir. Quand les vents, les flots, les airs agissent de manière à contrarier ou à favoriser ses projets, il leur attribue les penchants dont sa conscience lui révèle l'exis-

---

1. SOUTHEY, *Histoire du Brésil*, p. 255.

tence en lui-même, quand il se sent porté à la
bonté par des bienfaits, à la vengeance par des
offenses. Le bigot des forêts ne peut se faire aucune
idée d'êtres doués d'autres propriétés que lui; il
faut vraiment qu'un esprit soit profondément im-
prégné de science, et développé par la culture, pour
qu'il en arrive à se regarder non point comme le
centre et le modèle de l'Univers, mais comme un
simple objet dans la multitude infiniment variée
des êtres qui le composent.

Il n'est pas un des attributs de Dieu qui ne soit
emprunté aux passions et aux facultés de l'esprit
humain, ou qui n'en soit la négation ; omniscience,
omnipotence, omniprésence, infinité, immutabilité,
incompréhensibilité, immatérialité, autant de mots
qui désignent des propriétés et des facultés appartenant aux êtres organisés, avec l'addition de néga-
tions, pour exclure l'idée de l'imitation [1].

Que la fréquence d'une croyance en Dieu (car
elle n'est point universelle) soit de quelque valeur
pour la soutenir, aucun de ceux qui connaissent à
fond les innombrables méprises des hommes, ne
le soutiendra. C'est seulement chez les hommes de
génie et de science qu'on rencontre l'athéisme,
mais ils sont les seuls à entretenir des dispositions hostiles à ces erreurs dont est infecté le vulgaire illettré.

Qu'il est petit, le nombre de ceux qui croient
réellement à Dieu, à côté des milliers d'hommes
que leurs occupations empêchent toujours de mé-

1. Voir *le Système de la Nature* : ce livre est un des plus
éloquents plaidoyers pour l'Athéisme.

diter sérieusement sur ce sujet, et des millions
d'autres qui rendent un culte à des papillons, des
ossements, des plumes, des singes, des calebasses
et des serpents. Le mot Dieu, comme les autres
abstractions, désigne l'accord de certaines propositions plutôt qu'une idée réellement présente. Si
nous fondons notre croyance à l'existence de Dieu
sur le consentement universel de l'espèce humaine, nous sommes dupés du sophisme le plus pal-
pable. Le mot Dieu ne peut s'appliquer en même
temps à un singe, à un serpent, à un os, à une
calebasse, à une trinité, à une unité. Et cette
croyance ne saurait être tenue pour universelle
quand des hommes d'une intelligence puissante et
d'une vertu sans tache ont protesté dans tous les
siècles : *non pudet igitur physicum, id est speculato-*
rem, venatoremque naturæ, ex animis consuetudine im-
butis petere testimonium veritatis ?

Hume a montré, de manière à satisfaire tous les
philosophes, que la seule idée, concevable pour
nous, de la causalité est tirée de la constante réunion des objets, et du rapport que nous établissons
de l'un à l'autre. Nous disons que tel phénomène
est la cause d'un autre, quand nous reconnaissons
que dans le plus grand nombre des cas, nous le
voyons se produire tout d'abord et que les exceptions sont le plus rares possible. Il ne serait donc
pas permis de déduire l'existence d'un Dieu, de
l'existence de l'Univers, alors même que cette
sorte de raisonnement ne conduirait pas à la conclusion monstrueuse d'une infinité de Dieux créateurs et créés, à chacun desquels il faudrait suppo-

ser de plus en plus nécessairement un créateur, encore plus qu'à celui qui l'aurait précédé.

Si la Puissance[1] est un attribut de la substance existante, la substance ne peut avoir tiré son origine de la Puissance. Une chose ne saurait être en même temps la cause et l'effet d'une autre. Le mot de puissance désigne la faculté que possède une chose d'exister ou d'agir. L'esprit humain n'hésite jamais à lier l'idée de puissance à tout objet de son expérience. Dénier que la puissance soit un attribut de l'être est nier que l'être puisse exister. Si la puissance est un attribut de la substance, l'hypothèse d'un Dieu est une assertion superflue et indémontrable.

L'Intelligence est celui des attributs de Dieu que vous regardez comme le plus manifeste qu'il y ait dans la Nature. L'intelligence ne nous est connue que comme un mode de l'existence animale. Nous ne pouvons concevoir l'intelligence en dehors de la sensation et de la perception, qui sont des attributs appartenant aux êtres organisés. Affirmer que Dieu est intelligent, c'est affirmer qu'il a des idées, et Locke a prouvé que les idées résultent de la sensation. La sensation ne peut exister que dans un corps organisé ; un corps organisé est nécessairement limité à la fois dans son étendue et dans sa sphère d'action. Le Dieu des Théosophes raisonnables est un animal immense et sage.

Vous avez posé comme axiome que le pouvoir

1. On trouvera un examen très approfondi de ce point dans les *Questions Académiques* de Sir William Drummond, chap. I, p. 1.

de commencer le mouvement est un attribut de l'esprit aussi bien que la pensée et la sensation.

L'esprit ne peut créer; il ne peut que percevoir. L'esprit est le réceptacle des impressions faites sur les organes des sens, et sans l'action des objets extérieurs nous serions non seulement privés de toute connaissance de l'esprit, mais encore nous serions incapables de connaître quoi que ce soit. Il est donc évident que l'esprit mérite d'être appelé l'effet plutôt que la cause du mouvement. Les idées qui se présentent elles-mêmes sont également fournies par les détails de ce qui nous entoure, ce sont là les éléments de la pensée, et de leurs combinaisons variées résultent inévitablement nos sentiments, nos opinions et volitions.

Ce qui est infini renferme nécessairement ce qui est fini. La distinction entre l'Univers et ce par quoi l'Univers est soutenu est donc une erreur manifeste. Inventer le mot Dieu, pour désigner une certaine portion de l'ensemble universel, c'est agir sans but utile, selon une bonne philosophie : dans la langue de la raison, les mots Dieu et Univers sont synonymes : *Omnia enim per Dei potentiam facta sunt; imo, quia naturæ potentia nulla est nisi ipsa Dei potentia, artem est nos catenus Dei potentiam non intelligere quatenus causas naturales ignoramus: adeoque stulte ad eamdem Dei potentiam recurritur, quando rei alicujus causam naturalem, sive est, ipsam Dei potentiam ignoramus* [1].

Ainsi, par les principes de cette raison que vous avez si témérairement prise pour arbitre suprême

1. SPINOSA. *Tract. Theologico-politicus*, chap. I, p. 14.

de notre discussion, j'ai montré que les arguments populaires en faveur de l'existence d'un Dieu, sont absolument dépourvus de vraisemblance. J'ai montré qu'il est absurde d'attribuer de l'intelligence à la cause de ces effets que nous apercevons dans l'Univers et sur quelle illusion se base l'argument tiré d'un plan. J'ai montré que l'ordre n'est autre chose qu'une certaine façon d'envisager l'activité d'agents nécessaires, que l'esprit est l'effet et non la cause du mouvement, que la puissance est un attribut et non l'origine de l'existence. J'ai prouvé que nous ne pouvons tirer des principes de la raison aucun témoignage de l'existence d'un Dieu.

Vous aurez pu remarquer par l'ardeur que j'ai mise à serrer des arguments aussi révoltants pour mes sentiments intimes et à en arriver à une conclusion qui est en contradiction directe avec cette croyance que tout honnête homme doit éternellement garder, combien je suis peu disposé à m'accorder avec ceux de ma religion qui ont prétendu prouver l'existence de Dieu par la seule lumière de la raison. Je confesse que la nécessité d'une révélation a été affaiblie par des amis perfides du Christianisme, qui ont soutenu que les sublimes mystères de l'existence d'un Dieu et de l'immortalité de l'âme peuvent être puisés à une autre source que celle-là.

J'ai prouvé, par les principes de cette philosophie qu'ont professée Epicure, Lord Bacon, Newton, Locke et Hume, que l'existence de Dieu est une chimère.

Dès lors la religion chrétienne donne seule la certitude indiscutable que la monde a été créé pour la puissance, et qu'il est conservé par la Providence d'un Dieu tout-puissant, qui dans sa justice, a réservé une vie future pour la punition du vice, et la récompense de la vertu.

Maintenant, ô Théosophus, je vous invite à vous décider entre l'athéisme et le christianisme, à déclarer si vous voudrez poursuivre vos principes jusqu'à la destruction des liens de la société civilisée, ou porter le joug léger de cette religion qui proclame la paix sur la terre et la bienvenue à tous les hommes.

THÉOSOPHUS. — Je ne suis pas préparé maintenant, je l'avoue, à faire une réponse claire à vos arguments imprévus. Je vous assure que nulle considération, si précieuse qu'elle soit, ne saurait m'entraîner, à nier l'existence de mon Créateur.

Je m'engage volontiers à promettre que si, après mûre réflexion, les arguments que vous avez fait valoir en faveur de l'athéisme me paraissaient inattaquables, je m'efforcerais d'adopter dans le système chrétien ce qui me semblerait d'accord avec ma conviction de la bonté, de l'unité et de la majesté de Dieu.

PROPOSITION

POUR ÉTABLIR

LA RÉFORME DU VOTE

DANS TOUT LE ROYAUME

(1847)

PROPOSITION

POUR ÉTABLIR

LA RÉFORME DU VOTE

DANS TOUT LE ROYAUME [1]

———

Il s'agite actuellement dans cette nation, une grande question qu'aucun homme, aucun parti ne peut trancher avec compétence.

Il n'y a pas, en réalité, d'éléments d'appréciation nécessaires pour permettre de prévoir le résultat. Pourtant de la solution il dépend que nous soyons destinés à l'esclavage ou à être des hommes libres.

Il n'est pas nécessaire de récapituler tout ce qui a été dit sur la réforme.

De l'avis de tout le monde, la Chambre des communes n'est pas une représentation du peuple.

La seule question théorique qui subsiste est de savoir si le peuple devra légiférer lui-même, ou être gouverné par des lois et être appauvri par des taxes qui auraient leur origine dans les édits d'une

1. Edition de Londres, 1817.

assemblée qui représente moins d'un millième de la communauté entière.

Je pense qu'il ne doit point être taxé ni gouverné ainsi.

Un hôpital de fous est le seul théâtre où nous pensions que puisse être jouée une comédie aussi pitoyable que celle qui représente actuellement cette grande nation : un seul individu qui, par des fanfaronnades et des supercheries, filoute à un millier de ses camarades tout ce qu'ils possèdent au monde, pour, ensuite, les fouler aux pieds, cracher sur eux, et cela bien qu'il soit l'être le plus méprisable et le plus dégradé de l'espèce humaine, et qu'ils aient des bras vigoureux, un cœur plein de courage.

La réalisation d'une telle parabole dans la société politique est un spectacle bien fait pour porter à son comble l'indignation et l'horreur.

Les prérogatives du Parlement constituent un pouvoir souverain qui est exercé au mépris du peuple, et il est rigoureusement conforme aux lois de la nature humaine, qu'il ait été exercé pour la misère et la ruine du peuple. Les hommes cherchent par instinct à rendre esclaves et malheureux ceux qu'ils méprisent, de manière que leur mépris ne leur soit pas dangereux. Le but que se proposent les Réformateurs est de restituer au peuple une souveraineté qui est ainsi usurpée par mépris. C'est à cela que je vise ; sans cela je garderais aujourd'hui le silence.

La servitude est parfois volontaire. Peut-être le peuple préfère-t-il être réduit en esclavage ? Peut-

être est-ce sa volonté d'être dégradé, ignorant, affamé ? Peut-être l'habitude est-elle son seul Dieu,
et lui son fanatique adorateur ? Il frissonne de froid,
il dépérit de privation, plutôt que de nier cette
idole. Peut-être la majorité de cette nation déci-
dera-t-elle qu'elle ne veut pas être représentée au
Parlement, qu'elle n'enlèvera pas le pouvoir à ceux
qui l'ont plongée dans ce misérable état où elle se
trouve maintenant. C'est à elle de vouloir, c'est
elle que cela regarde. Si telle est sa décision, les
champions des droits de l'homme et ceux qui gémissent sur ses erreurs et ses calamités n'ont qu'à
rentrer chez eux en silence, jusqu'à ce que l'accumulation des souffrances produise le même effet
que la raison.

La question qui est maintenant en débat, est de
savoir si la majorité des gens adultes du Royaume-
Uni de Grande Bretagne et d'Irlande, désire ou non
une représentation complète dans l'Assemblée législative.

Je ne doute nullement que tel ne soit leur désir,
et je crois que c'est l'opinion de bien des personnes qui sont au courant de l'état du sentiment public. Mais le fait doit être formellement établi avant
que nous nous mettions à l'œuvre.

Si la majorité de la population adulte manifestait solennellement son désir que la Chambre des
Communes du Parlement fût composée des représentants qu'elle nommerait, il n'y aurait plus lieu
de discuter. Alors le Parlement serait mis en demeure, et non pas supplié par pétition, de préparer
un plan pour mettre à exécution la volonté géné-

rale, et si alors le Parlement refusait, les conséquences du conflit qui s'ensuivraient seraient impu-
tées à sa présomption et à sa témérité. Dans
ce cas, le Parlement se serait mis en état de révolte
contre le peuple.

Si la majorité de la population adulte, quand
elle sera sérieusement appelée à faire connaître
son opinion, décide, par des motifs si erronés qu'ils
soient, que l'essai d'une innovation par la réforme
parlementaire est un mal plus grand que ne le sont
les suites du mauvais gouvernement, auquel le
Parlement donne une sanction constitutionnelle,
il nous convient alors de garder le silence, et nous
serions coupables du grand crime que j'ai condi-
tionnellement imputé à la Chambre des Communes,
si, après la démonstration incontestable que la volonté nationale entend maintenir le système existant, nous allions, par des assemblées partielles
de la multitude, exciter la majorité à en entraver
la décision.

La première mesure en vue de la Réforme est
de fixer ce point.

Dans ce but, je crois que le plan suivant serait
efficace :

Un meeting serait convoqué pour se réunir à la
Taverne de la Couronne et de l'Ancre couronnée, le..
du mois de..., pour examiner les mesures les plus
efficaces à prendre en vue de s'assurer si une réforme dans le Parlement est conforme ou non à la
volonté de la majorité des hommes qui composent
la nation britannique.

Les hommes les plus éloquents, les plus vertueux et les plus respectables d'entre les Amis de la Liberté, emploieraient leur autorité et leur intelligence à persuader aux hommes de laisser de côté toute animosité et même toute discussion relative aux sujets sur lesquels ils sont en désaccord, à les conjurer par l'amour qu'ils portent à leur pays souffrant, de contribuer de toute leur énergie à trancher cette grande question: La nation désire-t-elle ou non une réforme dans le Parlement?

Que les amis de la Réforme, en quelque lieu du pays qu'ils résident, soient instamment engagés à faire un effort peut-être suprême et décisif pour mettre en repos leurs espoirs et leurs craintes, que ceux qui pourraient se rendre à Londres, et ceux qui ne le pourraient pas, mais qui tenteraient que l'aide de leurs talents pourrait être avantageuse, adresseraient une lettre au président du meeting, pour lui faire connaître leur opinion; ces lettres seraient lues à haute voix : tout devrait se passer au grand jour. On proposerait des résolutions dans le genre de celles qui vont suivre :

1° Ceux qui croient que c'est un devoir pour le peuple de cette nation d'exiger dans la Chambre des Communes du Parlement une réforme ayant pour résultat de faire de cette Chambre une représentation complète de sa volonté, et que le peuple a le droit d'accomplir ce devoir, se réunissent ici dans le but de rassembler des témoignages pour savoir jusqu'à quel point c'est la volonté de la majorité du peuple de remplir ce devoir, et d'exercer ce droit.

2° La population de la Grande Bretagne et de l'Irlande sera partagée en trois cents districts sé-

parés, dont chacun devra contenir un nombre égal
d'habitants, et trois cents personnes seront délé-
guées pour visiter en personne chaque individu
habitant le district indiqué dans sa délégation, et
s'informer si cet individu consent à signer la déclaration dont il est question dans la troisième résolution, en lui demandant d'ajouter à sa signature
toutes les explications, toutes les déclarations de
ses opinions qu'il jugera à propos de mentionner. La
déclaration suivante sera proposée à sa signature :

3° La Chambre des Communes ne représente pas
la volonté du peuple de la Nation britannique : en
conséquence, nous soussignés nous déclarons publiquement, et apposons ici notre signature comme
témoignage de notre ferme et solennelle conviction, que la liberté, le bonheur et la majesté de la
Grande Nation à laquelle nous nous faisons gloire
d'appartenir, ont été mis en danger et conduits à
la décadence par la corruption et la façon incom-
plète dont sont nommés les membres appelés à
siéger dans la Chambre des Communes du Parlement ; nous exprimons par là, devant Dieu et notre
pays, notre conviction mûre et impartiale que c'est
notre devoir, dans le cas où nous nous trouverions
en minorité sur cette grande question, de pétition-
ner sans relâche ; si nous formons la majorité, de
requérir et exiger que la présente Chambre pré-
pare des mesures de Réforme, pour que ses membres soient les véritables représentants de la Nation.

4° Ce meeting se tiendra chaque jour, jusqu'à ce
qu'il ait réglé dans tous ses détails le plan à suivre
pour rassembler les témoignages sur la volonté de

la nation en ce qui concerne la réforme du Parlement.

5° Ce meeting proteste contre tout dessein, si indirect qu'il soit, de prêter sa sanction aux projets révolutionnaires et désorganisateurs qui ont été très faussement imputés aux amis de la Réforme, et déclare que son objet est purement constitutionnel.

6° Une souscription sera ouverte pour couvrir les frais de ce projet.

En formulant les précédentes résolutions qui seraient soumises à un meeting national des amis de la Réforme, je me suis abstenu à dessein d'entrer dans les détails.

S'il en résulte la preuve que j'ai fourni une indication, si faible qu'elle soit, aux hommes qui ont conquis et consolidé leur popularité pour des sacrifices personnels et une supériorité intellectuelle tels que je n'ai point la prétention de les égaler, alors qu'ils prennent à tâche de poursuivre et de développer toutes les impulsions ayant pour objet la grande cause de la liberté; cause qui a été, je puis le dire presque sans métaphore, nourrie de leur sueur, même, de leur sang, et de leurs larmes; il en est parmi eux qui lui ont donné leurs soins dans les prisons, d'autres qui au milieu des privations, se sont dévoués à elle, tous lui ont été fidèles à travers la persécution et la calomnie, et devant les menaces du Pouvoir. Ainsi donc achevez ce que vous avez commencé.

Je ne mentionnerai donc qu'un point relatif à la partie pratique de ma proposition. Des dépenses considérables, d'après ce que je prévois, seraient

nécessairement engagées ; il faudrait trouver par
souscription des fonds pour répondre à ces exigences. J'ai un revenu annuel de mille livres grâce auquel je fais vivre dans un confort convenable ma
femme et mes enfants, et qui me permet de répondre à certains grands besoins de justice générale. Si
vous adoptiez un plan analogue à celui que j'ai pro-
posé, je donnerais cent livres, soit le dixième de
mon revenu annuel, pour cet objet, et je n'aurai
pas l'outrecuidance de croire que je serai seul à
agir ainsi, quand un projet raisonnable et mûre-
ment combiné pour le bien public, aura reçu la
sanction de ces hommes de génie et de vertu qui se
sont dévoués à sa défense.

Il est indispensable que les amis sincères de la
Réforme se coalisent plus ou moins, d'une manière
ou d'une autre, pour faire aboutir cette proposition.
Les partisans du suffrage universel ou du suffrage
limité, des parlements annuels ou triennaux, devraient se mettre d'accord sur les sujets qui les
divisent, quand on saura si la Nation désire la mesure sur laquelle ils sont du même avis. C'est une
tâche inutile de discuter quelle sorte de réforme
aura lieu, tant qu'on en est encore à se demander
s'il y aura ou il n'y aura pas de réforme.

En attendant, il ne me reste plus qu'à dire clairement ce que je pense à ce sujet de la Réforme.
Cette opinion est, en vérité, tout à fait indépendante des mérites de la proposition en elle-même,
et je l'aurais tue jusqu'au jour où j'aurais été invité
à souscrire à une demande comme celle que j'ai
suggérée, si la question qui se présente tout natu-

rellement, celle des opinions que professe l'auteur du projet, pouvait avoir reçu d'une autre manière une réponse plus simple et plus directe. Il me paraît que l'on devrait adopter comme mesure immédiate les Parlements annuels, parce qu'elle tend énergiquement à protéger la liberté et le bonheur de la Nation. Elle rendrait les hommes capables de cultiver ces facultés que rend si indispensables l'accomplissement des devoirs politiques qui incombent au citoyen d'un état libre, en sa qualité de gardien légal de sa prospérité; elle accoutumerait les hommes à la liberté, en leur donnant par l'exercice, l'habitude et la connaissance de ses formes. L'institution politique est sans aucun doute susceptible d'améliorations dont nul homme raisonnable n'admettrait la possibilité, tant que se perpétuera la dégradation actuelle ou les imperfections capitales du système de gouvernement en vigueur, ont réduit l'immense multitude des hommes. La méthode la plus sûre pour arriver à un changement aussi bienfaisant, consiste à agir, graduellement, avec précaution. Sans quoi, au lieu de cet ordre et de cette liberté dont les amis de la Réforme affirment la violation actuelle, c'est l'anarchie et le despotisme qui s'établiront.

C'est aux Parlements annuels que je donne ma préférence.

Je ne répéterai pas ces raisonnements généraux, en leur faveur, que M. Cobbett et d'autres écrivains ont déjà rendus familiers à l'esprit du public.

Quant au suffrage universel, je reconnaîtrai que je considère son adoption, à cette époque où les

lumières et les sentiments politiques sont insuffi-
samment développés, comme une mesure grosse de
dangers.

Selon moi, on ne devrait actuellement envoyer
au Parlement que ceux qui enregistrent leurs noms
comme payant une certaine somme, si faible qu'elle
soit en *taxes directes*.

Si l'on étendait immédiatement à tous les hommes adultes la franchise électorale, cela aurait
pour conséquence de mettre le pouvoir aux mains
d'hommes que des siècles d'esclavage ont rendus
brutaux, engourdis ou féroces. C'est admettre que
les qualités distinctives d'un démogogue sont suf-
fisantes pour faire un législateur. J'accorde que les
arguments du major Cartwright sont irréfutables.
En thèse générale, c'est le droit de tout être humain de prendre part au gouvernement. Mais les
arguments de M. Paine ne sont pas moins irréfutables. On peut prouver, par les raisons les plus évi-
dentes et les plus convaincantes, qu'une république pure est le système social le plus propre à
donner à l'homme le bonheur et à développer sa
grandeur naturelle. Cependant, rien n'est moins
d'accord avec la raison, rien ne donnerait de plus
faibles espérances d'un changement bienfaisant,
que le plan où on proposerait l'abolition des branches royale et aristocratique de notre constitution,
avant l'époque où l'esprit public, grâce à des améliorations graduelles en grand nombre, sera par-
venu à la maturité qui lui permettra de regarder
avec indifférence ces symboles de son enfance.

ADRESSE AU PEUPLE

SUR LA

MORT DE LA PRINCESSE CHARLOTTE

ADRESSE AU PEUPLE

SUR LA

MORT DE LA PRINCESSE CHARLOTTE [1]

> « Nous regrettons le plumage de l'oiseau
> qui meurt, mais nous oublions sa mort. »

I

La princesse Charlotte est morte.

Elle n'a plus la faculté de se mouvoir, de penser ni de sentir.

Elle est aussi inerte que l'argile avec laquelle elle ne tardera pas à se mêler.

[1]. Edition de Londres, 1817. — Née à Carlton House, le 7 janvier 1796, la princesse Charlotte mourut de suites de couches en novembre 1817. Fille de Georges, prince de Galles (Georges IV) et de Caroline de Brunswick, elle fut élevée par Lady Elgin, puis loin de la cour par suite du dissentiment de ses parents. En 1813, elle avait été fiancée à Guillaume, prince héritier d'Orange : ce projet de mariage rompu en 1814 la fit persécuter par son père. En 1816, elle épousa Léopold de Saxe-Cobourg et vécut à Claremont et à Marlborough House où elle devait mourir. Elle fut universellement regrettée.

C'est une chose terrible de savoir qu'elle est un
cadavre en décomposition, elle qui, peu de jours
auparavant, était pleine de vie et d'espérance,
jeune femme innocente et belle, arrachée au sein
de la paix domestique, et laissant vide cette place
individuelle que la mort oblige chacun à céder.

II

En cela, la mort de la princesse Charlotte ressemble à la mort de milliers de gens.

Que de femmes meurent en couches et laissent
dans la vie leur famille d'enfants sans mère et
leurs maris, navrés au souvenir de cette perte accablante? Que de femmes aux vertus actives et
énergiques, douces, affectueuses et sages, dont
l'existence, chaîne de bonheur et d'union, une fois
brisée, laisse périr ceux qu'elle unissait, sont
mortes et ont été pleurées avec une amertume trop
grande pour être exprimée par des mots?

Il en fut qui périrent dans la pauvreté ou la
honte, et leur petit enfant orphelin a survécu pour
être en butte au dédain et à la négligence des
étrangers.

Des hommes ont veillé près du lit de leurs épou-
ses mourantes, et ont été affolés quand la mort a
fait entendre dans la gorge ses hideuses cliquettes,
sans se soucier de l'enfant au teint rose qui dor-
mait sur les genoux de l'indifférente garde-malade.

La physionomie du médecin était épiée par le regard fixe du mari terrifié, jusqu'à ce que le désespoir qu'il y lisait descendît au fond de son cœur.

Tout cela s'est passé et se passe encore.

Vous parcourez, le cœur léger, les rues de cette grande cité, sans songer que de telles scènes s'accomplissent autour de vous.

Vous ne faites pas mentalement le total des mères qui meurent en couches. C'est le désastre le plus horrible de tous.

Dans la maladie, la vieillesse, la bataille, la mort arrive comme chez elle ; mais dans la saison de la joie et de l'espoir, alors que la vie devrait succéder à la vie, et que la famille réunie attend un membre nouveau, le plus jeune et le mieux aimé, que l'épouse, la mère, celle par qui chaque membre de la famille était si cher à l'autre, qu'elle meure !

Pourtant des milliers parmi les pauvres les plus pauvres, dont la misère est aggravée par une cause dont on ne peut parler maintenant, souffrent cela. Et n'ont-ils pas d'affections ? N'ont-ils pas des cœurs qui battent dans leur poitrine, des larmes qui débordent de leurs yeux ? Ne sont-ils pas de la chair humaine, du sang ?

Pourtant nul ne les pleure, nul ne porte leur deuil, et quand leurs cercueils sont portés à la fosse, — lorsque toutefois la paroisse leur fournit un cercueil, — personne ne se retourne pour se livrer à des réflexions sur la tristesse qu'ils laissent derrière eux.

III

Les Athéniens avaient raison quand ils célé-
braient, par un deuil public, la mort de ceux qui
avaient dirigé l'Etat par leur valeur et leur intelligence, ou l'avaient illustré par leur génie. Les
hommes ont raison, quand ils portent le deuil des
morts ; cela prouve que nous aimons d'autres êtres
que nous-mêmes, et il doit avoir le cœur dur, celui qui peut voir son ami partir pour la corruption
et la poussière, et qui sans émotion, le conduit sur
la route vers « ce but d'où jamais ne revient aucun
voyageur. »

Pleurer ceux qui ont rendu service à l'Etat, est
une habitude pieuse qui développe encore davantage le culte de nos plus chères affections.

A la mort de Milton, il eût été bon que toute la
nation anglaise se fût solennellement vêtue de
noir, et que les cloches enveloppées d'étoffe eussent
retenti de ville en ville.

La nation française eût dû ordonner un deuil
public à la mort de Rousseau et de Voltaire.

Nous ne pouvons éprouver un vrai chagrin pour
tous ceux qui meurent en dehors du cercle des
êtres qui nous sont particulièrement chers; pourtant, lorsque s'éteignent les objets de l'amour, de
l'admiration et de la reconnaissance de tous, il y
a, pour ceux qui ont un cœur large, quelque chose
de disparu, dans ce cercle.

Il serait bon aussi que les hommes portassent le deuil dans toute calamité qui fondrait sur leur pays ou l'univers, alors même que ce ne serait point la mort.

Cela concourt à maintenir ces rapports d'homme à homme, et entre tous les hommes pris dans leur ensemble, qui sont le lien de la vie sociale.

Il faudrait qu'il y eût un deuil public, quand surviennent ces événements qui mettent le deuil au cœur de tous les honnêtes gens, — le règne des tyrans étrangers ou domestiques, l'abus de la bonne foi publique, l'application forcée de vieilles et vénérables lois pour le meurtre des innocents, les mesures qui menacent la sécurité de tous ces hommes qui sont la fleur de la nation et qui brûlent d'un enthousiasme invincible pour le bien public.

Aussi, si Horne Toolle et Hardy avaient été condamnés pour trahison, il eût été bien qu'on eût vu non seulement le chagrin et l'indignation déborder dans tous les cœurs, mais encore qu'on eût vu les symboles extérieurs de l'affection.

Quand la République Française fut détruite, le monde aurait dû prendre le deuil.

IV

Mais cet appel aux sentiments des hommes ne devrait pas être fait à la légère, ou d'une manière qui tende en quoi que ce soit, à gaspiller sur des objets insuffisants, ces ruisseaux féconds de sympathie qu'un deuil public donnerait l'occasion de répandre.

Cette solennité ne devrait être usitée que pour le cas d'une calamité considérable, ressentie comme telle par ceux qui aiment leur pays et l'humanité; le caractère devrait en être universel et non particulier.

V

La nouvelle de la mort de la princesse Charlotte, et celle de l'exécution de Brandreth, de Ludlam et de Turner[1], sont arrivées presque en même temps. Si la beauté, la jeunesse, l'innocence, l'amabilité des manières, et la pratique des vertus domestiques suffisaient pour justifier l'affliction publique au sujet de leur extinction éternelle, cette intéressante dame mériterait bien ce déploiement de dou-

1. Jérémiah Brandreth ou Coke, Ludlam et William Turner, condamnés à Derby par une commission spéciale en octobre 1817, furent exécutés dans cette ville à Nuns Green le 7 novembre. Tous trois avaient dirigé l'insurrection des carriers de Derbyshire, poussés à la prise d'armes par un agent provocateur du nom d'Olivier qui affirmait à Brandreth que tous les ouvriers de l'Angleterre répondraient à son appel. Ils prirent les armes, le 8 juin, et furent mis en déroute par les dragons, comme ils allaient à Nottingham où, d'après Olivier, un Parlement révolutionnaire siégeait dans la forêt.

leur. Elle était la dernière et la meilleure de sa race.

Mais des milliers d'autres personnes aussi distinguées qu'elle par leurs qualités privées, ont été moissonnées dans leur jeunesse et leur espérance.

Le hasard de sa naissance n'a rien ajouté à la vertu de sa vie, ni fait de sa mort un sujet plus digne d'affliction.

Elle n'a rien fait de bien ni de mal pour le public, son éducation l'avait rendue également incapable de l'un et de l'autre dans un sens large et compréhensif. Elle était née princesse, et ceux qui sont destinés à gouverner les hommes sont dispensés d'acquérir cette sagesse et cette expérience nécessaires pour se gouverner soi-même. Elle n'était point, comme Lady Jane Grey ou la reine Elisabeth, une femme d'une érudition profonde et variée. Elle n'avait rien fait, elle n'avait aspiré à rien, et ne pouvait rien entendre à ces grandes questions politiques qui intéressent le bonheur de ceux qu'elle était destinée à gouverner. Mais cela doit être considéré comme une parole de pitié et non de blâme; ne disons pas de mal des morts.

Telle est la misère, telle est l'impuissance de la royauté.

Dès le berceau, l'on s'oppose à ce que les princes deviennent capables de mériter la récompense la plus grande après une bonne conscience, l'admiration et le regret du public.

VI

L'exécution de Brandreth, de Ludlam et de Turner est un événement d'un caractère tout autre que celui de la mort de la princesse Charlotte.

Ces hommes furent pendant bien des mois enfermés dans une horrible prison, pendant qu'on les forçait à envisager la perspective d'une mort hideuse et de l'enfer éternel. A la fin, on les conduisit à l'échafaud et on les pendit.

Eux aussi, ils avaient des affections domestiques, et ils se distinguaient par l'exercice des vertus privées. Peut-être que la bassesse de leur condition permit à ces affections de se développer à un degré que ne comporte pas un rang plus élevé. Ils avaient des fils, des frères, des sœurs, des pères, qui les aimaient plus, à ce qu'il semble, que la princesse Charlotte ne pouvait être aimée de ceux que l'étiquette de son rang tenait continuellement éloignés d'elle. Son mari lui tenait lieu de père, de mère et de frères.

Ludham et Turner étaient des hommes d'âge mûr, et les affections avaient acquis en eux toute leur croissance, toute leur force.

Ce qu'ont éprouvé ces malheureux, on ne le dira pas. Mais on peut imaginer la longue et multiple souffrance de leur parenté, d'après ce que fit Edouard Turner, qui, voyant son frère traîné sur la claie, poussa un cri affreux, tomba dans un accès et fut emporté comme un cadavre par deux hommes.

Comme elle dut être terrible, leur souffrance lorsque, assis dans la solitude, ce jour-là, ils entendirent, comme une tempête, la voix de la foule terrifiée leur annoncer que la tête qui leur était si chère était séparée du corps ! — Oui, ils écoutaient les hurlements affolants qui montaient de la multitude, ils entendaient le piétinement de dix mille personnes frappées d'épouvante, les grognements et les sifflets qui leur apprenaient qu'à ce moment, on soulevait en l'air la tête mutilée et convulsée.

Les condamnés étaient morts.

Qu'est-ce que la mort? Qui oserait dire ce qui se passera après le tombeau? [1]

Brandreth était calme ; il croyait évidemment que les conséquences de nos erreurs s'arrêtent à cette borne redoutable. Ludlam et Turner étaient bourrelés de la crainte que Dieu ne les plongeât dans le feu éternel. M. Pickering, le clergyman, se préoccupait évidemment de ce qu'une assurance trompeuse ne fît point perdre à Brandreth l'unique chance de se réconcilier avec le Maître du monde futur.

Aucun d'eux ne savait ce que c'est que la mort, ni ne pouvait le savoir. Pourtant ces hommes furent lancés, sans hésitation, dans ce gouffre insondable, par d'autres hommes qui n'en savaient pas davantage, et qui ne se préoccupaient point des

1. Votre mort a des yeux dans sa tête, — la mienne n'est point peinte ainsi (*Cymbeline*).

souffrances actuelles ou futures de leurs victimes.

Rien n'est plus horrible que ceci, qu'un homme verse, pour quelque cause que ce soit, le sang d'un autre homme.

Pour toutes les autres calamités, il existe un remède ou une consolation.

Quand cette faculté, grâce à laquelle nous vivons, cesse d'entretenir l'existence qu'elle a donnée, alors il y a souffrance, torture. C'est alors un poids qu'il faut supporter ; un tel chagrin rend le cœur meilleur. Mais lorsque l'homme verse le sang de l'homme, la vengeance, la haine, une longue série d'exécutions, et d'assassinats, et de proscriptions se perpétue jusqu'à un avenir très reculé.

VII

Telles sont les réflexions particulières, jointes à quelques-unes des réflexions générales que suggère la mort de ces hommes. Mais si déplorable qu'elle soit, si elle était un sujet de chagrin privé ou accoutumé, le public, en tant que public, n'aurait point à s'en émouvoir.

Il y a quelque chose de plus que cela.

Les événements qui ont abouti à la mort de ces infortunés sont une calamité publique.

Je ne veux pas infliger un blâme au jury qui les a déclarés coupables de haute trahison ; peut-être la loi exige-t-elle qu'on qualifie ainsi leur faute.

Sans doute il faut imposer quelque contrainte à
ces gens irréfléchis qui croient pouvoir trouver
dans la violence un remède contre la violence,
alors même que leurs oppresseurs leur ont donné
la tentation qui les a conduits à leur perte. Ils sont
les instruments du mal, moins coupables que les
mains qui les ont dirigés, mais ils sont sujets à
justifier des précautions. Pourtant leur mort, par
la pendaison et la décapitation, et les circonstances dont elle est l'indice et la suite, constituent
une de ces calamités que la nation anglaise devrait
déplorer avec une douleur inconsolable.

VIII

Les rois et les ministres se sont de tout temps
distingués des autres hommes par la soif de la pro-
digalité et du sang versé.

Il existait dans ce pays, jusqu'à la guerre d'A-
mérique, un obstacle, bien faible et bien souple,
à la vérité, contre ce penchant désolant. Jusqu'à
l'époque où l'Amérique se proclama en république,
l'Angleterre fut peut-être la nation la plus libre et
la plus glorieuse qui existât à la surface de la
terre. Elle n'était pas ce qu'il serait si grandement
souhaitable que fût une nation, mais tout ce qu'elle
peut être quand elle ne se gouverne pas elle-même.

Néanmoins les conséquences de cette lacune fatale ne tardèrent pas à se manifester.

Le gouvernement, que la constitution imparfaite de notre assemblée représentative avait jeté aux mains d'une poignée d'aristocrates, perfectionna le système de devancer les impôts par des emprunts, qu'avaient inventé les ministres de Guillaume III, si bien qu'enfin on créa une dette énorme.

Durant la guerre contre la République Française, on reprit ce système, de sorte qu'actuellement le seul intérêt de la dette publique se monte à plus du double de la somme qu'on puise sans compter dans le trésor public pour entretenir l'armée permanente, et la famille royale, et les pensionnés, et les gens en place.

Le résultat de cette dette est de répartir inégalement les moyens d'existence au point de saper les fondements de l'union sociale et de la vie civilisée. Elle crée une double aristocratie, au lieu d'une seule dont le poids était déjà assez lourd ; elle donne à deux fois autant de gens la liberté de vivre dans le luxe et l'oisiveté sur ce que produisent les travailleurs et les pauvres.

Et elle ne leur donne pas cela parce qu'ils sont plus sages et plus dignes que les autres, ni parce qu'ils consacrent leur loisir à faire des projets pour le bien public, ou l'emploient à ces exercices de l'intelligence et de l'imagination dont les créations sont la gloire et l'ornement d'un pays.

Ils ne sont point, comme l'ancienne aristocratie, des hommes pleins d'orgueil et d'honneur, *sans peur et sans tache* [1]; non ; ce sont de pitoyables et intri-

---

1. En français dans le texte.

gants esclaves, qui ont gagné le droit de s'appeler les créanciers de l'Etat, soit en jouant au hasard sur les fonds, soit en s'abaissant aux pieds du gouvernement, soit par quelque autre commerce infâme.

Ils ne sont point « le chapiteau corinthien de la société polie », mais les plantes viles et rampantes qui déshonorent le riche dessin de sa sculpture.

Le résultat de ce système est que le journalier ne gagne pas davantage en travaillant seize heures par jour, qu'il ne gagnait jadis en travaillant huit heures. Je présente le fait sous sa forme la plus simple et la plus intelligible. Le travailleur, celui qui pousse la charrue, qui fabrique l'étoffe, voilà l'homme qui doit prélever sur ce qu'il rapporte à la maison de quoi entretenir le luxe et le confort de ceux dont les prétentions se traduisent par une annuité de quarante-quatre millions, levée sur la nation anglaise. Jadis il entretenait l'armée et les pensionnés, et la famille royale et les possesseurs du sol ; et c'est là une nécessité bien dure, à laquelle il lui convenait de se résigner.

Si nombreux et variés que soient les maux causés par l'oppression, ils se résument tous en celui-ci, savoir : qu'un homme est forcé de travailler pour un autre, autant qu'il le faut d'abord pour soutenir les distinctions qui existent parmi les hommes, et de plus, au point qu'une excessive injustice attaque par la base même tout ce qui donne quelque valeur à l'ordre social, au point qu'il en résulte cette anarchie qui est en même temps l'adversaire de la liberté, et l'enfant et le châtiment du désordre.

La nation, chancelant entre les bords de deux
abîmes, commençait à se lasser de la prolongation
de tant de dangers, de tant de dégradations, et des
misères qui en sont la conséquence ; la voix publique réclamait bruyamment une libre représentation du peuple.

On commençait à sentir que nul autre corps constitué d'hommes ne pouvait tenir tête aux difficultés
pressantes. La nation, elle seule, ose toucher à la
question de savoir s'il y a ou s'il n'y a pas de remède à la nécessité de payer à jamais quarante-
quatre millions par an, en plus de ce qu'exigent
les dépenses de l'Etat. En même temps, un esprit
plus noble se manifesta, et l'amour de la liberté,
et le patriotisme, et le respect de soi-même, qui
est inséparable de ces glorieux sentiments, reprirent vie dans les cœurs des hommes.

Le gouvernement avait à jouer une partie déses-
pérée.

IX

Dans les districts manufacturiers de l'Angleterre
régnaient depuis bien des années le mécontentement et la désaffection ; cela était dû à ce système
de double aristocratie qu'ont produit les causes déjà
mentionnées. Les ouvriers des manufactures, ces
ilotes du luxe, sont réduits, par ce système à la
famine, privés d'affections, de santé, de tout loisir, de tout moyen d'acquérir l'instruction qui ser-

virait à combattre les habitudes de turbulence et
de dissipation que fait naître l'avenir précaire et
incertain de la pauvreté.

C'était là un champ tout prêt pour tout aventurier
qui voudrait, dans un but quelconque, exciter une
poignée d'ignorants à commettre des violences illé-
gales.

A peine eut-on reconnu clairement qu'il fallait
écouter le peuple demandant une libre représentation, l'on ne faisait pas appel à l'intimidation et
au préjugé, qu'il s'organise une conspiration de la
plus horrible atrocité. Il est impossible de savoir
jusqu'à quel point les principaux membres du gouvernement sont enveloppés dans le crime de leurs
diaboliques agents. Il est impossible de dire quelle
a été leur activité, quel a été leur nombre, ou par
quelles fausses espérances ils échauffent encore la
multitude sans guide, pour qu'elle mette son cou
sous la hache et dans le nœud coulant.

Mais on sait tout au moins que, dès les premiers
cris de la nation entière pour demander la réforme
parlementaire, des espions furent envoyés. Ils
étaient choisis parmi les hommes les plus indignes
et les plus infâmes, et dispersés dans la multitude
des travailleurs illettrés et affamés. Leur rôle était
de trouver des victimes, à tort et à travers, peu
importait. Leur rôle était de produire sur le public
l'impression qu'en cas de succès de toute tentative
pour établir la liberté nationale, et pour diminuer
le poids de la dette et de l'impôt qui nous accablent,
la multitude affamée se lancerait en désordre, et
confondrait dans une ruine commune tous les rangs,

12

toutes les distinctions, toutes les institutions, toutes les lois.

La conclusion, dont on leur demandait d'armer
les ministres, était que le pouvoir despotique devait
être éternel.

Pour produire cette impression salutaire, ils mirent perfidement, dans la tête de quelques paysans
naïfs et sans défiance, de commettre un crime dont
le châtiment est une mort affreuse.

Les ouvriers d'usine affamés et ignorants, séduits
par les magnifiques promesses de ces conspirateurs
sanguinaires et sans remords, se groupèrent en
ce qu'on nomme une rébellion contre l'Etat. Tout
était préparé, et les dix-huit dragons réunis sans
doute à l'avance conduisirent leurs victimes stupé-
faites dans cette prison d'où ils ne sortirent que
pour être dépecés par la main du bourreau.

Les cruels instigateurs de leur ruine se retirèrent
pour jouir des grands revenus qu'ils avaient gagnés
par une vie d'infamie. La voix publique fut étouffée
par celle des timides et des égoïstes, qui jetèrent le
poids de la peur dans les balances de l'opinion publique, et le Parlement confia de nouveau au pouvoir exécutif ces droits extraordinaires que peut-
être il ne déposera jamais, à moins que l'assemblée
régulièrement constituée de la nation ne les lui
arrache des mains.

Pour nous, l'alternative est celle d'un despotisme,
d'une révolution ou d'une réforme.

X

Le 7 novembre, Brandreth, Turner et Ludlam montèrent sur l'échafaud.

Le sort de Brandreth qui nous touche le moins, car, à ce qu'il paraît, il avait tué un homme. Mais il faut se rappeler de qui il avait reçu les insinuations qui le portèrent à agir et à commettre un meurtre. Avec la franchise d'un homme qui va mourir, Brandreth nous apprend que « c'est Olivier qui l'a poussé à cela, » que « sans Olivier, il ne se serait pas trouvé là. »

Voyez aussi Ludlam et Turner, avec leurs fils, leurs frères, et leurs sœurs, s'agenouiller ensemble pour la solennelle et terrible prière ! L'enfer est devant leurs yeux. Ils frissonnent et défaillent d'épouvante, craignant qu'un péché dont ils ne se seraient pas repentis, ou qu'ils auraient commis volontairement ne scelle leur condamnation au feu éternel.

Avec ce terrible châtiment sous les yeux, avec cette redoutable sanction de la vérité de tout ce qu'il disait, Turner s'écria à haute et intelligible voix, *pendant que le bourreau lui passait la corde au cou*: « *Tout cela vient d'Olivier et du gouvernement!* » Aurait-il pu dire quelque chose de plus? nous l'ignorons, parce que le chapelain s'opposa à toute autre déclaration.

Des troupes de la cavalerie, les épées tirées et

brillantes, tenaient en respect la foule amassée pour assister à cet abominable spectacle.

« Quand on entendit le bruit que faisait le coup de hache, il y eut une explosion d'horreur dans la foule[1]. Au moment où on lui montra la tête, un cri formidable se fit entendre, et la multitude se mit à courir éperdument de tous côtés, comme sous l'impulsion d'une soudaine folie. Ceux qui reprirent leur place, grognèrent et poussèrent des hou ! hou ! »

C'est une calamité nationale que nous nous laissions gouverner par des hommes qui encouragent dans un but, quel qu'il soit, une conspiration qui ne saurait atteindre son objet qu'à travers une horrible effusion de sang et de souffrances.

Mais quand ce but est de fouler aux pieds pour toujours nos droits et nos libertés, de nous présenter l'alternative entre l'anarchie et l'oppression, de triompher quand la nation frappée de stupeur accepte de leurs mains la dernière alternative, de maintenir une nombreuse armée permanente, d'accroître d'année en année une dette publique, qu'ils savent déjà impossible à payer, et qui, dès l'effondrement de l'illusion qui la soutient, produira dans toutes les classes de la société autant de misère et de désordre qu'elle a produit incessamment de privations et de dégradation dans la classe pauvre et sans défense ; d'emprisonner et de calomnier à plaisir ceux qui peuvent lui déplaire, quand tout cela, est sinon le but, du moins le résultat de cette conspiration, alors ne devrions pas porter le deuil ?

1. Ces expressions sont empruntées à L'Examiner du dimanche 9 novembre (Note de l'auteur).

XI.

Porte donc le deuil, peuple d'Angleterre. Prends de solennels vêtements noirs, qu'on fasse sonner les cloches ! Réfléchis aux choses mortelles et changeantes. Enveloppe-toi de la solitude et des ténèbres d'une douleur sacrée. N'oublie aucun symbole d'une affliction universelle. Pleure, — porte le deuil — lamente-toi. Remplis la grande cité, — remplis l'immensité des campagnes de tes lamentations et de l'écho de tes plaintes.

Une belle princesse est morte, — celle qui eût pu être la reine de son peuple aimé, et dont la postérité eût régné éternellement sur lui. Elle aimait les affections domestiques, et chérissait les arts qui embellissent, et la valeur qui défend. Elle était aimable et fût devenue sage, mais elle était jeune, mais dans la fleur de la jeunesse elle fut victime de la destruction.

La LIBERTÉ est morte.

Esclave ! je t'en conjure, ne trouble point la profondeur et la solennité de notre affliction par une affliction plus basse.

S'il est mort une créature semblable à elle et destinée à régner sur le pays, et comme la Liberté, jeune, innocente et aimable, sache que la puissance

qui a décidé sa mort, c'était Dieu, et que c'était
une affliction particulière. Mais c'est l'*homme* qui
a assassiné la Liberté, et pendant que la vie s'en-
fuyait par sa blessure, alors descendit sur la tête
e. le cœur de tous les hommes la sympathie que
cause un fléau, une catastrophe universelle.

Des chaînes plus lourdes que du fer pèsent sur
·nous, parce qu'elles lient nos âmes. Nous allons et
venons dans une prison plus infecte qu'une enceinte
humide et étroite, parce qu'elle a pour sol la terre,
et pour toit le ciel.

Suivons avec lenteur et respect jusqu'à sa tombe
le cadavre de la liberté anglaise, et s'il venait à
apparaître quelque glorieux fantôme, s'il se faisait
un trône d'épées brisées, de sceptres et de couron-
nes royales traînés dans la poussière, disons que
l'âme de la liberté s'est levée de sa tombe, en y
laissant tout ce qui était mortel et grossier. Pros-
ternons-nous devant elle, et adorons-la comme notre
Reine.

LE COLISÉE

FRAGMENTS

(1819)

LE COLISÉE

FRAGMENTS [1]

A l'heure de midi, le jour de la fête de Pâques, un vieillard, accompagné d'une jeune fille qui paraissait son enfant, entra dans le Colisée à Rome. Ils traversèrent aussitôt l'Arène et, cherchant une entrée solitaire entre les arches de la partie méridionale des ruines, ils s'assirent sur une colonne renversée. Se tenant mutuellement par la main, ils restèrent en une sorte de silencieuse contemplation devant ce tableau. Mais les yeux de la jeune fille étaient fixés sur les lèvres de son père, dont l'attitude, sublime et paisible en son immobilité, pareille à une image où Praxitèle aurait représenté le plus grand des poètes, remplissait l'air muet de sourires qui n'étaient point le reflet de formes extérieures.

C'était la grande fête de la Résurrection, et toute la population de Rome, ainsi que tous les étrangers, qui accourent des diverses parties du monde

[1] *Shelley's papers.* Réimprimé correctement par Mⁱˢ Shelley.

pour assister à sa célébration, s'étaient réunis autour du Vatican. La religion la plus imposante du
monde s'entourait du déploiement de la grandeur
d'ici-bas, et l'humanité s'était assemblée pour ad-
mirer et honorer les créations de sa propre puissance.

Dans les rues et les ruelles gazonnées qui conduisent au Colisée, on ne rencontrait pas un flâ-
neur.

Dès leur arrivée, le père et la fille s'étaient dirigés vers ce lieu.

Une apparition qu'on ne voyait à Rome que dans
la nuit ou dans les lieux déserts et qui ne se montrait alors que parmi les temples ruinés du Forum,
ou glissant furtive par les galeries couvertes d'her-
bages du Colisée, coupa devant eux. Malgré sa mai-
greur, sa silhouette révélait les contours essentiels
d'une grâce exquise ; elle était drapée dans une
vieille chlamyde, qui lui cachait à moitié le visage ;
ses pieds d'une blancheur de neige étaient chaus-
sés de sandales en ivoire finement sculptées qui
représentaient deux figures féminines, dont les ailes
se rejoignaient sur le talon, et dont les lèvres ar-
dentes et entr'ouvertes semblaient aspirer à s'u-
nir.

C'était vers une de ces créatures qu'on n'oublie
jamais après les avoir vues une seule fois.

La bouche et la forme du menton rappelaient la
douceur brûlante et passionnée des statues d'An-
tinoüs : mais à leur regard efféminé et morne, leur
front étroit et lisse, avaient fait place une expression de grave et pénétrante réflexion ; le front était

pur, découvert, les yeux profonds, comme deux
sources d'une eau cristalline où se reflètent les cieux
infinis. Et partout y était répandue une expression
timide de tendresse et d'hésitation féminines, qui
formait contraste, tout en s'harmonisant étrangement avec le caractère indifférent et inaccessible
à la crainte, qui prédominait dans sa forme et ses
gestes.

Cet être évitait avec un soin singulier tout rapport avec les Italiens, dont il paraissait entendre
à peine la langue, mais on le voyait parfois s'entretenir avec un étranger d'une beauté merveilleuse
dont les gestes et l'attitude l'attiraient au milieu
des sites solennels qu'il fréquentait. Il parlait le
latin et surtout le grec couramment, avec un ac-
cent particulier, mais doux. Il semblait avoir acquis quelque connaissance des langues du nord de
l'Europe. Rien en lui ne fournissait la moindre indication sur son pays, son origine ou ses occupations. Sa manière de se vêtir était singulière, mais
splendide et magnifique. `

Il était éternellement seul.

Les *literati* de Rome le regardaient comme une
curiosité. D'ailleurs il y avait dans sa manière d'ê-
tre quelque chose d'incompréhensible, mais d'im-
pressionnant, qui les tenait à distance et imposait
silence à leur importunité. Les paysans, dont il
croisait rarement la route lorsqu'à la lumière des
étoiles, ils revenaient de leur marché au Campo
Vaccino, l'appelaient avec ce singulier mélange d'i-
dées religieuse et historiques si commun en Italie :
il diavoto di Bruto.

Telle était l'apparition qui interrompit la contemplation des étrangers, en leur adressant la parole. C'était une phrase de leur langue natale, phrase claire, précise, mais d'un génie exotique : « Étrangers, vous êtes deux ; contemplez le troisième et le seul personnage de cette grande ville pour qui le spectacle de cette ruine grandiose ait plus de charmes que les ridicules superstitions qui l'ont détruite.

— Je ne vois rien, dit le vieillard.

— Que faites-vous ici, alors ?

— J'écoute le doux chant des oiseaux et le souffle de l'haleine de ma fille me berce comme le léger murmure de l'eau, et je sens la chaleur du vent, et cela m'est agréable.

— Misérable vieillard, ne savez-vous pas que ce sont là les ruines du Colisée ?

— Hélas, étranger, fit la jeune fille d'une voix qui était comme une musique plaintive, ne parlez pas ainsi : il est aveugle.

Les yeux de l'étranger se remplirent aussitôt de larmes, et les traits de son visage se détendirent.

— Aveugle ! s'écria-t-il, d'un ton douloureux qui était mieux qu'une excuse.

Et il s'assit à quelque distance sur les degrés d'un escalier disjoint et couvert de mousse qui montait en spirale à travers le labyrinthe de la ruine.

— Ma douce Hélène, dit le vieillard, vous ne m'aviez pas dit que cet endroit est le Colisée ?

— Comment aurais-je pu vous le dire, mon cher père, puisque je ne le savais pas. J'étais sur le point de demander la route qui mène à ce monument, quand nous sommes entrés dans ce cercle de ruines, et jusqu'au moment où l'étranger nous a abordés, je suis restée silencieuse, subjuguée par la grandeur de ce que je vois.

— C'est votre habitude, ma douce enfant, de me décrire les objets qui vous charment. Vous les faites défiler sous le doux rayonnement de vos paroles, et pendant que vous parlez, l'infirmité, qui me tient sous une si chère dépendance, n'est plus pour moi qu'un bonheur. Pourquoi avez-vous, cette fois, gardé le silence?

— Je ne sais... D'abord l'admiration et le plaisir de ce spectacle, puis les paroles de l'étranger, puis j'ai pensé à ce qu'il avait dit, à l'air qu'il avait, et maintenant, mon bien-aimé père, à vos propres paroles.

— Eh bien, à présent, dites-moi ce que vous voyez.

— Je vois un grand cercle d'arcades bâties sur d'autres arcades; des portes sont éparses de tous côtés, et elles faisaient autrefois partie du mur massif. Dans les lézardes, et sur la voûte des toits, poussent une infinité d'arbrisseaux, l'olivier sauvage et le myrte, — et des ronces enchevêtrées et un fouillis de plantes que je ne connais pas. Les pierres sont des blocs immenses, et elles ont l'air de jaillir les unes des autres. Il y a de terribles vides dans la muraille, et de larges fenêtres par où vous voyez le bleu du ciel. Il y a, dirait-on, plus d'un millier d'arcades, les unes ruinées, d'autres entières, et elles sont immenses par la hauteur et la lar-

geur. Quelques-unes sont brisées et forment de
grands amoncellements dont les sommets croulants
sont couronnés de touffes de menus arbrisseaux.
Tout autour de nous gisent des colonnes énormes,
brisées et sans formes, et des fragments de chapi-
teaux et de corniches, couverts de délicates sculptures.

— La mine est-elle ouverte au ciel bleu? dit le
vieillard.

— Oui, nous voyons la transparente profondeur
du ciel au-dessus de nous, à travers les crevasses
et les fenêtres, et les fleurs, et les plantes, et
l'herbe, et les mousses grimpantes sont nourries
par la pluie qu'il épand sans obstacle. Au-dessus,
c'est le vaste et clair ciel bleu. Il déborde là-haut
à travers les larges déchirures, et à travers les ra-
meaux dépouillés du figuier qui a pris racine parmi
les marbres, et à travers les feuilles et les fleurs
des plantes, il pénètre même jusque dans les téné-
breuses arcades d'en bas. Je le vois, je sens ses
rayons clairs et perçants remplir l'univers et imprégner de vie et de lumière le vent qui aspire la
joie, et jeter le voile de sa splendeur sur toutes
choses, et même sur moi. Oui, et à travers la plus
haute crénelure, la lune à demi effacée de midi
est en quelque sorte suspendue au ciel comme à
une voûte solide, et cela me prouve que l'atmosphère a toute cette clarté que j'éprouve de la joie
à vous voir sentir.

— Et que voyez-vous encore?

— Rien.

— Rien?

— Rien que le sol tapissé de mousse d'un vert vif, tacheté de touffes de trèfle chargé de rosée, qui pénètrent dans les interstices des arcades dégringolées, et autour des sommets isolés de la ruine.

— Comme les vallées tapissées de pelouses de gazon court, qui s'enfoncent tortueusement à travers les forêts de pins et les précipices des Alpes de Savoie.

— Vraiment, mon père, votre œil a une vision plus sereine que le mien.

— Et les grandes arcades brisées, les masses morcelées qui se sont accumulées en ruines, et qu'ont revêtues les jeunes rejetons de la forêt, et qui ressemblent à des gouffres ouverts par des tremblements de terre au sein des montagnes, plutôt qu'à des débris de ce qui fut une œuvre humaine, — que sont-elles?

— Des objets qui inspirent un respect religieux et de l'admiration.

— Ne sont-ce pas des cavernes telles que les choisirait l'éléphant indompté parmi les solitudes de l'Inde, afin d'y cacher ses petits? Telles que si la mer venait à couvrir la terre les monstres les plus puissants de l'abîme en feraient leurs spacieuses demeures?

— Père, vos paroles traduisent en images ce que j'aurais voulu, ce que je n'ai pas pu, hélas! exprimer.

— J'entends le bruissement des feuilles, et le bruit des eaux, — mais il ne pleut pas — on dirait une source dont les gouttes tombent d'une chute rapide dans un bois.

— Elle tombe d'entre les monceaux de ruines au-
dessus de votre tête ; c'est à ce que je suppose,
l'eau des averses qui s'est amassée dans les creux.

— Un nourrisson de l'art humain, que ses soins
ont délaissé, et que la nature a transformé par enchantement en un produit semblable à ses propres
créations, a destiné à en partager l'immortalité.
Changé en une montagne échancrée de vallons boi-
sés, qui surplombent ses flancs découpés en la-
byrinthes et qui se brise en précipices verticaux.
Les nuages mêmes, interceptés par son sommet
hérissé, nourrissent de leur pluie ses sources éternelles. Si j'en juge par la colonne sur laquelle je
suis assis, le Colisée fut parfois couronné par un
temple ou un théâtre, et aux jours sacrés, la multitude serpentait jusqu'aux blocs de sa cime pour
assister au spectacle ou au sacrifice [1]. — C'en était

1. Le souvenir de la destination à laquelle le Colisée était
réservé, ne peut agir sur ces sentiments. Le temps a jeté
son ombre pourpre à travers cette scène, et il ne reste plus
rien de visible que le large et éternel caractère de la force
et du génie de l'homme, cette promesse de tout ce qui sera
signe d'admiration et d'amour dans les siècles futurs. Des
temples solennels, où le sénat du monde se réunissait, des
palais, des arcs de triomphe, des colonnes entourées de
nuages, chargées de sculptures qui racontaient les annales
de la conquête et de la domination, — quelles actions et
quelles délibérations étaient-ils destinés à renfermer et à
enregistrer ? Des rites superstitieux, qui, sous leurs formes
les plus bénignes, outragent la raison, émoussent le sens
moral de l'humanité ; des projets de massacres gigantesques,
de dévastation, de gouvernement capricieux, et d'asservis-
sement, et enfin toutes ces choses conduites jusqu'à leur
terrible dénoûment, et un être humain, revenant au milieu
des fêtes et d'une joie solennelle, des milliers et des milliers
d'êtres humains ses semblables, réduits en esclavage en-

un aussi... Hélène, qu'est-ce que ce bruit d'ailes ?

— Ce sont les pigeons sauvages qui retournent
à leurs petits ; n'entendez-vous pas roucouler ceux
qui sont à couver dans leurs nids ?

— Oui, c'est le langage de leur bonheur. Ils sont
aussi heureux que nous, mon enfant, mais ils le
sont d'une autre manière. Le sentiment qu'excite
en nous cette ruine leur est inconnu. Cependant, ils
prennent plaisir à l'habiter, et la succession d'as-
pects qu'elle présente sur leur route, forme dans
leur pensée des associations sacrées pour eux
comme pour nous. La nature intime de chaque être
est entourée d'un cercle que ne peuvent franchir ses
semblables, et c'est cette répulsion qui fait le
malheur de la condition de la vie. Mais il est un
cercle qui unit, tout comme il en est un qui exclut
mutuellement toutes les choses sensibles. Et en ce
qui regarde l'homme, son bonheur public et privé
consiste à diminuer la circonférence qui renferme
les êtres semblables à lui-même, jusqu'à ce qu'ils
deviennent un avec lui, et qu'il devienne un avec
eux. C'est parce que nous pénétrons dans les mé-
ditations, les projets et les destinées d'êtres placés
en dehors de nous, que la contemplation des ruines
de la puissance humaine excite un sentiment de
terreur religieuse et de beauté. Il est donc vrai que

chaînés, traînés derrière son char, l'étalage, comme d'un
titre glorieux, de la force brutale, mise entre ses mains
comme une épée, détruisant le labeur des siècles, les créations admirables du génie, et — tableau horrible et révoltant — cet homme, accessible aux émotions les plus douces
et les plus nobles, pénétré de la conviction qu'il a accompli
une action vertueuse! Nous ne pouvons oublier cela...

l'Océan, le glacier, la cataracte, la tempête, le volcan ont chacun un esprit qui fait frissonner jusqu'aux extrémités de notre être d'une vibration de joie. Il est donc vrai que le chant des oiseaux, et l'agitation des feuilles, la sensation de parfum qui monte de la terre, et la fraîcheur du vent plein de vie qui nous entoure, ont de la douceur. Et cela c'est l'amour, c'est la religion de l'éternité, dont les fidèles ont été exilés de la multitude humaine. O puissance, s'écria le vieillard, en élevant ses yeux sans vision vers le soleil qui ne l'éblouissait pas, toi qui pénètres la substance de toutes choses, et sans qui ce monde magnifique serait un chaos aveugle et sans forme. Amour, auteur du bien, Dieu, Roi, Père! ami de ceux-là qui t'adorent! Deux cœurs solitaires t'invoquent, puissent-ils n'être jamais séparés! Si les querelles de l'espèce humaine ont fait leur malheur, si donner et chercher ce bonheur que tu es, a été leur but et leur destinée, si dans la contemplation de ces majestueux souvenirs de la puissance de leur semblable, ils voient l'ombre et la prophétie de ce que tu as pu décréter qu'ils deviendraient, si la liberté, la bonté, la vérité, qui sont la marque de tes pas, ont été l'objet de leur poursuite, ne les sépare pas. A toi il appartient d'unir, d'éterniser, de faire vivre au delà des limites du tombeau ceux qui ont été laissés parmi les vivants, comme souvenirs de toi. Quand ce corps sera poussière insensible, puissent les espérances, et les désirs, et les délices qui l'animent maintenant, ne jamais s'étendre dans mon enfant, de même que si elle était ensevelie dans le tombeau, ma mémoire serait le monument où seraient inscrites toutes ses ineffables qualités.

L'attitude du vieillard, ses gestes, où éclatait l'inspiration de ses paroles, firent place, quand il se tut, à un calme plus grand que d'ordinaire, car il entendit les sanglots de sa fille, et se souvint qu'il avait parlé de mort.

Mon père, comment pourrais-je vous survivre? dit Hélène.

— Ne parlons pas de mort, reprit le vieillard, en prenant soudain un autre ton. Il est vrai qu'Héraclite mourut à mon âge, et si j'avais le tempérament aussi chagrin il pourrait y avoir quelque danger. Mais Démocrite atteignit cent vingt ans, ce qu'il ne dut qu'à la gaîté invincible de son esprit. Et s'il mourut à la fin, c'est qu'il n'avait point pour le servir un esprit aimant et bien-aimé, comme mon Hélène, pour qui il se fût fait un plaisir de vivre. Vous vous rappelez que sa bonne vieille sœur le pria d'attendre pour se laisser mourir de faim, qu'elle fût revenue de la fête de Cérès, alléguant que la fête serait gâtée pour elle, s'il refusait d'accéder à ce désir, car il n'était pas permis de prendre part à une procession immédiatement après la mort d'un parent, et que le philosophe, dans sa bonhomie consentit à ce qu'elle demandait.

Le vieillard ne put voir le sourire reconnaissant de sa fille, mais il sentit le serrement de main par lequel elle l'exprimait.

— En vérité, dit-il, ce mystère, la mort, est un changement que ni nous, ni d'autres, n'avons de justes motifs d'espérer ou de craindre. Nous ne savons pas si c'est un bien ou un mal, nous ne savons que ceci, qu'elle est. Vieux et jeunes, tous meurent pareillement : pas de temps, pas de lieu, ni âge ni prévoyance qui nous mette à l'abri de la mort et des chances de mort. Nous ne savons, si la mort est un état où persiste la sensibilité, aucun moyen qui puisse faire de ces sensations un bonheur, si la série actuelle des événements ne doit pas produire ce résultat. Ne pensez pas à la mort, ou pensez-y comme à une chose commune à tous. Il est arrivé, dit-il d'une voix grave et douloureuse, que des hommes ont enseveli leurs enfants.

— Hélas, mon cher père, combien je vous plains ! ne parlons pas davantage.

Ils se levèrent pour sortir du Colisée, mais le personnage qui les avait déjà abordés s'approcha.

— Madame, dit-il, si la souffrance est une expiation de l'erreur, j'ai cruellement souffert du langage que j'ai tenu à votre compagnon. Les hommes qui habitaient ce lieu dans l'antiquité, et ceux desquels ils apprirent la sagesse, respectaient l'infirmité et la vieillesse. Si j'ai étourdiment blessé ce vénérable vieillard, à la fois majestueux et sans défense, puis-je être pardonné ?

— Je souffre de voir combien votre erreur vous afflige, dit-elle, si vous pouvez oublier, ne doutez pas de notre pardon.

— Vous pensiez que j'étais de ceux qui ont l'esprit aveugle, dit le vieillard, de ceux qui mériteraient le mépris et le blâme, si quelque être humain pouvait le mériter. Assurément lorsque je contemple ce monument comme je le fais, bien que ce soit dans le miroir de l'esprit de ma fille, je suis rempli d'admiration et de plaisir. Il semble que l'âme des générations disparues vivifie mes membres, et circule dans toutes les fibres de mon corps. Etranger, si j'ai exprimé quelque chose que vous ayez jamais senti, permettez que nous fassions plus ample connaissance.

— Le son de votre voix, et l'harmonie de vos pensées sont un enchantement pour moi, dit le jeune homme, et c'est un plaisir de voir la beauté et la bonté s'exprimer avec tant d'éclat dans les traits de votre fille. Si vous me récompensez de ma brusquerie en me permettant de faire votre connaissance, c'est que mon erreur est déjà expiée et que vous ne vous souvenez plus de mes rudes paroles. Je mène une vie solitaire, et il est rare que je rencontre un étranger avec qui il me soit agréable de causer. En outre, leurs réflexions, si savantes qu'elles soient, ne coïncident pas toujours avec les miennes, et lors même que je puis passer sur ce désaccord, eux ne le peuvent pas. Je n'ai jamais non plus expliqué la cause du costume que je porte, et la différence que je sais exister entre mon langage et mes manières et ceux des gens avec qui je suis en rapport, Ce n'est pas qu'il ne me soit pénible de vivre sans contact avec des êtres aimants et intelligents. Vous êtes de ceux-là, je le sens...

LES ASSASSINS

FRAGMENT DE ROMAN

LES ASSASSINS[1]

FRAGMENT DE ROMAN

CHAPITRE I

Jérusalem, poussée à la résistance par les continuelles usurpations et l'insolence de Rome, ligua en un faisceau ses factions pour se révolter contre l'ennemi et le tyran commun. Inférieurs à leur adversaire en tout, excepté en espoir invincible de la liberté, les Juifs entourèrent la cité de fortifications d'une force extraordinaire, et placèrent en bataille devant le temple une troupe que le patriotisme et la religion animaient de la bravoure du désespoir. Les femmes elles-mêmes préféraient mourir plutôt que de survivre à la ruine de leur patrie. Quand l'armée romaine approcha des murs de la ville sainte, ses préparatifs, sa discipline, le nombre de ses soldats prouvèrent que son chef était persuadé qu'il n'aurait pas à combattre les premiers barbares venus.

[1]. Édité par Mrs Shelley.

A l'arrivée de l'armée romaine, les étrangers quittèrent la cité.

Dans les foules qui, de tous les côtés de l'Orient, s'étaient rassemblées à Jérusalem, se trouvait une petite communauté de Chrétiens. Ils n'étaient remarquables ni par leur nombre, ni par leur importance. Ils ne comptaient parmi eux ni philosophes, ni poètes. Ne reconnaissant d'autres lois que celles de Dieu, ils réglaient leur conduite envers leurs semblables d'après les conclusions de leur jugement individuel, sur ce que ces lois leur prescrivaient de pratiquer.

Et il était manifeste, d'après la simplicité et l'austérité de leurs mœurs, que ce mépris pour les institutions humaines, leur avait donné un caractère supérieur en originalité et en estime d'eux-mêmes, aux dispositions serviles des mœurs païennes et des grossières illusions d'une superstition décrépite.

Parmi leurs doctrines, il y en avait beaucoup qui présentaient une grande ressemblance avec celles de la secte qui fut connue plus tard sous le nom de Gnostiques. Ils regardaient l'intelligence humaine comme devant être la règle par excellence de la conduite des hommes; ils soutenaient que la vérité religieuse la plus obscure n'a besoin pour être éclaircie que de l'application assidue des facultés de l'esprit humain. Il leur semblait impossible qu'aucune doctrine capable de détruire le bonheur de la société pût tenir bon contre les arguments tirés de la nature des choses existantes.

A la soumission la plus dévouée à la loi du

Christ, ils unissaient un esprit intrépide de recherche relativement à la meilleure manière de se conduire dans les circonstances particulières qui donnent l'occasion d'agir parmi les hommes. Prenant
les doctrines du Messie sur la bienfaisance et la
justice pour règles de leurs actes, ils ne se lais-
saient point persuader de reconnaître qu'il y eût,
clairement formulée dans le code divin, aucune
prescription déclarant qu'une action ou une autre
action devait être préférée en elle-même, comme
répondant mieux à la volonté de leur Grand
Maître.

Le mépris avec lequel la magistrature et le sa-
cerdoce considéraient cette obscure communauté
de contemplatifs les avait jusqu'alors mis à l'abri
de la persécution. Mais ils étaient arrivés à ce degré exact de relief et de prospérité qui attire particulièrement l'hostilité des riches et des puissants. Le moment où ils quittèrent Jérusalem fut
l'heure critique de leur destinée future. S'ils avaient
persisté à chercher un asile précaire dans une cité
de l'empire romain, cette persécution n'eût pas
tardé à marquer d'un nouveau caractère leurs opinions et leur conduite ; l'étroitesse des vues, les
idées bornées du patriotisme sectaire, auraient
d'une manière rapide et fatale effacé la magnificence et la beauté de leur situation si étrange, si
étonnante.

Attachés par principe à la paix, n'ayant que mépris et horreur des plaisirs et des mœurs de la
masse dégénérée de l'espèce humaine, cette hum-
ble société d'hommes honnêtes et heureux s'enfuit

dans les solitudes du Liban. Pour des Arabes et des enthousiastes, la solennité et la grandeur de ces lieux lointains et déserts possédaient des attraits particuliers. Il rentrait bien dans la justice de leurs conceptions sur les devoirs mutuels de l'homme à l'égard de son semblable dans la société, de travailler sous une égalité sans contrainte à déposséder le loup et le tigre de leur empire, et à établir sur ses ruines la domination de l'intelligence et de la vertu. Les adorateurs du Dieu de la Nature ne seraient pas plus longtemps redevables à quelques centaines de bras, des choses nécessaires à leurs simples besoins. Le poison d'une civilisation malade ne souillerait plus, comme une véritable peste, jusqu'à leur nourriture. Ils ne devraient plus leur existence même aux vices, aux craintes et aux folies de l'humanité. L'amour, l'amitié, la philanthropie seraient désormais les régulateurs caractéristiques de leur activité. C'est à sa maîtresse ou à son ami que le travailleur consacre son travail; les autres sont soucieux, mais lui, il est oublieux de lui-même. « Dieu nourrit les corbeaux affamés, et habille les lis de la campagne, et cependant Salomon dans toute sa gloire, n'est pas l'égal de l'un d'eux. »

Rome était alors l'ombre de ce qu'elle avait été jadis. L'éclat de sa grandeur et de son charme s'était éteint. Les derniers et les plus nobles de ses poètes et de ses historiens avaient annoncé avec une profonde douleur l'approche de son esclavage et de sa dégradation. Les ruines de l'esprit humain, ruines plus terribles et plus imposantes que la désolation des temples les plus augustes, jetaient sur ses palais dorés une ombre mélancolique que la sottise brutale du vulgaire ne pouvait voir, mais que les forts sentaient avec tremblement, avec un désespoir profond.

Les ruines de Jérusalem gisaient sans défense et sans habitants parmi les sables brûlants ; personne ne visitait, sans éprouver une intime et solennelle terreur, ce lieu maudit et solitaire.

La tradition rapporte qu'on voyait errer parmi les débris brûlés et effrités du temple un être que ceux qui l'apercevaient n'osaient pas appeler un homme ; il avait les mains jointes, le regard immobile, un visage d'une horrible sérénité.

Ce n'est point de la volonté de la capricieuse multitude, ni des constantes fluctuations des faibles et du grand nombre que dépend le changement des empires et des religions. Ce ne sont là que les matériaux insensibles qu'une intelligence plus subtile fait entrer dans le moule de sa durable statuaire. Ceux qui dirigent les changements de cette scène mortelle, lancent les décrets de leur domination du haut d'un trône d'obscurité et de tempête.

Le pouvoir de l'homme est grand.

Après bien des jours de pérégrinations, les assassins plantèrent leurs tentes dans la vallée de Bethzatanai.

Pendant des siècles, cette vallée fertile était restée vierge des hasardeuses recherches de l'homme, parmi des montagnes aux neiges éternelles.

Des hommes des anciens jours avaient habité ce lieu. Des entassements de marbre monumental, des

fragments de colonnes qui lorsqu'elles étaient entières paraissaient l'œuvre de quelque intelligence
plus capricieuse, plus fantaisiste, que ne le sont
les grossières conceptions des êtres mortels gisaient
en amas sur les bords du lac, et se voyaient sous
ses flots transparents.

L'oranger en fleur, le baumier, d'innombrables
arbustes odoriférants poussaient en une abondance
désordonnée dans les portiques dévastés. Les bas-
sins des fontaines avaient débordé, et parmi la
luxuriante végétation qui couvrait leurs bords, le
serpent jaune avait établi sa demeure en toute
sécurité. Là le tigre et l'ours venaient se disputer
les animaux jadis domestiques qui avaient oublié
la tranquille servitude de leurs ancêtres. Et quand
le carnassier affamé avait quitté avec désespoir ce
lieu dont il avait vu s'accomplir l'affreuse désolation, aucun bruit, que le cri aigu de la cigogne, et
le battement de ses lourdes ailes quand elle quit-
tait le chapiteau de la colonne isolée, ou la plainte
du vautour affamé auquel échappait son unique
victime.

L'enseignement de l'antique sagesse était gravé
en caractère mystérieux sur les murs. L'esprit
humain, la main humaine s'étaient occupés ici à
accomplir ses plus profonds miracles. C'était un
temple dédié au Dieu du savoir et de la vérité. Les
palais des Califes et des Césars eussent aisément
surpassé ces ruines en étendue et en magnificence,
mais des tyrans les avaient conçus, des esclaves
les avaient bâtis. Un génie pénétrant, une prudence
consommée avait conçu et bâti Bethzatanai. Il y

avait un sens profond et important dans chaque détail de ses sculptures fantastiques. La légende inintelligible, jadis si belle et si parfaite, si pleine de poésie et d'histoire, racontait, dans sa destruction même, mille choses d'une signification obscure.

Mais dans la saison où l'art était dans tout l'éclat de sa prospérité et de sa magnificence, il ne pouvait prétendre à rivaliser avec la nature dans la vallée de Bethzatanai. Tout ce qu'il y avait de merveilleux et de charmant était réuni dans cette profonde retraite. Les éléments mobiles semblaient avoir été fixés pour durer éternellement dans des formes admirables et belles. Les montagnes du Liban avaient été ouvertes à leur base pour former cette heureuse vallée ; de tous côtés leurs sommets couverts de glace dressaient leurs pointes blanches dans le ciel clair et bleu, imitant dans leurs grotesques contours, des minarets, des dômes ruinés, des colonnes rongées par le temps. Bien plus bas, les nuages argentés roulaient leurs flots brillants en mille belles formes, et nourrissaient les sources éternelles qui, franchissant d'un bond les sombres abîmes, comme un millier de radieux arcs-en-ciel, descendaient en quelques pas dans la tranquille vallée, où, après s'être attardées en plus d'un coin sombre, parmi les bosquets de cyprès et de palmiers, elles se perdaient dans le lac. L'immensité de ces montagnes abruptes avec leurs pyramides de neige scintillante, arrêtait le soleil, qui, même à l'heure de midi, ne franchissait pas le sommet de leurs rocs surplombants. Mais un éclat

plus céleste, plus serein s'élevait de leurs miroirs
de glace, et perçant à travers les nuages aux teintes multiples, produisait des feux de lumières et
de couleurs d'une inépuisable variété. L'herbe
était toujours verdoyante et tapissait les plus sombres replis des cavernes et des bois.

La nature, laissée en paix, était devenue dans
ces solitudes une enchanteresse ; elle avait tiré de
l'arsenal de sa toute-puissance tout ce qui était
merveilleux et divin. Les vents mêmes respiraient
la santé, la reconnaissance, la joyeuseté d'un jeune
courage. Des sources d'une eau cristalline se
jouaient sans cesse parmi les fleurs embaumées,
et ajoutaient leur fraîcheur à ce parfum. Les branches des pins formaient des instruments d'une
construction exquise, dans lesquels chaque varia-
tion de la brise éveillait la musique d'une mélodie
nouvelle et plus charmante.

Des formes aériennes, plus lumineuses que le
clair de lune, se suspendaient aux nuages errants,
et entrelaçaient leur danse désordonnée autour des
sources en méandres. Des vapeurs bleues prenaient
des contours étranges sous les rochers et parmi
les ruines, errant comme des fantômes, d'un pas
lent et solennel. A travers une sombre frisure si-
tuée à l'orient, dans la longue perspective d'un
portail scintillant des infinies richesses du monde
souterrain, brillait la large lune, versant en une
barre jaune et continue ses rayons horizontaux.
Plus près de la région des glaces, l'automne et le
printemps régnaient tour à tour. Les feuilles mû-
res tombaient, encombrant les ruisseaux pares-

seux ; les brouillards glacés suspendaient des dia-
mants à chaque brindille, et pendant les froides
soirées les hurlements des vents faisaient dans les
arbres un concert mélancolique. Bien plus haut,
resplendissait le brillant trône de l'hiver, clair,
glacé, et éblouissant. Parfois on voyait les flocons
de neige tomber devant l'orbe descendant du soleil
sans rayons, pareils à une averse de soufre ardent.
Les cascades arrêtées dans leur course, paraissaient, comme de transparentes colonnes soutenir
les rochers au front sombre. Parfois le tourbillon
de vent glacé balayait et emportait la poussière
neigeuse, pour la mêler aux météores sifflants, et
semer de bandes lumineuses l'atmosphère ténue et
sans rayons.

D'aussi étranges scènes de confusion chaotique
et d'accablante sublimité, formant un cercle et une
barrière autour de la vallée, ajoutaient au charme
de son insouciante et voluptueuse tranquillité. Nul
spectateur n'eût refusé de croire qu'un esprit aussi
puissant qu'intelligent avait consacré ces sauvages
et belles solitudes à quelque mystère profond et
solennel.

L'effet immédiat d'une telle scène, quand elle se
présente soudain à la contemplation des yeux mortels, est rarement le sujet d'une description au-
thentique.

Le plus froid des esclaves de l'habitude ne peut
manquer de se rappeler quelques rares moments
où le sentiment de la nature s'est réveillé au souffle du printemps, ou par les nuages qui s'entassent
devant le soleil couchant, avec la lune pâle qui

14

brille à travers les franges de leurs bords, ou par le chant de quelque oiseau solitaire, perché sur l'arbre unique d'une lande abandonnée.

Et ils étaient des AraLes, ceux qui entrèrent dans la vallée de Bethzatanai, des hommes qui idolâtraient la nature et le Dieu de la nature, pour qui l'amour des pensées élevées et les conceptions d'un esprit pur de souillure étaient un aliment, une vie.

Ainsi séparés et à l'abri d'un monde abhorré, toute préoccupation de ses jugements fut effacée par la rapidité de leur bouillante imagination. Ils cessèrent de reconnaître, ou dédaignèrent de conserver les distinctions que la majorité des esprits bas et vulgaires impose aux aspirations et aux efforts de l'âme vers l'endroit où l'attend le repos. Un feu nouveau et sacré s'alluma dans leurs cœurs et étincela dans leurs yeux. Chaque geste, chaque trait, l'action la plus insignifiante, étaient marqués d'un caractère de bienveillance par la sainte inspiration qui était descendue sur leur active intelligence. L'enthousiasme contagieux se communiqua d'un cœur à l'autre avec la rapidité d'un souffle céleste.

Ils étaient déjà des esprits délivrés du corps ; ils étaient déjà les habitants du paradis.

Vivre, respirer, se mouvoir, était en soi une sensation de ravissement indicible. Chaque fois qu'il contemplait de nouveau la condition de son existence, l'heureux enthousiaste éprouvait un redoublement de plaisir, et tous les organes par lesquels l'esprit est en rapport avec les choses exté-

rieures acquéraient une perception plus vive et
plus exquise de tout ce qu'elles contiennent de charmant et de divin. Aimer, être aimé, devenait soudain pour son être un besoin si insatiable que le
vaste cercle de l'univers qui enferme des créations
d'une si inépuisable variété, d'une grandeur si
étonnante dans leur perfection, semblait trop étroit
et trop borné pour le rassasier.

Fallait-il, hélas! que ces visites de l'esprit de vie
fussent si flottantes, et destinées à disparaître, que
les instants où l'esprit humain peut s'égaler à tout
ce qu'il est capable de concevoir d'excellent et de
puissant, ne se prolongeassent pas autant que son
existence, pour survivre à son changement le plus
important? Mais la beauté d'un couchant printa-
nier, avec ses tentures flottantes de nuages empour-
prés, se dissipe rapidement, pour reparaître ino-
pinément plus tard, et répandre un soulagement
mélancolique sur les sombres veilles du désespoir.

Il est vrai, cet enthousiasme d'un ravissement
accablant qui a inspiré tous les cœurs parmi les
Assassins, il n'est plus.

Les occupations nécessaires de chaque jour, la
trivialité de cette vie ont étouffé sans l'éteindre, cette
flamme divine et éternelle. Elles n'en étaient pas
moins indestructibles et permanentes, les impressions éprouvées par tous; les traits de leur caractère social n'étaient pas gravés en caractères moins
ineffaçables; ils n'étaient pas moins fixés à jamais
par son influence.

II

Rome était tombée.

Son palais du sénat était devenu une infâme caverne de voleurs et de fourbes ; ses temples augustes, le champ-clos de théologiens âpres aux disputes, qui faisaient du feu et de l'épée les mission-
naires de leurs dogmes inintelligibles.

La cité du monstre Constantin, symbolisant dans
les résultats de sa fondation, la scélératesse et la
faiblesse de ses successeurs, rappelait faiblement,
et avec une force déclinante, la solide grandeur du
nom romain.

Des pèlerins d'une foi nouvelle et plus puissante venaient en foule visiter les ruines solitaires
de Jérusalem, pleurer et prier sur la tombe du Dieu
éternel.

La terre était remplie de discorde, de tumulte et
de ruine. L'esprit de vertu désintéressée avait armé
une moitié du monde civilisé contre l'autre moitié.
Des dogmes monstrueux et détestables empoison-
naient et flétrissaient les affections domestiques.
Personne n'en appelait de l'orgueil, de la superstition et de la vengeance à l'amour naturel ou à
l'ancienne foi.

Quatre siècles s'étaient écoulés, empreints d'un
caractère terrible par les révolutions les plus désas-
treuses.

Et pendant ce temps-là, les Assassins, inaccessibles au tumulte extérieur, avaient possédé et cultivé leur fertile vallée. L'influence graduelle de leur situation particulière avait mûri et amené à sa perfection l'originalité et l'excellence de leur caractère.

Cette cause qui avait cessé d'agir comme une incitation directe et irrésistible, devint la loi inconsciente de leur vie, et l'aliment de leur nature. Leurs croyances religieuses avaient ainsi subi un changement en rapport avec l'exaltation ordinaire de leur être moral.

La gratitude dont ils faisaient profession à l'esprit de bonté par qui avait été non seulement créée mais encore rachetée leur intelligence limitée, était rappelée moins fréquemment, parce qu'il était plus rarement l'objet de leurs commentaires et de leur contemplation, néanmoins il ne cessait pas d'être leur chef et leur protecteur, le guide de leurs plus intimes pensées, et le tribunal d'appel pour les moindres circonstances de leur conduite. Ils apprenaient à identifier ce mystérieux bienfaiteur avec la sensation de bonheur qu'entretiennent les rochers solitaires, et qui habite également dans les changeantes couleurs des nuages et les détours les plus profonds des cavernes.

Leur avenir, de même, n'existait plus que dans l'heureuse tranquillité du présent.

Le temps a été mesuré et créé par les vices et les misères des hommes, et il n'y avait entre ceux-ci et l'heureuse nation des Assassins aucune comparaison.

Déjà avait commencé pour eux la paix éternelle.

Les ténèbres avaient disparu des portes ouvertes de la mort.

Les résultats pratiques que produisirent sur leur conduite extérieure leur croyance et leur condition, furent singulières et mémorables. Pour eux qui étaient séparés de la grande et multiple communauté de l'espèce humaine, ces solitudes devinrent un ermitage sacré, dans lequel tous formaient pour ainsi dire un seul être que ne divisaient contre lui-même aucune volonté discordante, aucunes passions factieuses. Toute impulsion se dirigeait vers une seule fin, et tendait à un objet unique. Chacun consacrait ses facultés au bonheur d'autrui.

Leur république était le théâtre d'une perpétuelle rivalité de bienveillance; ce n'était point la bonté sans âme et sans franchise du trafiquant, mais la vertu véritable qui se lit en caractères visibles dans chaque trait de la physionomie et dans chaque mouvement du corps. La perversité et les malheurs de ceux qui habitaient au delà des montagnes qui entouraient leur domaine inviolé, ne pouvait être ni connue ni imaginée. Ne s'embarrassant guère des complications de la vie civilisée, ils ne savaient comment concevoir un bonheur qui peut être complet sans être partagé, ou qui n'aspire point avidement à se reproduire, à s'engendrer sans cesse lui-même. Le sentier de la vertu et du bonheur était sans détours et sans obstacles. Ils jugeaient avec clarté, dans chaque circonstance, quelle manière d'agir il fallait adopter de préférence pour arriver à produire sûrement le plus grand plaisir. Ils ne pouvaient concevoir un cas où il eût été de leur devoir d'hésiter, quand il s'agissait de causer à quelque prix que ce fût, le plaisir le plus grand et le plus pur de tout mélange.

De là sortit une particularité qui ne manqua de produire les résultats les plus extraordinaires et les plus importants, que parce que les Assassins s'étaient éloignés de tout rapport avec l'espèce humaine, qui se conduit par des motifs et des principes tout autres que ceux de la justice et de la bonté. Il eût été difficile à des hommes d'une foi si sincère et si simple, d'estimer les résultats définitifs de leurs intentions, parmi la multitude corrompue et servile. Ils eussent été également embarrassés dans le choix des moyens propres à réaliser leurs intentions. Produire une douleur ou un trouble immédiat, en vue d'un bienfait à venir, cela est permis par la religion et la philosophie la plus pure, mais cela ne manque jamais d'exciter une invincible répugnance chez la plupart des hommes.

Contre leurs préférences et leurs antipathies, un assassin que le hasard eût fait habiter dans une société civilisée, serait par principe en état de guerre incessant. Il se trouverait obligé d'employer des moyens abhorrés des hommes, en vue d'un but que dans leur conception lui-même ne saurait se fixer. Confiant, enfermé étroitement dans le sanctuaire magnifique et supérieur de ses conceptions, immaculé comme la lumière des cieux, il serait parmi les hommes, une victime de la calomnie et de la persécution. Incapables de discerner ses motifs, ils le rangeraient parmi les plus vils et les plus affreux criminels. Dans sa grandeur qui échap-

perait à toute comparaison avec eux, ils le méprise-
raient dans leur ignorance présomptueuse. Parce
qu'en son âme brûlerait une passion inextinguible
pour leur bien-être, ils le promèneraient, comme
ils firent pour son illustre maître, à travers les
sarcasmes, les moqueries, les insultes, jusqu'à la
mort ignominieuse qui serait sa récompense.

Quel homme hésite à tuer un serpent venimeux
qui a rampé jusqu'auprès de son ami endormi, sinon l'homme qui, dans sa crainte égoïste, redoute
que le malfaisant reptile ne tourne sa force contre
lui. Et si l'empoisonneur a pris une forme humaine,
si le poison ne peut être distingué d'avec celui de
la vipère que par son abondance et l'étendue de ses
ravages, le sauveur et vengeur devra-t-il reculer
et s'arrêter, en se retranchant derrière la superstition et l'intangible divinité de l'homme? La forme
humaine est-elle alors seulement la livrée qui indique la prérogative de pouvoir se montrer scélérat
et malfaisant sans subir de contrôle? Est-ce que le
pouvoir qui a pour origine la faiblesse des opprimés, ou l'ignorance des dupes, confère le droit
d'exercer en sécurité la tyrannie et la fourberie?

Le sujet des gouvernements réguliers, et le disciple de la superstition établie n'osent pas poser
cette question. En vue d'un avantage éventuel, il
endure ce qu'il croit être un mal transitoire et la
dégradation morale de l'homme n'inquiète point sa
patience. Mais la religion d'un assassin lui impose
d'autres vertus que la résignation, quand ses semblables gémissent sous la tyrannie, ou qu'ils sont
devenus trop semblables aux brutes, trop abjects

pour sentir les chaînes. Un Assassin croit qu'un homme est par dessus toutes choses un homme, et qu'il ne jouit des prérogatives de sa condition privilégiée, que quand ses sentiments et son jugement paient tribut au Dieu de la Nature. Le pervers, l'homme vil, le vicieux, qu'étaient-ils ? Des formes d'apparences maudites, modelées par l'Esprit du Mal, et que l'épée d'un miséricordieux destructeur devrait faire disparaître de ce monde si beau. Biens vus en songe ; fantômes de malheur et de méchanceté, qui tiennent leur cour pareille à celle de la mort, assis sur des trônes étincelants, et dans les tanières dégoûtantes de la pauvreté. Nul Assassin ne saurait s'abaisser à temporiser avec le Vice, et dans sa froide charité, se faire le courtier du mensonge et de la désolation. Sa route à travers les déserts de la société civilisée serait marquée par le sang de celui qui opprime et qui ruine. Le misérable que les nations adorent en tremblant, expierait sous la main de l'étrangleur mille crimes autorisés et vénérables.

Combien de saints menteurs et parasites, en oripeaux majestueux, son bras sauveur n'arracherait-il pas à leurs couches somptueuses, pour les plonger dans le froid charnier, où les monstres verts et les mille pieds gluants du tombeau dévoreraient à loisir les traits où se peignent si profondément la malignité, l'habileté perfide et détestée. L'homme respectable, — le gredin luisant, souriant, poli, que toute la cité honore, et qui ne fait commerce que de mensonges et de meurtres, qui paie son pain quotidien avec le sang et les larmes des hommes,

servirait de pâture aux corbeaux. L'Assassin tra-
vaillerait noblement pour les aveugles vers de
terre, et les oiseaux qui descendent du ciel pour
dévorer les charognes.

Cependant ici encore, la religion et l'amour de
l'homme ont pénétré les mœurs de ce peuple solitaire d'une inexprimable et douce bonté. Le courage et la vertu active, et l'indignation contre le
vice, qui deviennent une passion impulsive et irrésistible, dorment comme le tremblement de terre
emprisonné, ou les traits des éclairs suspendus
aux nuages dorés du soir. Ils étaient innocents,
mais ils étaient capables de quelque chose de plus
que l'innocence, car les grands principes de leur foi
étaient continuellement reconnus et rappelés, et
leur tranquillité ininterrompue ne leur avait point
fait oublier l'auteur de leur félicité.

Quatre siècles s'étaient ainsi écoulés sans produire d'événement.

Des hommes étaient morts, et des larmes sincères avaient été versées sur leurs tombes, dans ce
chagrin qui rend le cœur meilleur.

Ceux qui avaient été unis par l'amour, étaient
allés ensemble à la mort laissant à leurs amis pour
héritage le plus sacré des chagrins, et une tristesse
qui est alliée au plaisir. De jeunes enfants, alors
suspendus au sein maternel, étaient devenus des
hommes; des hommes étaient morts, et bien des
plantes sauvages et luxuriantes qui dominaient les
habitations de la vallée, avaient emmêlé leurs racines autour de leurs ornements oubliés. Leur état
paisible était comme une mer en été, avec des on-

dulations si douces qu'elles ne brouillent pas le reflet des étoiles, et ne brisent pas la ligne longue et
tranquille des teintes irisées qui annoncent le lever
du soleil.

III

Quand il règne un tel calme, le plus léger détail
est l'objet d'un souvenir et d'un récit.

Avant que le sixième siècle n'eût expiré, il se
produisit un incident remarquable et étrange.

Un jeune homme, du nom d'Albédir, pendant
qu'il se promenait dans les bois, fut surpris par les
cris d'un oiseau de proie. Il leva les yeux, et vit
tomber l'une après l'autre des gouttes de sang à
travers les branches entremêlées d'un cèdre.

Quand il fut monté sur l'arbre, il se trouva en
présence d'un terrible et répugnant spectacle.

Un corps humain, nu, était empalé sur la branche brisée.

Ce corps était entaillé, mutilé horriblement; tous
les membres en étaient tordus, meurtris, dans des
attitudes effrayantes, et offraient une image animée de ce qui était la plus révoltante caricature
de la vie.

Du haut des montagnes, un monstrueux serpent
avait flairé sa proie, et au ciel planait un vautour
affamé.

Dans toute cette masse de débris humains, deux
yeux noirs, d'un éclat extraordinaire, brillaient

d'une lueur qui n'avait rien de terrestre. Sous les sourcils teints de sang, leur rayonnement persistant manifestait la sérénité d'une puissance immortelle, l'énergie concentrée d'un esprit qui ne meurt pas, et qui possède un charme contre la dissolution. Un amer sourire où se mêlaient l'horreur et le dédain tordait sa lèvre blessée : il semblait observer avec calme et sang-froid tout ce qui l'entourait; l'empire sur soi paraissait n'avoir pas abandonné cette masse confuse de chair vivante.

Le jeune homme s'approcha de la branche à laquelle était fixé le corps qui respirait encore.

A son aspect, le serpent déroula avec hésitation ses replis brillants, et rampa vers sa caverne obscure et fétide. Le vautour, sans attendre son repas, s'enfuit par la montagne qui, retentit de nouveau de ses cris rauques.

Les branches du cèdre craquèrent faiblement sous le poids qui les agitait, quand se leva le vent mauvais. Mais à cela près, il régnait un silence de mort.

Enfin une voix sortit de l'homme mutilé. Elle sonnait en murmures rauques à travers sa gorge et ses poumons; ses paroles étaient la fin de quelque mystérieux soliloque. Elles étaient hachées, sans lien apparent, elles remplissaient les larges intervalles de conceptions qui ne pouvaient s'exprimer.

— Le grand tyran est déçu, même dans son succès. Joie, joie à son ennemi torturé! Triomphe pour le ver qu'il foule sous ses pieds! Ha! sa main qui cherchait le suicide, n'a pourtant pas osé anéantir la puissante charpente des choses! Le ravissement, l'enthousiasme sont là devant les portes fermées de la mort. Je ne crains pas de rester sous leur ombre noire et effrayante. Ici la puissance pourrait bien rester sans effet. Toi, tu crées, et il m'appartient de ruiner et de détruire. — J'étais ton esclave, je suis ton égal, ton ennemi. Des milliers d'êtres tremblent devant ton trône, qui, à ma voix, s'enhardiront jusqu'à arracher la couronne d'or à la tête profane !

Il se tut.

Le silence de midi absorba ses paroles.

Albédir s'attacha plus fortement à l'arbre; l'épouvante lui ôtait le courage de détourner les yeux. Il restait muet dans le trouble de l'horreur profonde qui l'envahissait.

— Albédir, dit la même voix, Albédir ! au nom de Dieu, approche ! Celui qui m'a laissé choir, te surveille, les nobles et compatissants esprits de l'amour humain ne se complaisent point dans l'agonie et l'horreur, aie pitié, approche, au nom de ton Dieu de bonté, approche, Albédir !

Les sons étaient doux et clairs comme les réponses d'une musique éolienne. Ils arrivaient flottants jusqu'aux oreilles d'Albédir comme la chaude haleine de juin qui s'épand à travers les bouquets et leurs pelouses, et qui enveloppe toutes choses de douceur. Des larmes de tendre affection montèrent à ses yeux.

Cette voix était comme celle d'un ami bien-aimé. Le compagnon de son enfance, le frère de son âme semblait appeler à l'aide, et lui reprocher pathétiquement son retard. Il ne résista plus à l'attraction magique, il s'avança vers l'endroit, et fit de son mieux pour enlever avec douceur l'homme blessé. Il descendit lentement de l'arbre avec son misérable fardeau et le déposa sur le sol.

Il y eut alors un moment d'étrange silence.

L'effroi et une sensation glaciale d'horreur succédaient peu à peu aux impressions plus douces d'une tumultueuse pitié, quand il entendit de nouveau les modulations argentines de la même voix enchanteresse.

— Ne pleure point sur moi, Albédir. Quel misérable serait si irrémédiablement perdu qu'il ne puisse respirer la paix et la régénération dans ce paradis! Je suis blessé, et je souffre, mais puisque j'ai trouvé un refuge dans cette retraite, et un ami en vous, je suis plus digne d'envie que de pitié. Transportez-moi en secret dans votre chaumière, je n'effraierai pas votre douce compagne par mon aspect. Elle doit m'aimer plus tendrement qu'un frère; il faut que je sois le camarade de jeux de vos enfants; déjà je les regarde avec l'affection d'un père. Mon arrivée ne doit pas être prise pour un événement mystérieux et étonnant. En effet, si les hommes n'étaient point enclins à l'erreur et à l'exagération, y aurait-il rien de moins compréhensible qu'une chute du haut des rochers dans la vallée, pour un étranger égaré dans le Liban... Albédir, reprit-il d'une voix plus profonde, qui était d'une auguste solennité, en retour de l'affection que j'ai pour toi et les tiens, tu me dois cette obéissance.

Albédir se soumit en silence; il ne lui vint pas même à la pensée qu'il pût se refuser à se soumet-

tre. Il reprit son fardeau, et se dirigea vers la chaumière. Il attendit le moment où Khaled serait absente, et transporta l'étranger dans un appartement
disposé pour recevoir les personnes que le hasard
amenait comme visiteurs dans sa demeure. Il or-
donna que la porte fût solidement assujettie et
qu'on ne vînt pas le voir avant le lendemain matin.

Albédir attendit avec impatience le retour de Khaled. Le poids inaccoutumé d'un secret, même à garder si peu de temps, oppressait sa nature ingénue
et dépourvue d'expérience, comme une malédiction desséchante et obstinée. Les accents de l'étranger l'avaient enivré d'un accès de fantastique et dé-
licieuse rêverie Des espérances si visionnaires, si
aériennes qu'elles ne pouvaient recevoir aucun nom,
s'étaient répandues sur toute son organisation intellectuelle et bien qu'elles ne fussent que des fantômes, elles avaient modelé son être sur leur propre forme. Néanmoins son esprit était accueilli par
des inquiétudes et du trouble. C'était un courant
confus de pensées, et sur ses vagues mobiles semblait planer un destin insondable, qui, d'une main
inexorable, en guidait les alternatives imprévues.
Albédir allait et venait d'un air grave dans son jardin, en passant en revue tous les détails de l'incident de cette journée. Il se représentait, avec une
force intense de pensée, les moindres souvenirs de
la scène. Vains efforts : il était l'esclave de suggestions qui échappaient à tout empire. L'étonnement,
l'horreur, l'effroi, une sympathie désordonnée, et
une mystérieuse élévation de l'âme, emportaient

maîtrisaient toute l'activité de son jugement, et paralysaient avec une force accablante, toute tentative de réflexion ou de recherche.

Les rêveries furent à la fin interrompues par le retour de Khaled.

Elle entra dans la chaumière, ce lieu où rien ne troublait la tranquillité, avec la certitude confiante qu'un changement bouleverserait le monde éternel, plutôt que de ruiner son inviolable sanctuaire.

Elle eut un mouvement de surprise en voyant Albédir.

Sans préambule, sans observation, il lui raconta d'une voix hâtive ce qui s'était passé dans la journée. L'esprit tranquille de Khaled pouvait à peine suivre le récit dans sa rapidité haletante. Elle fut stupéfaite jusqu'à chanceler d'étonnement au seul son de sa voix troublée et à la vue de sa physionomie agitée.

IV

Le lendemain matin, Albédir se leva dès l'aube et rendit visite à l'étranger ; il le trouva déjà debout et occupé à orner de fleurs prises dans le jardin le treillage de sa chambre. Il y avait dans son attitude et son travail quelque chose qui indiquait d'une manière expressive qu'il était très familier avec ce qui l'entourait. On eût dit que l'habitation d'Albédir avait été sa demeure habituelle. Il adressa la bienvenue à son hôte d'un air gai et affectueux, de cet air qui ne manque jamais de faire partager par sympathie le sentiment qui l'inspire.

— Mon ami, dit-il, le baume de la rosée de votre vallée est doux ; ou bien votre jardin est-il le lieu privilégié où les vents amènent d'un commun accord les odeurs les plus agréables qu'ils peuvent trouver? Venez, prêtez-moi votre bras quelques instants ; je me sens très faible.

Il fit mine de faire quelques pas, mais comme il était incapable de marcher, il s'arrêta sur le siège qui était à côté de la porte.

Pendant quelques instants, les deux hommes gardèrent le silence, si toutefois l'on peut appeler silence l'échange de regards pleins de joie et de bonheur.

Enfin l'étranger aperçut une bêche posée contre le mur :

— Vous n'avez qu'une bêche, frère, dit-il, et je crois même que vous n'avez en double aucun outil de jardinage. Votre jardin, en outre, occupe un certain espace qu'il sera nécessaire d'agrandir. Il faut y pourvoir sans tarder. Je ne puis gagner mon souper de ce soir, ni de demain, mais ensuite je n'entends pas manger le pain de la paresse. Je sais que vous feriez volontiers le supplément de travail nécessaire pour me nourrir ; je sais aussi que vous trouveriez un certain plaisir dans la fatigue qui résulterait de cette besogne, mais je vous disputerai des plaisirs tels que ceux-là, et ceux-là seulement.

Ses yeux étaient un peu abattus, et le ton de sa voix était languissant quand il parla.

Pendant qu'ils étaient assis en tête à tête, Khaled s'approcha d'eux.

L'étranger l'invita d'un signe à s'asseoir à son côté, et lui prenant les mains dans les siennes, il contempla attentivement sa douce physionomie.

Khaled lui demanda si son sommeil lui avait fait du bien. Il répondit par un rire de joie insouciante et inoffensive, et plaçant une des mains de Khaled dans celle d'Albédir, il dit :

— Si c'est là du sommeil, ici, dans cette vallée parfumée, où nous avons autour de nous ces doux sourires, et où nous entendons les voix de ceux que nous aimons, si telles sont les visions du sommeil, ô sœur, ceux qui se couchent malheureux, se lèveront plus légers que les papillons. Le monde tumultueux d'où je viens, combien il diffère de celui-ci. Je me trouve d'une manière inattendue parmi vous, au milieu d'une scène comme mon imagination n'a jamais osé m'en promettre. Je dois rester ici ; je ne dois plus en sortir.

Khaled, revenue de l'étonnement et de l'admiration causés par les paroles et les manières de l'étranger, lui affirma le bonheur qu'elle éprouverait d'une telle addition à sa société.

Albédir, lui aussi, qui avait été plus profondément impressionné que Khaled par les circonstances de cette arrivée, lui exprima avec force l'ardeur de l'affection qu'il leur avait inspirée. L'étranger sourit avec douceur en entendant ces paroles d'une ardeur inaccoutumée tout animées de sincérité, et il se levait pour se retirer, quand Khaled dit :

— Vous n'avez pas encore vu nos enfants, Maïmuna et Abdallah ; ils sont au bord de l'eau, où ils jouent avec leur serpent favori. Nous n'avons qu'à traverser ce petit bois-là, et descendre par un sentier taillé dans le rocher qui domine le lac, nous les trouverons près d'une anse que le lac forme en cet endroit, et qu'enferme, pour ainsi dire, une entaille parmi les rochers et les bois. Croyez-vous pouvoir marcher jusque-là ?

— Pour voir vos enfants, Khaled ? Je crois que je pourrais le faire, avec l'aide du bras d'Albédir et du vôtre.

Ils traversèrent donc le bois d'antiques cyprès, auxquels se mêlait l'éclat de fleurs aux couleurs variées, qui brillaient comme des étoiles à travers ses épaisseurs romantiques. Ils passèrent par la prairie verte, et pénétrèrent parmi les fissures bouleversées, et malgré cela embellies d'un vêtement d'arbustes odorants. Ils arrivèrent enfin, après avoir suivi un sentier qui se contournait dans le dédale d'une petite solitude, jusqu'aux bords du lac. Ils s'arrêtèrent sur le rocher qui le dominait et d'où se voyaient en perspective toutes les merveilles dont la nature et l'art avaient orné ses rives.

L'étranger regardait ce tableau avec une physionomie que ne modifiait aucune émotion, mais d'un air pensif et contemplateur, en quelque sorte.

Pendant qu'il regardait, Khaled lui serra la main avec ardeur, et lui dit d'une voix basse, mais pourtant émue :

— Voyez, voyez, là, voyez !

Il se tourna vers elle, mais elle n'avait pas les

yeux sur lui. Elle les dirigeait en bas, ses lèvres
s'ouvraient sous l'influence des sentiments qui
remplissaient son âme. Sa respiration allait et venait régulièrement, mais sans bruit. Elle se pen-
chait au-dessus du précipice, et sa chevelure noire
retombant sur les côtés de la figure, faisait valoir
ses traits délicats, animés d'un amour qui défie le
langage.

L'étranger suivit son regard et aperçut les enfants de Khaled dans le bosquet au-dessous; puis
relevant les yeux, il échangea avec elle un coup
d'œil affectueux de félicitation et de plaisir. Le
garçon paraissait avoir huit ans; la fille semblait
plus jeune de deux ans. La beauté de leur forme
et de leur physionomie était quelque chose de si
divin et de si étrange qu'elle accablait les sens du
spectateur comme eût fait un rêve délicieux, d'un
ravissement inexprimable.

Ils étaient vêtus d'une robe flottante de lin, qui
laissait voir les proportions exquises de leur
corps.

Ne se sachant pas observés, ils continuaient à
se livrer à l'occupation qu'ils avaient choisie. Ils
avaient fait avec l'écorce des arbres un petit bateau,
l'avaient pourvu de voiles faites avec des plumes
entrelacées, et l'avaient mis à l'eau. Ils étaient
assis près d'une pierre blanche et plate, sur laquelle était enroulé un petit serpent, et quand ils
eurent terminé leur ouvrage, ils se levèrent et
appelèrent le serpent d'une voix si mélodieuse
qu'il comprit leur langage. En effet il déroula ses
brillants replis et rampa jusqu'au bateau. A peine

y avait-il pénétré que la fillette brisa le lien qui le
retenait à la rive, et le bateau s'éloigna. Alors tous
deux coururent autour de la petite anse, battant
des mains et lançant à pleine voix des cris harmonieux, auxquels le serpent semblait répondre par
l'incessant balancement de son cou. Enfin un souffle de vent partit du rivage, et le bateau changeant
de direction, allait quitter l'anse ; le serpent s'en
aperçut, s'élança dans l'eau et vint aux pieds
des petits enfants. La jeune fille lui parla en chan-
tant; il s'élança sur son sein, et elle croisa les
mains sur lui, comme pour le caresser. Alors le
garçon répondit par une chanson ; le serpent glissa
d'entre les mains de la fillette, et rampa vers lui.

Pendant qu'ils étaient ainsi occupés, Maïmuna
leva les yeux, et voyant ses parents sur le haut de
l'escarpement, elle courut sur le sentier abrupt
qui en faisait le tour, afin de les rejoindre, et Al-
dallah, laissant là son serpent, la suivit joyeuse-
ment.

HISTOIRES DE FANTOMES

HISTOIRES DE FANTOMES

Genève, dimanche 18 août 1816.

Voici le *sacristain d'Apollon* [1], qui nous raconte maints mystères de son état. Nous causons fantômes. Ni Lord Byron, ni M. G. L. ne semblent y croire, et tous deux sont d'accord pour déclarer, à la face même de la raison, qu'il est disponible de croire aux fantômes sans croire à Dieu. Je ne pense pas que tous ceux qui veulent jeter du discrédit sur leurs apparitions, réussissent à les discréditer ou, que s'ils le font en plein jour, ils ne soient pas avertis par l'approche de la solitude et de minuit,

1. Matthew Gregory Lewis, qui est ainsi appelé dans les *English Bards and Scottish Reviewers*. Lorsque Lewis vit pour la première fois Byron, il lui demanda : « Pourquoi m'avez-vous nommé le sacristain d'Apollon? » Le noble poète éprouva quelque embarras pour répondre à une mise en demeure aussi catégorique. Les histoires ci-dessus ont été imprimées, en partie du moins, mais comme une histoire de fantômes dépend uniquement de la manière dont elle est contée, je crois que le lecteur sera content de lire celles-ci telles que Shelley les a écrites, sous l'impression toute fraîche du récit de Lewis.

[Note de Mrs Shelley].

d'avoir des idées plus respectueuses sur le monde des ombres.

Lewis récita un poème qu'il avait composé à la demande de la princesse de Galles. La princesse de Galles, commença-t-il, croyait non seulement aux fantômes, mais encore à la magie et à la sorcellerie, et affirmait que des prophéties qui lui avaient été faites dans son enfance, s'étaient réalisées depuis.

Le conte avait trait à une dame d'Allemagne.

Cette dame, Minna, avait été extrêmement attachée à son mari, et ils avaient fait vœu que le fantôme du premier des deux qui mourrait reviendrait, après sa mort, rendre visite à l'autre. Un jour qu'elle était seule dans sa chambre, elle entendit sur les marches un bruit de pas qui ne lui étaient pas familiers. La porte s'ouvrit, et le spectre de son mari, défiguré par une profonde blessure au front, en costume militaire, entra. Elle sursauta à cette apparition, et le fantôme lui dit que désormais quand il lui rendrait visite, elle entendrait le son d'une clochette qu'on agite en marchant et ces mots distinctement murmurés près de son oreille : « Minna, me voici. » On s'informa, et l'on apprit que son mari avait péri dans une bataille le jour même où elle avait reçu la visite du fantôme. Les relations entre le spectre et la femme continuèrent quelque temps, si bien qu'enfin celle-ci n'éprouva plus aucune frayeur, et s'abandonna à l'affection qu'elle avait ressentie pour son mari pendant qu'il vivait.

Un soir, elle se rendit à un bal, et permit à ses pensées de se détourner de leur objet par les attentions d'un gentilhomme florentin auquel elle trouva plus d'esprit, plus d'élégance, plus de douceur qu'à aucune des personnes qu'elle avait vues jusqu'alors. Minna, tout entière à la fascination qu'exerçaient sur elle les attentions du Florentin, dédaigna ou n'entendit pas l'appel. Un second coup d'un ton plus fort et plus grave fit tressaillir la compagnie ; Minna entendit le murmure accoutumé du fantôme, et levant les yeux, aperçut dans un miroir qui se trouvait en face d'elle, l'image réfléchie du fantôme, debout et la dominant. On dit qu'elle mourut de frayeur.

Lewis raconta quatre autres histoires, également terribles.

I

Un jeune homme qui s'était engagé dans les ordres, avait été nommé à un bénéfice aussitôt après la mort de celui qui l'occupait.

C'était dans la partie catholique de l'Allemagne.

Il arriva au presbytère un samedi soir.

On était en été ; il se réveilla vers trois heures du matin, et comme il faisait grand jour, il aperçut un homme d'un aspect vénérable, mais à la physionomie extrêmement mélancolique, assis devant un bureau dans la fenêtre, tenant un livre, et debout près de lui, deux beaux enfants qu'il contemplait d'un air de profonde douleur. Bientôt il se leva

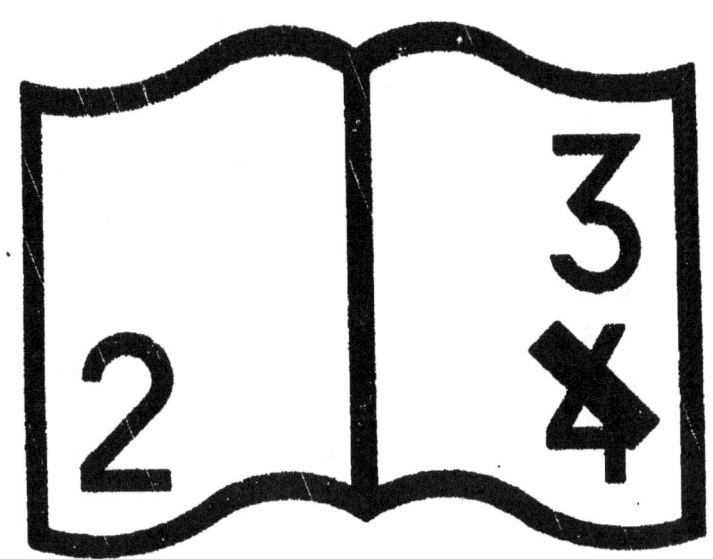

Pagination incorrecte — date incorrecte

NF Z 43-120-12

LIRE PAGE (S) 237
AU LIEU DE PAGE (S) 239

de son siège, les enfants le suivirent, et ils ne reparurent jamais plus.

Le jeune homme, très troublé, se leva, en se demandant s'il devait considérer ce qu'il avait vu comme un rêve ou comme une hallucination à l'état de veille. Pour se distraire de son abattement, il se dirigea vers l'église, où le sacristain était déjà occupé aux préparatifs de l'office du matin. Le premier objet qui frappa ses yeux fut le portrait d'un homme qui ressemblait parfaitement à celui qu'il avait vu assis dans sa chambre. C'était l'usage, dans ce district, de placer dans l'église le portrait de chaque pasteur, après sa mort.

Il s'informa très minutieusement au sujet de son prédécesseur, et apprit que c'était un homme universellement aimé à cause de son intégrité extraordinaire et de sa bonté. Sa souffrance, supposait-on, venait de ce qu'il avait été attaché à une jeune personne, avec laquelle sa situation ne lui permettait pas de se marier. Néanmoins d'autres prétendaient qu'ils avaient continué à se voir, et que même de temps à autre elle venait accompagnée de deux beaux enfants, qui étaient le fruit de leurs relations.

Il n'arriva rien d'autre jusqu'aux premiers froids. Alors le nouveau ministre demanda qu'on fît du feu dans le poêle de la chambre où il couchait. Une odeur affreuse sortit de ce poêle dès que le feu fut allumé, et quand on l'examina, on y trouva les ossements de deux jeunes garçons.

II

Lord Lyttelton étant à la chasse avec de nombreux amis, un inconnu se joignit à la troupe. Il était parfaitement monté, et il fit preuve d'un grand courage, ou plutôt d'une témérité si emportée qu'aucun des chasseurs ne put le suivre. Quand la chasse fut finie, les gentlemen invitèrent l'inconnu à dîner. Sa conversation avait quelque chose de merveilleux. Il étonnait, il intéressait, il retenait l'attention des plus indifférents. La nuit venue, comme la troupe était fatiguée, les chasseurs commencèrent à se retirer, l'un après l'autre ; il était beaucoup plus tard que d'ordinaire ; les plus intelligents d'entre eux avaient été retenus jusqu'au dernier moment par la séduction de l'étranger. Quand il s'aperçut qu'ils commençaient à partir, il redoubla d'efforts pour les retenir. Enfin lorsqu'il n'en resta plus que quelques-uns, il les supplia de ne pas le quitter ; mais tous s'excusèrent sur la fatigue d'une pénible journée de chasse, et enfin s'en allèrent jusqu'au dernier.

Ils étaient couchés depuis une heure, quand ils furent réveillés par des cris épouvantables qui partaient de la chambre de l'inconnu. Tout le monde y courut, la porte était fermée.

Après avoir délibéré un instant, on l'enfonça et on aperçut l'étranger étendu sur le sol, en proie aux convulsions de l'agonie et baigné dans son

sang. A leur entrée, il se remit debout, reprit possession de lui-même, ce qui, parut lui coûter un
grand effort, et les pria de le laisser seul, de ne pas
le déranger, en ajoutant qu'il s'expliquerait sur
tout cela dès le matin. On obéit.

Le matin on trouva sa chambre vide, et on ne le
revit plus.

III

Miles Andrews, ami de lord Lyttelton, était seul
chez lui un certain soir, quand lord Lyttelton entra,
et l'informa qu'il était mort, et que c'était son fantôme qu'il avait devant les yeux.

Andrews lui dit d'un ton un peu aigre de ne point
lui faire de farces ridicules, qu'il n'était pas d'humeur à les supporter.

Sur cela, le fantôme s'en alla.

Le lendemain, Andrews demanda à son domestique à quelle heure Lord Lyttelton était venu. Le
domestique répondit qu'il ne savait rien de cette
visite, mais qu'il s'informerait. Renseignements
pris, on reconnut que Lord Lyttelton n'était point
venu, et qu'on n'avait ouvert à personne pendant
toute la soirée.

Andrews envoya chez Lord Lyttelton, et apprit
qu'il était mort à l'heure même où avait eu lieu
l'apparition.

IV

Un gentleman, en allant voir un ami qui habitait
sur la lisière d'une vaste forêt de l'Allemagne
orientale, se perdit en route. Il errait depuis quelques heures parmi les arbres, quand il aperçut une
lumière à distance. Il s'en approcha et fut surpris
de voir qu'elle venait de l'intérieur d'un monastère
en ruines. Avant de frapper, il jugea prudent de
jeter un coup d'œil par la fenêtre. Il vit une multitude de chats rassemblés autour d'une petite fosse,
et quatre d'entre eux y descendaient un cercueil,
sur lequel était une couronne. Le gentleman, stu-
péfait de ce spectacle, et s'imaginant qu'il était
tombé sur un séjour de démons ou de sorcières,
monta à cheval et s'éloigna à toute vitesse. Il arriva
fort tard chez son ami qui avait veillé pour l'attendre.

A sa venue, son ami lui demanda la cause du
trouble dont il voyait encore des traces sur sa figure.
Il se mit à raconter son aventure, mais non sans
s'être fait beaucoup prier, sachant bien qu'il n'était
guère possible que ses amis ajoutassent foi à son
récit.

A peine avait-il parlé du cercueil et de la couronne qui était dessus, que le chat de son ami, qui
avait jusqu'alors eu l'air de dormir devant le feu,
fit un bond, en disant : « Alors je suis le roi des
chats » et il grimpa dans la cheminée, et on ne le
revit plus.

LETTRE A LORD ELLENBOROUGH

(1812)

LETTRE A LORD ELLENBOROUGH

AU SUJET DE LA SENTENCE QU'IL A PRONONCÉE
CONTRE Mʳ D. I. EATON,
POUR AVOIR PUBLIÉ LA TROISIÈME PARTIE
DU *SIÈCLE DE LA RAISON*, DE PAINE

> *Deorum offensa, diis curæ.*
> Si les Dieux ont des sujets de se plain-
> dre, c'est eux que cela regarde.
>
> C'est contraire à l'esprit de douceur de
> la Religion Chrétienne, car sous son rè-
> gne on ne saurait trouver aucune sanc-
> tion qui autorise un Gouvernement à frap-
> per d'incapacités ou de pénalités qui que
> ce soit à raison de ses opinions religieu-
> ses. (*Attention! Attention!*)
> Discours du Marquis Wellesley, *Globe*,
> 2 juillet.

AVERTISSEMENT.

J'ai attendu avec impatience, pendant les quatre derniers mois qui viennent de s'écouler, qu'un écri-

1. Edition de 1817. — Daniel Isaac Eaton, libraire à Londres, avait été poursuivi en 1793 pour vente d'ouvrages de Thomas Paine. Il avait réussi à s'en tirer par une condamnation équivalant à un acquittement et avait publié le pamphlet ironique, *Les Pernicieux effets, pour la société, de l'art de l'imprimerie.* Dès lors, il se fit poursuivre annuellement et supporta tant de condamnations que pour échapper à leurs effets il passa en Amérique. Il revint en Angleterre, fut arrêté, eut ses biens saisis, ses livres vendus; mais, incorri-

vain, plus propre à cette importante tâche, m'épargnât le dangereux plaisir de devenir le champion d'un homme innocent. Cela peut servir d'excuse aux yeux de ceux qui croient que j'ai laissé passer l'occasion la plus favorable, mais il n'est pas admissible qu'en un court délai de quatre mois l'indignation excitée dans le public par les souffrances imméritées de M. Eaton, se soit apaisée.

LETTRE

Mylord,

Autant le poste auquel vous avez été appelé par votre pays est important, autant s'accroît votre redoutable responsabilité, et autant il vous convient de prendre garde que sans le vouloir, vous ne punissiez l'homme vertueux, et ne récompensiez le coupable.

Vous présidez une Cour qui est instituée pour supprimer le crime, et dont le peuple n'accepte l'autorité qu'à la seule condition que les sentences en soient conformes à la justice.

S'il venait à être démontré qu'un juge a condamné un innocent, le seul fait qu'il existe des lois confor-

---

gible, il traduisit Helvetius (1810), publia le *Siècle de la Raison* (1811) et en 1812 fut traduit devant Lord Ellenborough et condamné à 18 mois de prison et au pilori. La foule l'acclama et lui apporta des rafraîchissements sur l'échafaud. Avant sa mort qui survint en 1814, il publia un pamphlet sur le pilori de Newgate et une traduction de l'*Histoire critique de Jésus-Christ* du baron d'Holbach. Cette fois son grand âge empêcha de le frapper d'une nouvelle condamnation.

(Note du Trad.)

mément auxquelles l'accusé est puni, serait une bien faible atténuation de sa faute. L'inquisiteur qui brûle un hérétique obstiné peut alléguer un moyen de défense analogue; néanmoins peu de gens sont assez aveuglés par l'intolérance pour en reconnaître la valeur. Il servira encore moins à un juge de mettre en avant la raison d'état pour punir un homme qui n'a commis aucun crime. Politique et moralité sont deux mots qui devraient être tenus pour synonymes dans une cour de justice, et l'homme qui a réglé sa conduite d'après le dernier de ces principes ne devrait pas encourir les rigueurs d'une loi pénale pour une violation supposée du premier. Il est vrai, Mylord, qu'il existe des lois derrière lesquelles vous pouvez vous abriter contre les critiques de tout pouvoir constitué, à raison de la condamnation imméritée que vous avez prononcée contre M. Eaton, mais il n'est pas de loi qui vous protège contre le blâme d'une nation révoltée, il n'en est pas qui vous abrite contre le juste jugement de la postérité, si cette postérité daigne se souvenir de vous.

De quel droit punissez-vous M. Eaton? Des précédents usés, qu'on a empruntés à des époques où régnait la tyrannie sacerdotale, voilà tout ce qu'on peut découvrir pour pallier un acte si outrageant pour l'humanité et la justice. A qui a-t-il fait du tort? Quel crime a-t-il commis? Pourquoi ne lui est-il pas permis d'aller et de venir comme tout le monde et de vaquer à ses occupations ordinaires? Quel but se propose-t-on en tenant prisonnier cet homme qu'on n'accuse d'avoir commis aucun acte déshonorant? Pourquoi son accusateur s'est-il prévalu du préjugé populaire, et n'a-t-il trouvé d'autre réponse que du dédain pour un plaidoyer fondé sur l'évidence, la simplicité de la bonne foi? Enfin, quand les préjugés des jurés, en tant que chrétiens, ont été fortement et déloyalement attisés [1] contre cet homme persécuté, en le représentant comme déiste, pourquoi, Mylord, ne vous êtes-vous pas opposé à une argumentation aussi étrangère à la Constitution, et n'avez-vous pas demandé au jury de déclarer l'accusé innocent ou criminel, [2] sans mentionner la croyance particulière qu'il professait?

Au nom de la justice, quelle réponse y a-t-il à ces questions?

La réponse que fit Athènes, ville païenne, à Socrate, est la même par laquelle l'Angleterre chrétienne doit essayer d'imposer silence aux avocats de cet homme persécuté. « Il a mis en question des opinions établies. » Hélas! le crime de la curiosité est celui que la religion n'a jamais pardonné.

La foi sans condition et la hardiesse d'examen ont été dans tous les siècles des ennemis irréconciliables. La philosophie sans entraves s'est opposée dans tous les siècles aux rêveries de la crédulité et du fanatisme. Les vérités astronomiques démontrées par Newton ont pris la place de l'astrologie; depuis les modernes découvertes en chimie, la pierre philosophale a été mise au nombre des chimères irréalisables. Les miracles de toute sorte se sont faits

1. Voir le discours de l'attorney-général.
2. D'après le bill de M. Fox (1791) les jurés sont aptes à juger du point de droit comme du point de fait, en matière de libelles.

d'autant plus rares que les savants qui étudient la nature en ont mieux développé les mystérieux principes. Ce qui est faux sera tôt ou tard renversé par sa propre fausseté. Ce qui est vrai n'a besoin que d'être connu pour être accepté. Il est éternellement vrai que la fausseté d'une proposition est sentie de ceux-mêmes qui l'énoncent, quand ils emploient la force et la contrainte, et non le raisonnement et la persuasion pour l'établir. Le mensonge se tapit dans les trous et les recoins : « C'est par lui que le *je n'ose pas* se met au service du *je voudrais bien*, comme pour le pauvre chat de l'adage [1] » à moins qu'il n'ait la force de son côté, et alors il se montre aussi tyrannique qu'il avait été lâche ; mais la vérité d'un regard d'aigle, plonge, sans se laisser éblouir, dans la radieuse lumière de l'immuable et du juste, pour y puiser ce qui fait vivre et ce qui éclaire l'univers.

Pourquoi, je le répète, M. Eaton est-il puni ? — Parce qu'il est déiste ? — Et vous, Mylord, qu'êtes-vous ? — Chrétien. — Allons, voici que le masque est tombé : vous le persécutez parce que sa croyance diffère de la vôtre. Vous copiez dans leurs actions les persécuteurs du Christianisme, et vous prouvez une fois de plus que votre religion est aussi sanguinaire, aussi barbare, aussi intolérante que la leur. Si quelque jour un déiste fanatique et puissant (supposons, pour nous faire comprendre qu'un tel être ait existé) avait publié, dans les siècles de ténèbres et de barbarie, un édit qualifiant de crime la profes-

---

1. Shakespeare.

sion de Christianisme, si vous, Mylord, vous étiez
un libraire chrétien, et que M. Eaton fût un juge,
les arguments que vous regardez comme suffisants
pour vous justifier de la sentence prononcée par vous,
devraient pareillement suffire pour justifier M.
Eaton, si dans cette supposition, il vous condamnait
à Newgate et au pilori, parce que vous êtes chrétien.
D'où vient un droit, quel qu'il soit, sinon celui que
le pouvoir confère pour persécuter? Espérez-vous
convertir M. Eaton, en lui rendant l'existence cruelle?
Vous pourriez employer la torture pour l'obliger à
professer vos doctrines, mais il lui serait impossible d'y croire, à moins que vous ne les rendiez croya-
bles, ce qui est peut-être au-dessus de vos forces.
Croyez-vous être agréable au Dieu que vous adorez,
par l'étalage de votre zèle? S'il en est ainsi, le démon
auquel certains peuples offrent des hécatombes humaines est moins barbare que la divinité d'une société civilisée.

Vous regardez l'homme comme un être responsable, mais il ne peut avoir à répondre que des actes
qui sont influencés par sa volonté.

Croire et ne pas croire sont des choses absolument
distinctes de la volonté, et sans aucun rapport avec
elle. Cela consiste à saisir l'accord ou le désaccord
entre les idées qui constituent une proposition. Croire
est une opération involontaire de l'esprit, et comme
tous les phénomènes passifs, son intensité est exactement proportionnelle aux degrés d'excitation. Dès
lors comment s'attacherait-il du mérite et du démérite
à ce qui est distinct de cette faculté de l'esprit dont la
présence est nécessaire à leur existence? Je sais que la

religion est fondée sur la volonté de croyance, en ce
qu'elle en fait un sujet de récompense et de châtiment, mais avant que nous éteignions la lumière
constante de la raison et du sens commun, il est bon
que nous découvrions, — ce qui nous est impossible
sans leur aide, et s'il en existe ou non une autre qui
puisse servir à nous guider dans le labyrinthe de
la vie.

Si la loi « de hæretico comburendo » n'a pas été
formellement abolie, il me semble qu'à en juger
par le zèle de Votre Seigneurie, nous ne devons pas
désespérer de voir les bûchers de la persécution
se rallumer dans Smithfield. Même de nos jours,
le coup de fouet qui chassa Descartes et Voltaire
de leur pays natal, les fers qui enchaînèrent Gali-
lée, les flammes qui consummèrent Vanini, réson-
nent de nouveau. Et où cela? chez une nation qui
se nomme présomptueusement le sanctuaire de la
liberté; sous un gouvernement qui, tout en violant
le droit même de penser et de parler, se vante de
tolérer la liberté de la presse ; dans un pays civilisé et éclairé, un homme est mis au pilori et emprisonné parce qu'il est déiste, et personne n'élève
une voix indignée devant cet outrage à l'espèce
humaine. Est-ce que le Dieu chrétien, que ses
sectateurs louent comme la Divinité de l'humilité
et de la paix; lui, le régénérateur du monde, le
doux réformateur, autorise un homme à se lever
contre un autre, et parce qu'il a des licteurs à ses
ordres, à l'enchaîner et à le torturer comme incrédule?

Quand les apôtres se mirent en route pour con-

vertir les nations, leur fut-il enjoint de poignarder
et d'empoisonner tous ceux qui ne croyaient pas à
la divinité de la mission du Christ? Assurément
ils eussent été aussi injustifiables en ce cas, que
l'est celui qui fait ex juter la loi condamnant le
Déiste au pilori et à la prison.

M. Eaton n'a-t-il pas autant de droit de qualifier
Votre Seigneurie d'infidèle, que vous en avez de
l'emprisonner pour avoir propagé une doctrine
différente de celle que vous professez ? Que dis-je ?
N'a-t-il pas même une cause plus facile à défendre?
Le mot d'infidèle ne peut avoir un sens quand on
l'applique à une personne qui professa ce qu'elle
refuse de croire. La marque de la vérité est une
confiance universelle dans les facultés qu'elle em-
brasse ; la marque du mensonge est la variété des
formes sous lesquelles il se présente, et sa tendance
à employer tous les moyens coercitifs dont il dis-
pose, pour faire réconnaître ce qu'il n'est pas capable de soutenir par la raison ou la persuasion. Un
observateur impartial se sentirait plus puissamment
intéressé en faveur d'un homme qui, comptant sur
la vérité de ses opinions, se bornerait à exposer
les raisons qui les lui font adopter, qu'en faveur
de son adversaire, qui, tout en reconnaissant hardiment son peu de disposition à les réfuter par des
raisons, se mettrait en mesure de réprimer l'activité
et de briser le courage de leur propagateur par telles
tortures et tel emprisonnement qu'il lui serait permis d'infliger.

Je n'hésite pas à affirmer que les opinions soumises à cette comédie de procès à laquelle a présidé

Votre Seigneurie, me paraissent plus rares et plus
honnêtes que celles de l'accusateur; — mais fus-
sent-elles aussi erronées que les visions d'un cal-
viniste, ce serait encore un devoir pour les amis
de la liberté et de la vertu, d'élever une voix indignée contre la résurrection d'un système de persécution, contre l'emploi de la contrainte à l'égard
d'une opinion, qui ne doit, si elle est fausse, avoir
d'autre adversaire que la vérité, qui si elle est vraie,
finira par prévaloir, en dépit de la force.

M. Eaton a affirmé que les Ecritures étaient d'un
bout à l'autre, une fable et une imposture [1], que
les apôtres étaient des menteurs et des trompeurs.
Il a nié les miracles; la résurrection et l'ascension
de Jésus-Christ; il l'a fait, et l'Attorney général a
contredit les propositions ainsi formulées; il a affirmé celles qui étaient contredites. Quelle singulière conclusion on peut déduire de ce fait? Aucune,
sinon que l'Attorney général et M. Eaton soutenaient deux opinions opposées. L'Attorney général
évoque contre M. Eaton des lois périmées et tyranniques, parce que celui-ci publie un livre tendant
à prouver que certains événements surnaturels, que
l'on suppose avoir eu lieu, il y a dix-huit cents ans,
dans un petit pays lointain, ne se sont pas accomplis
réellement.

Mais en quoi la vérité ou la fausseté des faits en
discussion importent-elles au mérite ou au démérite qui s'attachent aux avocats des deux opinions?
Nul homme n'est responsable de sa croyance,

1. Voir le discours de l'Attorney général.

parce que nul homme n'en est le maître. M. Eaton
n'a donc aucun blâme à encourir. Que devons-nous
penser de la justice d'une sentence qui punit un
individu, contre lequel on n'a pas même tenté de
relever la moindre tache de culpabilité.

On soutient que les opinions de M. Eaton sont de
nature à renverser la morale.

Comment? quelle est la vérité morale qui soit
traitée avec irrévérence ou tournée en ridicule dans
le livre qu'il a publié. La morale, c'est-à-dire le
devoir de l'homme et du citoyen, est fondée sur les
rapports qui résultent d'une association entre des
êtres humains, et qui varient avec les circonstances dépendant des différentes formes de cette association. Ce devoir doit être identique dans tous les
siècles et chez tous les peuples quand les situations
sont identiques? L'opinion contraire à celle-là est
née de la supposition que la volonté de Dieu est la
source et le critérium de la morale, il est évident
que le plus grand effort de toute la toute-puissance
ne saurait aboutir à rendre vertueux ce qui est essentiellement vicieux. Un démon omnipotent pourrait sans doute attacher des châtiments à la vertu,
et des récompenses au vice, mais il lui serait impossible de produire par ces moyens le plus léger
changement dans leur essence abstraite et immuable. La Toute-Puissance pourrait, par une intervention providentielle, faire varier les rapports de la
société humaine ; dans ce dernier cas, ce qui était
jusqu'alors vertueux, deviendrait vicieux, par suite
des résultats nécessaires et naturels de ce changement ; mais l'essence abstraite des principes opposés

n'aurait pas éprouvé la plus légère modification :
par exemple le châtiment à l'aide duquel la société
réprime le voleur, l'assassin, et le ravisseur, est
juste, louable, indispensable. Nous admirons et
respectons les institutions qui tiennent en bride
ceux qui cherchent à anéantir les fins pour lesquelles la société a été établie, — mais si l'on employait
cette même contrainte contre un homme qui s'est
borné à exprimer son incrédulité à l'égard du système professé par ceux qui ont reçu en dépôt le
pouvoir exécutif, et qui, en même temps, n'a re-
couru à d'autres moyens de propagande qu'à ceux
que la raison permet, certes cette contrainte serait
éminemment inhumaine et immorale, et la supposition qu'une révélation faite par un pouvoir inconnu, excuse une persécution aussi stupide, aussi
injustifiée, aussi indéfendable, aboutit en même
temps à détruire les barrières que la raison élève
entre le vice et la vertu, et laisse au fanatisme le
plus éhonté un argument par lequel il peut excuser
n'importe quel acte de folie furieuse, qu'auraient
produit ses passions sauvages, et non point les inspirations de la Divinité.

Les qualités morales sont de telle nature que
l'homme seul peut les posséder. Les attribuer à
l'Esprit de l'Univers, ou le supposer capable de
les modifier, c'est ravaler Dieu à la condition humaine, et ajouter à son être incompréhensible des
qualités incompatibles avec toute définition *possible*
de sa nature.

Ici on peut objecter : Le Créateur ne doit-il pas
posséder les perfections de la créature?

Non : attribuer à Dieu les qualités de l'homme, c'est le supposer susceptible de passions auxquelles un pur esprit ne saurait céder, puisqu'elles résultent de l'organisation corporelle. Un ours n'est parfait qu'à la condition d'être brutal ; un tigre n'est parfait que s'il est vorace, un éléphant n'est parfait que quand il est docile. Combien doit être *profond* un argument par lequel on prouve que la Divinité doit avoir la brutalité de l'ours, la voracité du tigre, et la docilité de l'éléphant ! Mais à supposer, avec le vulgaire, que Dieu soit un vénérable vieillard, assis sur un trône de nuages, que son cœur soit le théâtre de passions diverses, analogues à celles des hommes, avec une volonté changeante et incertaine comme celle d'un roi terrestre, alors encore il est rare qu'on refuse de lui attribuer nommément les qualités de bonté et de justice, et on admettra qu'il désapprouve toute action incompatible avec ces qualités. La persécution dirigée contre une opinion est injuste. Alors par quelle logique les adorateurs d'une Divinité dont ils exaltent la bonté, peuvent-ils rendre amère l'existence de leur semblable, parce que ses opinions sur cette Divinité sont différentes de celles qu'eux-mêmes professent. Hélas ! il ne faut pas demander de la suite dans les idées aux persécuteurs qui adorent un Dieu de bonté ; ceux-là seuls qui adorent un démon seraient fondés à agir conformément à ces principes, en emprisonnant et torturant en son nom.

Le mot de persécution est le seul que l'on puisse appliquer au châtiment infligé à un individu à raison de ses opinions. — Quel but se propose-t-on

d'atteindre par la persécution? Peut-elle convaincre celui qu'elle tourmente? Peut-elle prouver aux
gens la pauvreté de son opinion? Elle peut faire
de lui un hypocrite, et d'eux des lâches, mais de
mauvais moyens ne peuvent favoriser aucun but
honnête. L'esprit sans préjugés considère avec défiance une doctrine qui, pour se soutenir, a besoin
de la main du pouvoir.

Socrate fut empoisonné pour avoir osé combattre
des superstitions dégradantes dans lesquelles ses
compatriotes étaient élevés. Peu de temps après
qu'il fut mort, Athènes reconnut l'injustice de sa
sentence; son accusateur Mélitus fut condamné et
Socrate devint un demi-Dieu.

Jésus-Christ fut crucifié parce qu'il avait tenté
de substituer au rituel de Moïse des règles plus morales et plus humaines. Son juge lui-même le reconnut publiquement innocent, mais une foule fanatique et ignorante demanda l'horrible crime. —
Barabbas, le meurtrier et le traître, fut mis en liberté. Jésus, le doux réformateur, fut immolé à la
sanguinaire Divinité des Juifs. Du temps passa;
le temps changea les situations, et en même temps
les opinions des hommes.

Le vulgaire, toujours porté aux extrêmes, finit
par se persuader que le crucifiement de Jésus était
un événement surnaturel, et les témoignages ne
manquèrent point aux miracles, si fréquents dans
les pays peu éclairés, pour prouver qu'il était un
être divin. Cette croyance, portée par le flot des
siècles acquit de la force, s'étendit, jusqu'à ce qu'enfin
la divinité de Jésus-Christ devint un dogme, sanc-

tionné par la mort pour ceux qui en disputaient, par l'infamie pour ceux qui en doutaient.

Le *Christianisme* est aujourd'hui la religion établie : celui qui se hasarde à le désapprouver doit s'attendre à voir les assassins et les traîtres prendre le premier pas sur lui dans l'opinion publique, bien que, si son génie égale son courage, s'il est aidé par un concours particulier de circonstances, les siècles futurs puissent faire de lui une divinité, et persécuter d'autres hommes en son nom, de même qu'il fut persécuté au nom de ses prédécesseurs, et pour rendre hommage au monde.

Les moyens qui ont soutenu toutes les croyances populaires, ont soutenu le christianisme. La guerre, la prison, le meurtre, le mensonge, des actes d'une férocité sans exemple, sans comparaison, l'ont fait ce qu'il est. Nous avons reçu de nos ancêtres une croyance ainsi nourrie, ainsi soutenue. — Nous nous querellons, nous nous persécutons, nous nous haïssons pour le faire vivre. Est-ce que l'analogie n'encourage pas à croire que, tout comme les autres systèmes, il a eu un commencement, un accroissement, et que comme eux il déchoira et périra ; que la violence et le mensonge, et non point la raison et la persuasion, l'ayant introduit dans le monde ; de même, lorsque l'enthousiasme se sera refroidi, et que le temps, cet infaillible destructeur des opinions fausses, aura enveloppé ses prétendues preuves dans les ténèbres de l'antiquité, il tombera en décadence, et qu'alors les hommes riront aux éclats de la grâce, de la foi, de la rédemption, du péché originel, comme ils rient des métamorphoses de

Jupiter, des miracles des saints de Rome, de l'efficacité de la sorcellerie, et des morts qui reviennent.

Si la religion chrétienne avait débuté et continué par la seule force du raisonnement et de la persuasion, par l'évidence instinctive de sa supériorité et de son utilité, le précédent parallèle serait inadmissible. Nous ne spéculerions jamais sur la future décadence d'un système parfaitement conforme à la nature et à la raison. Il aurait la même durée qu'elles; il serait une vérité aussi indiscutable que la lumière du soleil, que la criminalité de l'assassinat, et d'autres faits physiques et moraux, qui, dépendant de notre organisation et de nos rapports mutuels, doivent rester établis, aussi longtemps que l'homme sera l'homme. Un fait incontestable, dont la considération devrait réprimer les conclusions hâtives de la crédulité, ou modérer son entêtement à les maintenir, c'est que si les Juifs n'avaient pas été une race d'hommes barbares et fanatiques, ou même si l'énergie de Pilate avait été au niveau de sa sincérité, la religion chrétienne ne se serait jamais établie, elle n'aurait pas même pu naître. Homme, l'existence même des opinions les plus chères tient à un fil bien fragile, à une source bien équivoque: apprends au moins l'humilité; avoue au moins qu'il est possible que tu aies, toi aussi, été séduit par l'éducation et les circonstances et amené à admettre des dogmes privés de preuves raisonnables, et dont la vérité n'a pas encore été démontrée d'une manière satisfaisante. Reconnais au moins que la fausseté des opinions de ton frère n'est pas une raison suffisante pour lui mériter ta haine. Quoi! parce qu'un

17

de tes semblables conteste la valeur de ta foi devant la raison, iras-tu le punir par les tourments et la prison. Si la persécution pour les opinions religieuses était autorisée par le moraliste, quelle large porte n'ouvrirait-on pas aux convulsionnaires de toute sorte, de façon à leur permettre de venir troubler la paix de la société. Combien d'actes barbares et sanguinaires recevraient une sanction. Mais je demanderai s'il ne mérite pas le respect plutôt que l'hostilité de la société, l'homme qui, en contestant une doctrine reçue, arrive soit à en démontrer la fausseté et l'inutilité, et tend ainsi à faire disparaître ce qui est faux et inutile, soit à donner aux adhérents de cette doctrine l'occasion d'en établir l'excellence et la vérité. Assurément cela ne saurait être un crime. Assurément celui qui consacre son temps à examiner, sans que rien puisse l'effrayer ou l'arrêter, les grandes questions que soulève notre nature morale, devrait s'attendre à la protection plutôt qu'à la vengeance d'une législation éclairée.

Je désirerais vous apprendre, Mylord, que des chaînes de fer ne peuvent paralyser ni dompter l'âme vertueuse. De l'humidité et de la solitude de son cachot, elle s'élève libre et indomptée, alors que la tienne, sur le siège somptueux où tu juges, n'ose pas planer. Je ne vous avertis pas de prendre garde qu'en vous déclarant chrétien, vous ne perdiez de vue que vous êtes homme, mais je vous engage à ne point précipiter la venue de ce temps qui ne se hâte que trop, grâce au système actuel de violence, où les sièges des juges seront les sièges de la vénalité et de la servilité, et les cellules de Newgate seront peuplées de tout ce qu'il y a d'honnête et de sincère.

Je n'entends point comparer M. Eaton avec Socrate ou Jésus. C'est un homme d'un caractère irréprochable et respectable, c'est un citoyen qui n'est accusé d'aucun crime ; si donc ses droits de citoyen et d'homme ont été violés, ils ont été enfreints par une violence illégale et immorale. Mais j'affirmerai que si un autre Jésus surgissait parmi les hommes, si un autre Socrate revenait éclairer la terre, un emprisonnement prolongé et un châtiment infâme (conformément au système de persécution renouvelé par Votre Seigneurie), ferait ce qu'ont déjà fait la ciguë et la croix ; et la souillure imprimée à la réputation de la nation, comme celle qui s'attache aux noms d'Athènes et de la Judée, ne pourrait plus être effacée que par la destruction de l'histoire qui la raconterait. Quand la religion chrétienne aurait peu à peu disparu de la terre, quand il en restera, comme du Polythéisme, un souvenir, mais un souvenir capable de provoquer seulement le rire et l'étonnement, la postérité attacherait une éternelle infamie à un tel outrage. Comme le meurtre de Socrate, il serait couvert de l'exécration de tous les siècles.

Les énormités horribles et dévastatrices qui brillent comme des comètes à travers la nuit des temps gothiques et superstitieux, ne sont aux yeux du moraliste que les effets nécessaires de causes connues ; mais quand une époque et une nation civilisées se signalent par un acte digne uniquement de barbares et de fanatiques, la Philosophie elle-même se prend à douter si la nature humaine sortira jamais de son

enfance capricieuse et imbécile. Le système de persécution à la seconde naissance duquel vous présidez
en compagnie d'autres accoucheuses, est non moins
impuissant et scélérat qu'inconséquent. La presse
gémit sous le poids de ce qu'on nomme (par ironie,
à ce que je crois) des *preuves* de la Religion chrétienne ; ces livres sont remplis d'invectives et de ca-
lomnies contre les incrédules ; ils présupposent que
quiconque rejette le christianisme est absolument
dépourvu de raison et de sensibilité. On y émet les
assertions les plus hasardées, et l'on y prend comme
premiers principes les dogmes les plus révoltants.
Les conclusions qu'on tire de ces prétendues prémisses sont admirables de logique et de correction,
mais quand les fondations sont faibles, il n'y a pas
besoin d'être architecte pour prédire l'écroulement
de ce qu'on a bâti dessus. Si la vérité du christianisme est indiscutable, à quoi bon écrire ces livres ?
S'ils suffisent à la prouver, qu'est-il besoin de discuter plus longtemps ? *Si Dieu a parlé, pourquoi l'U-
nivers n'est-il pas convaincu ?* Si la religion chrétienne
a besoin d'une érudition plus approfondie, de recherches plus pénibles pour établir son authenticité,
pourquoi tenter d'accomplir par la force ce que l'esprit humain peut seul exécuter de manière à se satisfaire lui-même ? Si enfin la vérité *ne peut* en être
démontrée, pourquoi faire un impuissant effort pour
arracher à Dieu le gouvernement de sa création, et
prétendre avec impiété que l'Esprit de bonté a permis que cette connaissance si essentielle au bien-
être de l'homme fût la seule qui, depuis sa publication, a été le sujet d'incessantes railleries et la cause

de haines implacables ? Ou bien la religion chrétienne
est vraie, ou elle ne l'est pas. Si elle est vraie, elle
vient de Dieu, et son authenticité ne peut être un objet de doute et de discussion qu'autant que veut bien
le permettre son tout-puissant auteur ; — si elle
est vraie, elle est susceptible d'une démonstration
rationnelle, et d'être ainsi mise au-dessus de toute
controverse, tout comme les principes établis au sujet de la matière et de l'esprit, par Locke et Newton;
et quand on tient compte de l'utilité de la chose dont
on dispute, il faut supposer qu'un être bon est d'autant plus anxieux de veiller à ce que la connaissance
s'en répande sur la terre. — Si elle est fausse, assurément aucune législation éclairée ne punira celui
qui en raisonne, pour combattre un système d'autant
plus fécond en résultats absurdes et désastreux, que
l'éducation le mêle intimement aux préjugés et aux
affections du cœur humain, sous la forme d'une
croyance populaire.

Supposons qu'un philosophe à moitié fou affirme
que la terre occupe le centre du monde, ou que les
idées puissent entrer dans l'esprit humain sans l'intermédiaire de la sensation et de la réflexion. — Cet
homme affirmerait une proposition dont l'inexactitude peut se démontrer; il proclamerait une opinion
fausse. Et pourtant mériterait-il le pilori et l'emprisonnement? En aucune façon; il est probable que
bien peu rempliraient plus exactement leurs devoirs
de citoyens et d'hommes. J'admets que le cas ainsi
supposé n'est pas précisément celui dont il s'agit.
La partie pensante de la communauté n'a point accepté le Christianisme comme une vérité incontes-

table, alors qu'elle l'a fait pour le système de Newton.
Une très forte fraction de la société, composée d'hommes qui jouissent de relations puissantes et étendues,
tire tout son profit de la croyance au christianisme
en tant que foi populaire.

Tourmenter et emprisonner celui qui affirme un
dogme, quel qu'en soit le ridicule et la fausseté, est
au plus haut point barbare et impolitique. Combien
dès lors la cruauté n'est-elle pas aggravée, quand
elle est dirigée contre celui qui attaque une opinion
encore controversée, et qui a été combattue par des
hommes d'une valeur sans rivale, d'un génie pénétrant, et d'une vertu sans tache, qui ont consacré et
enfin sacrifié leur vie à cette lutte.

Le temps arrive à grands pas, je l'espère, — et
vous, Mylord, vous pouvez vivre assez longtemps
pour en être témoin, — où Mahométans, Juifs, Chrétiens, déistes et athées, vivront en parfaite entente,
participant également aux avantages qui résultent
de l'association, unis par les liens de la charité et
de l'amour fraternel.

Mylord, vous avez condamné un innocent, — aucun crime ne lui était imputé, vous l'avez condamné
à la torture et à l'emprisonnement.

Je ne vous ai point adressé cette lettre dans l'esprit
de vous convaincre que vous avez mal agi. Les hommes les plus dépourvus de principes, les plus barbares ne manquent pas de sophismes tout prêts, pour
prouver qu'il leur était impossible d'agir autrement,
et montrer que le vice est vertu. Mais j'élève ma
voix solitaire pour exprimer jusqu'où va ma désapprobation de la sentence injuste et cruelle que vous

avez prononcée contre M. Eaton, et pour établir par toute l'influence dont je puis disposer, ces droits de l'humanité que vous avez si légèrement, si illégalement enfreints.

Mylord,
Je suis.

SUR LA PEINE DE MORT

FRAGMENTS

SUR LA PEINE DE MORT [1]

FRAGMENTS

La première loi qu'il convienne à un réformateur de proposer et de soutenir, à l'approche d'une période de grands changements politiques, est l'abolition de la peine de mort.

Il est assez clair que la vengeance, la peine du talion, le châtiment, l'expiation sont des règles et des motifs qui, loin de mériter une place dans le système d'un gouvernement éclairé, sont les sources principales d'un nombre prodigieux de malheurs dans l'intérieur domestique de la société. Il est bien clair que l'esprit de la législation, tout en paraissant capable d'organiser des institutions d'après des principes plus philosophiques, s'est borné jusqu'à ce jour, dans les cas qu'on dénomme criminels à endormir l'esprit public, en lui donnant une satisfaction partielle ; qu'il a offert un compromis entre le système le meilleur, de n'infliger aucun mal à un être sensible sans un résultat définitivement avantageux, qui profiterait du moins en

1. Publié par Mᵐ Shelley.

en partie à cet être lui-même, — et le pire système, celui de le mettre à la torture pour le divertissement de ceux auxquels il aurait fait ou paru faire du tort.

Laissons de côté ces considérations plus lointaines, pour nous demander ce que c'est que la mort, ce qu'est cette peine qu'on applique comme un traitement équitable, à des fautes dont la gravité croît par une gradation insensible, dès qu'elles ont dépassé le degré et la nuance où l'on juge que nulle autre peine ne serait suffisante.

Et tout d'abord, la mort est-elle un bien ou un mal, un châtiment ou une récompense, ou encore une chose tout à fait indifférente, c'est ce qu'aucun homme ne prendra sur soi de décider. Ce qui, en nous, pense et sent, continue à penser et à sentir, d'après l'opinion universelle de toute l'humanité ; et la philosophie consciencieuse de ceux que l'on me permettra d'appeler les Académiciens modernes, en montrant la profondeur et l'étendue prodigieuse de notre ignorance relativement aux causes et à la nature de la sensation, donne de la probabilité à une proposition affirmative, dont il est difficile de concevoir la négation, et les arguments populaires que l'on invoque contre elle, étant empruntés à ce qu'on nomme le système atomique, l'on prouve qu'ils s'appliquent uniquement à la relation qui existe d'un objet à l'autre, telle qu'elle est saisie par l'esprit, et nullement à l'existence même, ou à la nature de cette essence qui est le centre et le réceptacle des objets.

Le système populaire de religion suggère l'idée

que l'esprit, après la mort, sera dans un état de souffrance ou de plaisir selon la direction qu'il aura suivie pendant la vie. Si ridicules et si pernicieux que nous devions juger les accessoires vulgaires de cette doctrine, il y a une certaine analogie, qui n'est pas totalement absurde, entre les conséquences qui, pendant la vie, résultent pour un individu, de la conduite vertueuse ou coupable, prudente ou imprudente, de ses actes extérieurs, et entre les conséquences que l'on suppose se produire par le fait de la discipline et de l'ordre de ses pensées intimes, autant qu'elles déterminent sa condition dans un état futur. Sans doute, on oublie de faire entrer en compte les accidents de la maladie, du tempérament, de l'organisation, ainsi que la foule des causes indépendantes qui agissent sur les opinions, la conduite et le bonheur des individus, et qui produisent des déterminations de la volonté, des modifications dans le jugement, de nature à engendrer les effets les plus opposés dans des êtres qui se ressemblent beaucoup. Ce sont là, dans l'ordre de l'ensemble de la nature, des opérations qui, nous sommes portés à le croire, tendent à un but certain et immense, auquel sont subordonnées les facultés actives de notre nature particulière ; et il n'y a aucun motif de croire que dans un état futur, elles deviennent soudain indépendantes de cette subordination. Le philosophe est hors d'état de déterminer si notre existence dans un état antérieur a eu de l'influence sur notre condition présente, et il s'abstient de décider si notre condition présente peut avoir des conséquences pour nous dans ce qui sera l'avenir. Si nous continuons à exister, la nature de notre existence sera telle que nulle induction, nulle supposition tirée de la considération de notre expérience terrestre ne pourraient nous éclairer sur ce point, c'est là une chose évidente. L'opinion d'après laquelle le principe vital qui est en nous, de quelque manière qu'il continue à exister, doit perdre cette conscience d'être un individu défini qui le caractérise maintenant, pour devenir une unité dans le vaste total d'action et de pensée qui ordonne et anime l'univers, et qui se nomme Dieu, semble appartenir à la catégorie d'opinion qu'on peut qualifier d'indifférente.

Contraindre une personne à savoir tout ce qui peut être connu des morts, au sujet de ce que les vivants craignent, espèrent ou oublient, la plonger dans le plaisir ou la souffrance qui l'y attendent, la punir ou la récompenser d'une façon et dans une proportion qui ne peuvent être ni calculées ni comprises par nous, l'enlever soudain à tout cet enchevêtrement de bien et de mal dont la Nature semble avoir fait comme un vêtement à chaque forme d'existence individuelle, voilà ce que c'est que lui infliger une condamnation à mort.

Un certain degré de douleur et d'épouvante accompagne ordinairement une exécution capitale. Ce degré varie infiniment, suivant l'infinie variété dans le tempérament et les opinions du condamné. En tant que mesure de châtiment, si on la considère froidement à ce point de vue, et en tant que spectacle, destiné à intimider les spectateurs par l'effet qu'on s'attend à la voir produire sur la sensibilité

du patient, afin de les détourner de s'exposer à un
pareil sort, elle est singulièrement disproportionnée
à son objet.

Premièrement, — les personnes d'un caractère
énergique, et chez lesquelles, ainsi que cela se voit
chez les hommes punis pour des crimes politiques,
il existe une forte proportion de hardiesse, de courage, et de désintéressement, et des qualités qui,
malgré leur mauvaise direction, leur emploi désor-
donné, n'en sont pas moins un ciment de la force
et de la félicité nationales, ces personnes meurent
de telle sorte que leur mort ne paraisse point un
mal, mais un bien. La mort de l'homme qualifié de
traître, c'est-à-dire d'un homme qui, pour tel ou tel
motif, voudrait détruire le gouvernement du jour,
est tout aussi souvent le spectacle triomphant de
la vertu martyrisée, que l'enseignement donné par
un coupable. La multitude, au lieu de se disperser
sous l'impression terrifiée d'une approbation des
lois qui ont offert un tel spectacle, est saisie de pitié, d'admiration et de sympathie, et tous les cœurs
généreux qui s'y trouvent, éprouvent le désir d'être
à l'envi les auteurs d'émotions aussi flatteuses, que
celles dont ils se sentent agités. Impressionnés par
ce qu'ils voient et éprouvent, ils ne font pas de distinctions entre les motifs qui ont poussé les criminels
aux actes pour lesquels ils souffrent, ou le courage
héroïque avec lequel ils ont tourné en bien ce que
les juges leur ont infligé comme un mal, ou le but
même vers lequel tendaient ces actes; bien que ce
but pourra être éminemment pernicieux. En ce cas,
les lois perdent cette sympathie que leur objet es-

sentiel est d'acquérir et dont la possession fait leur principale force, pour maintenir ces sanctions qui unissent en un tout les diverses parties de l'union sociale, et qui leur permettent de réaliser dans toute la limite du possible, la fin pour laquelle elle est instituée.

En second lieu, — les personnes d'un caractère énergique, dans des sociétés où l'habileté philosophique n'a pas su diriger toutes les énergies qu'elles contiennent vers des objets d'utilité publique, sont de même enclines à tomber dans la tentation de commettre les crimes les plus énormes, en même temps qu'elles sont portées d'une manière toute particulière à mépriser les périls qu'entraîne leur perpétration. Le meurtre, le rapt, des brigandages combinés dans de vastes proportions, tels sont les actes des personnes appartenant à cette classe, et la mort est la peine que comporte leur condamnation. Mais la grossièreté d'organisation, qui caractérise des hommes capables de commettre des actes purement égoïstes, se trouve ordinairement associée avec une insensibilité égale à la crainte et à la douleur. Leur châtiment inspire à ceux des spectateurs qui peuvent être capables de pareils crimes, l'impression que c'est un événement sans importance, quand on le voit de près, alors que de loin, il eût produit probablement son effet ordinaire sur les personnes sans éducation, c'est-à-dire l'horreur. Mais le plus grand nombre des spectateurs sont si étroitement enchaînés par les intérêts et les habitudes de l'union sociale, qu'aucune tentation ne serait assez forte pour les induire à commettre les crimes énormes dont cette peine est le châtiment. Quant aux gens plus pressants, — et de ce nombre sont les riches, et une nombreuse catégorie de petits commerçants est plus riche et plus puissante que ceux qui sont employés par eux, et celui qui emploie est, en général, dans cette situation par rapport à celui qui l'emploie — quant à ceux-là, ils regardent leurs propres dommages comme vengés en quelque sorte, et leurs propres droits comme raffermis par cette peine, infligée comme châtiment de n'importe quel crime. Dans les cas de meurtre ou de mutilation, ce sentiment est à peu près universel. Donc, chez ceux en qui ce spectacle n'éveille pas la sympathie qui diminue le crime et qui discrédite la loi destinée à le combattre, il produit des sentiments qui sont plus directement en opposition avec le véritable objet de la société politique. Elle excite les émotions mêmes que la civilisation doit tendre principalement à étouffer pour toujours, et dont la destruction seule peut faire espérer des institutions meilleures que celles par lesquélles les hommes s'imposent les uns aux autres un mauvais gouvernement. Les hommes sentent que leur vengeance est satisfaite et que leur sûreté est assurée par la mise à mort et les souffrances d'êtres qui leur ressemblent presque en tout, et, leurs occupations journalières les obligeant à metttre toutes leurs pensées en une forme précise, ils en viennent à établir une connexion indissoluble entre l'idée de leur propre avantage et celle de la mort et de la torture d'autrui. Il est manifeste que l'objet d'un gouvernement raisonnable est exactement l'opposé, et que des lois

18

fondées sur la raison, devraient habituer le grossier
vulgaire à associer ses idées de sûreté et d'intérêt
avec celles de correction et de « rigoureuse contrainte », dans ce but-là seulement, à l'égard des
individus qui pourraient le menacer.

La passion de la vengeance n'est à l'origine rien
autre chose que l'opinion habituelle et fortement en-
racinée d'après laquelle les idées de souffrance de la
personne qui fait subir un dommage, ont pour suite
nécessaire la certitude que ce dommage ne sera pas
répété à l'avenir, connexion qui n'existe que dans un
état sauvage ou dans les parties de la société qui n'ont
pas encore été disciplinées par la civilisation. Ce
sentiment, greffé sur la superstition et renforcé par
l'habitude, perd enfin de vue l'objet unique pour
lequel il avait été implanté ; il devient une passion,
un devoir à poursuivre et à remplir, quand même
il devrait en résulter la destruction des fins vers
lesquelles il tendait à l'origine, Les autres passions,
tant bonnes que mauvaises, l'Avarice, le Remords,
l'Amour, le Patriotisme, présentent une apparence
analogue, et à ce principe suivant lequel l'esprit tire
par dessus le but qu'il vise, nous devons tout ce qui
est éminemment bas ou excellent dans la nature
humaine. C'est à le détruire ou à l'entretenir par
d'habiles mesures que tend l'art véritable du législateur [1].

1. Le sauvage et l'illettré ne perçoivent que vaguement
la démarcation entre le présent et l'avenir ; ils accomplissent
des actes appartenant à des périodes bien distinctes, et qui
néanmoins sont le sujet de sentiments analogues ; ils ne vivent que dans le présent ou dans le passé que comme si
c'était le présent. C'est en cela que le philosophe l'emporte

S'Il est quelque chose d'évident, c'est qu'infliger un châtiment, en général, à un degré que ne rend pas indispensable l'amélioration et la nécessité de contenir ceux qui transgressent la loi, et plus encore infliger la peine de mort, c'est développer les instincts inhumains et antisociaux des hommes. C'est une remarque triviale comme un proverbe, que les nations chez lesquelles le code pénal a été particulièrement doux, seront distinguées entre les autres par la rareté du crime. Mais cet exemple doit être considéré comme équivoque. Un argument plus décisif se tire de la considération d'un rapport universel entre la férocité de mœurs et du mépris du lien social avec le mépris de la vie humaine. Les gouvernements qui dérivent leurs institutions de l'existence de phénomènes de barbarie et de violence, sont, à de rares exceptions peut-être, sanguinaires autant que despotiques et forment les mœurs de leurs sujets de manière à les faire concorder avec leur propre esprit.

Les spectateurs qui n'éprouvent aucune horreur

---

sur plus d'un dans la foule; c'est cela qui distingue du fatalisme la doctrine philosophique de la nécessité, et cette détermination de la volonté qui en fait la source active d'événements futurs, d'avec cette liberté ou indifférence à laquelle est attachée la responsabilité abstraite d'actes irréparables, selon les notions du vulgaire.

C'est là la source des exagérations erronées dans le remords et la vengeance, le premier s'étendant dans le sens de l'avenir, l'autre remontant dans le passé, deux domaines dans lesquels leurs suggestions ne peuvent être que des sources de mal. Le projet de résolution d'agir plus sagement et plus vertueusement à l'avenir, et le sentiment de la nécessité d'être prudent en réprimant un ennemi, telles sont les sources d'où ont surgi les énormes superstitions qu'impliquent les mots cités plus haut.

à une exécution publique, et qui ressentent plutôt
une supériorité qui s'applaudit, elle-même, ainsi
qu'une émotion d'indignation satisfaite, sont sûrement portés aux impressions les plus dangereuses.
La première réflexion que fait un tel homme est le
sentiment de sa propre valeur intérieure et actuelle,
qu'il juge plus élevée que celle de la victime, que
les circonstances ont conduite à sa perte. Le coquin
le plus bas est pénétré par la comparaison, du sentiment de son propre mérite. Il est un de ceux sur
lesquels n'est point tombée la tour de Siloam, — il
est un de ceux dont Jésus ne trouva aucun représentant dans toute la Samarie, et qui, en son âme, jette
la première pierre à la femme surprise en adultère.
La religion populaire du pays tire son nom de l'illustre personnage dont j'ai cité les beaux sentiments. Quiconque aura arraché aux doctrines de ce
personnage le voile de la familiarité, reconnaîtra
combien leur esprit est opposé aux sentiments de
cette nature.

NOTES CRITIQUES

SUR

LES SCULPTURES DE LA GALERIE

DE FLORENCE

NOTES CRITIQUES

SUR

LES SCUPLTURES DE LA GALERIE

DE FLORENCE [1]

I

SUR LA NIODÉ

De tout ce qui reste de l'antiquité grecque, cette figure est peut-être la personnification la plus parfaite du charme de l'attitude, de même que la Vénus de la Tribune l'est pour l'ensemble de la forme féminine. Elle est colossale ; ses proportions ajoutent à sa valeur, parce qu'elle donne au spectateur le choix d'un plus grand nombre de points de vue, et lui permet d'en trouver un, d'où il analyse mieux, d'où il saisit un plus grand nombre des innombrables moyens d'expression dont est composée nécessairement toute forme qui se rapproche de la beauté idéale.

1. Tiré des *Shelley's Papers*, 1833.

C'est la figure d'une mère qui protège contre
quelque péril divin et inévitable, le dernier enfant
qui lui reste, autant que nous pouvons l'imaginer.

La petite créature, épouvantée, comme nous
pouvons le concevoir, de la destruction de toute sa
famille, s'est enfuie près de sa mère, et cache sa
tête dans les plis de la robe de celle-ci, en portant
un bras en arrière, comme dans un appel passionné
à une protection, là où elle ne l'avait jamais jusqu'alors cherchée en vain. Elle est vêtue d'une
tunique mince d'une texture délicate, et sa chevelure est réunie en un nœud sur le haut de sa tête,
sans doute par la main de celle dont le soin atten-
tif n'aura plus à le refaire.

Niobé est enveloppée dans une vaste draperie
dont une partie est rassemblée sous la main gauche.
Cette main fait le geste de s'étendre sur l'enfant,
comme dans un mouvement instinctif pour l'abriter contre ce que la raison lui montre comme inévitable. La main droite, ainsi que l'a bien jugé
l'auteur de la restauration, attire sa fille contre elle,
et par ce geste instinctif, par sa douce pression,
elle encourage l'enfant à croire que cela peut lui
donner de la sécurité. L'attitude de Niobé est l'idéal
le plus achevé de la majesté et de la grâce féminine,
au delà duquel l'imagination doute presque de pouvoir se représenter quoi que ce soit.

Ce chef-d'œuvre de l'harmonie poétique dans le
marbre exprime d'autres sentiments. Il donne un
corps à un sentiment de l'inévitable et rapide arrêt
du destin qui s'exécute autour de Niobé, comme si

tout était déjà consommé. On dirait que le désespoir
et la beauté se sont combinés pour réaliser uniquement la douleur à un degré sublime. Comme les
mouvements extérieurs exprimaient le sentiment
instinctif de la possibilité d'une protection pour
l'enfant, et l'assurance ordinaire, affectueuse qu'elle
trouverait un asile dans ses bras, de même la raison et l'imagination disent par l'attitude que nulle
protection humaine ne peut être efficace. Il n'y a
pas de la terreur dans l'attitude, il y a de la douleur, une douleur profonde, sans remède. Il n'y
a pas de la colère, — à quoi bon s'indigner contre
ce qu'on sait être tout-puissant? — il n'y a pas de
recul égoïste devant la douleur personnelle, — il
n'y a point de panique en présence d'une force surnaturelle, il n'y a point de retour sur elle-même ;
la catastrophe est trop accablante pour laisser place
à de telles émotions.

Tout est englouti dans la souffrance : elle n'est
plus que larmes. Son attente certaine de la flèche
qui va percer dans ses bras la dernière victime, est
dirigée vers son tout-puissant ennemi. La beauté
pathétique de son tendre, de son inépuisable, de son
inextinguible désespoir, est au delà des effets de la
sculpture. Aussitôt que la flèche aurait percé le
dernier être qui la lie à la terre, la fable d'après
laquelle elle fut changée en pierre ou se fondit en
une source de larmes, ne sera plus qu'un faible emblème du mélancolique désespoir où nous sentons
que doivent s'écouler les quelques années de douleur qui lui restent à vivre.

Il est difficile de décrire la beauté de l'attitude,

ou de faire comprendre par des mots à quoi tient ce charme étonnant.

La tête, portant un peu en arrière sur un cou d'un contour plein et flexible, semble dans l'attente d'un événement qui va se produire à l'instant. La chevelure est gracieusement partagée sur le haut de la tête, et une douce beauté rayonne du front large et lisse, au-dessus duquel les cheveux sont dressés. La figure est un ovale plein, et les traits en sont conçus avec la hardiesse d'un sentiment puissant. A ce point de vue, elle rappelle la majesté négligée que la nature imprime sur les rares chefs-d'œuvre qu'elle crée, les harmonisant en quelque sorte de l'harmonie qui l'anime elle-même. Cependant tout cela n'est pas seulement l'essence, mais encore la cause de la délicatesse la plus subtile dans la beauté pure et tendre, — l'expression simultanée de l'innocence et de l'élévation sublime de l'âme, de la pureté et de la force, de tout ce qui touche les cordes les plus secrètes et les plus divines, qui chantent dans nos pensées, — de ce qui fait frissonner d'étonnement les hommes même les plus superficiels.

II

LA MINERVE

La tête est de la beauté la plus haute. Elle est coiffée d'un petit casque, duquel s'échappe à moitié la

chevelure, élégamment partagée sur le front. La
pose met dans toute sa valeur la forme parfaite du
cou, et ce contour, plein et beau, de la partie inférieure de la figure et de la bouche, qui, chez les
êtres vivants, est le siège de l'expression d'une nature simple et intègre. La face levée vers le ciel
est animée d'une mélancolie profonde, douce, passionnée; elle a l'air de plaider avec une conviction
ardente et désintéressée, pour détourner quelque
malheur immense et inévitable. C'est la joie et la
poésie de la souffrance qui donnent de la beauté à
la douleur, et la pénètrent de ce sentiment ineffable
que l'imperfection du langage nous oblige à nom-
mer peine, mais qui n'est nullement de la peine,
quoiqu'il fasse préférer non seulement à celui qui
l'éprouve, mais encore à celui qui en est le spectateur, ce qu'on appelle le plaisir, et qui ne contient
aucun plaisir. Il est difficile de croire que cette tête,
malgré toute sa beauté idéale, soit la tête de Minerve
bien que les attributs et l'attitude de la partie inférieure de la nature suggèrent certainement cette
idée. Rarement les Grecs, en représentant les caractères de leurs Dieux, — à moins que nous n'appe-
lions une passion humaine l'enthousiasme poétique
d'Apollon, — exprimaient le désordre d'un sentiment humain, et ici c'est une peine profonde et
passionnée qui anime une figure divine. Elle est
véritablement divine. La sagesse (dont Minerve est
supposée l'emblème) plaide avec conviction devant
la Puissance, et elle porte l'expression de cette
souffrance, parce qu'elle doit toujours plaider vainement. La draperie de la statue, la noble beauté

des pieds, et la grâce de l'attitude, on peut les voir
dans beaucoup d'autres statues datant de cette époque admirable, mais il en est peu qui aient cette
expression.

Cette statue se trouve placée sur un piédestal
dont le bas-relief est conçu dans un esprit tout opposé. C'était probablement un autel de Bacchus,
peut-être bien aussi une urne funéraire. Sous les
guirlandes de fruits et de fleurs qui ornent le piédestal, dont les angles sont formés par des crânes
de chèvres, sont sculptées quelques figures de mé-
nades sous l'influence du Dieu. On ne saurait rien
imaginer de plus sauvage et de plus terrible que
leurs gestes, qui deviennent de véritables contor-
sions de leurs membres délicats et de leurs belles
formes. Il n'y a toutefois rien qui dépasse ce qui
est possible à la nature, quoique les limites extrêmes du possible soient atteintes.

Le terrible esprit de superstition, avec le concours
de l'ivresse, produisant un effet qui dépasse la folie,
semble les avoir saisies dans son tourbillon, et les
emporter au-dessus du vol, comme les rapides ro-
tations de la tempête font pour la colonne toujours
mobile d'un jet d'eau, ou comme le torrent que
forme une rivière des montagnes quand il fait tour-
noyer sans résistance les feuilles d'automne en
ses vagues gonflées. La chevelure, défaite, flottante,
semble prise dans la tempête de leur mouvement
tumultueux ; leurs têtes sont rejetées en arrière,
et dirigées vers le ciel, pendant qu'elles perdent
l'équilibre et se heurtent même dans l'énergie de
leur danse enragée.

L'une d'elles représente Agavé qui porte d'une main la tête de Panthée, et tient de l'autre un grand couteau ; une seconde porte un épieu avec son cône de pin, qui formait le thyrse, un autre se livre à une danse voluptueuse et folle, la quatrième frappe sur une sorte de tambourin.

C'était certes une monstrueuse superstition, même en Grèce, que celle qui pouvait seule combiner la beauté idéale, l'enthousiasme poétique et abstrait avec les erreurs sauvages dont elle dérivait. A Rome, elle avait un caractère plus familier, plus vicieux, plus sec ; elle n'était pas en harmonie avec les conceptions sévères et exactes des Romains ; elle portait atteinte à leur stricte morale, pour laquelle il en résultait un préjudice des plus graves, peu en rapport avec l'effet qu'elle produisait chez les Grecs, qui, de toutes choses, de la superstition, du préjugé, du meurtre, de la folie, faisaient sortir de la beauté.

III

SUR LA VÉNUS DITE ANADYOMÈNE

Elle vient de sortir du bain et est encore tout animée du plaisir qu'elle y a pris.

Elle respire une joie douce et calme, et les courbes de ses beaux membres se continuent de l'un à l'autre en sinuosités qui n'en finissent pas et multiplient les charmes. Sa figure exprime une volupté

haletante, et pourtant passive et innocente, exempte
d'affectation. Les lèvres qui n'ont pas la sublimité
de la passion hautaine et impétueuse, la grandeur
de l'imagination enthousiaste de l'Apollon du Ca-
pitole, ou ce double caractère comme l'Apollon du
Belvédère, ont la tendresse du désir coquet mais
pur et affectueux, et la façon dont les angles de la
bouche sont tirés, et cependant soulevés et entr'ouverts, et la courbe tremblante que leur impose un
désir inextinguible, et la langue posée sur la lèvre
inférieure, comme dans l'abandon de la joie passive, tout exprime l'amour, et encore l'amour.

Les yeux semblent alourdis et noyés de plaisir,
et son petit front se perd des deux côtés dans cette
charmante saillie, cette mince dépression de l'os
au-dessus de l'œil, d'une manière qui exprime des
sentiments simples et tendres.

Le cou est plein et agité d'une aspiration de plaisir et il se réunit par de belles courbes à son corps
parfait.

En effet, son corps est parfait. Elle se tient à moitié assise, à moitié debout dans un coquillage, et
la plénitude de ses membres, leur rondeur complète, leur perfection n'ôtent rien à l'énergie de vie
dont ils paraissent animés. La position des bras,
dont la beauté dépasse tout ce qu'on peut imaginer, est naturelle, dépourvue d'affectation, pleine
d'aisance. C'est là, peut-être, la plus belle personnification de Vénus, la déesse de l'amour superfi-
ciel, qu'on trouve dans toute la sculpture antique. De
ce corps qui s'atténue en pointe comme une poire,
toujours vierge, l'attitude est la pudeur même.

IV

BAS-RELIEF QUI PROBABLEMENT FORMAIT LES CÔTÉS D'UN SARCOPHAGE

La dame est étendue sur sa couche, soutenue par une jeune femme, et paraît au dernier degré de l'épuisement. Sa chevelure défaite flotte sur son épaule, et elle est à demi-couverte d'une draperie qui tombe sur son lit.

Sa tunique ressemble tout à fait à une chemise. Seulement les manches sont plus longues, car elles descendent jusqu'à la moitié de la partie supérieure du bras. Une vieille femme ridée, la tête couverte d'un manteau, le regard extraordinairement sagace dans son air professionnel lui prend le bras d'une main, avec douceur, et de l'autre, le soutient. Au pied du lit est une autre matrone qui s'arrache les cheveux et pousse de grands cris. Ses autres gestes indiquent d'ailleurs qu'elle est arrivée à se convaincre qu'il était correct d'agir ainsi. Derrière elle est une commère de la laideur la plus comique, qui pleure, à ce que je suppose, ou qui prie, car elle a les bras croisés sur son cou. Il y en a une cinquième qui se met en devoir de se lamenter. A gauche du lit est une nourrice assise par terre, et balançant un nourrisson, ce qui l'occupe entièrement. L'enfant est enveloppé de langes. Derrière elle est une femme qui a l'air d'accourir, la chevelure en désordre, les gestes saccadés, et brandissant d'une main un fouet ou un foudre. C'est probablement un personnage emblématique, la messagère de la mort, ou une furie, dont la personnification donnerait la clef du tout. Quel est le sujet de leurs lamentations, je ne le sais pas : est-ce parce que la mère est mourante ? parce que le père a donné l'ordre d'exposer l'enfant ? Mais si la mère n'est pas morte, un pareil vacarme ferait mourir une femme en couches, de nos jours.

L'autre compartiment, la deuxième scène du drame, nous montre la présentation de l'enfant à son père. Un vieillard le tient dans ses bras et le présente obligeamment au père d'un air mystérieux et professionnel.

Le père, homme d'âge moyen, à la physionomie des plus respectables, et qui peut-être n'est marié que depuis peu de temps, contemple son premier enfant avec une admiration de vieux garçon et se dit sans doute que, lui aussi, a été une drôle de petite créature comme cela. Ses mains sont croisées et il rassemble entre ses bras les plis de son manteau, comme un emblème de ce qu'il fait appel à toutes ses facultés pour comprendre ce que lui rapporte le compère.

Debout près de lui est un vieillard, probablement son père, dont le regard exprime quelque curiosité et beaucoup de tendresse. Autour d'eux est rassemblée une armée de parents ; la plus jeune, une jolie fille, paraît tout à fait indifférente. C'est en somme un admirable morceau, et tout à fait dans l'esprit des comédies de Térence[1].

V

LE BACCHUS DE MICHEL-ANGE

L'expression de cette figure est une erreur des plus révoltantes sur l'esprit et la signification de Bacchus. Il a l'air ivrogne, brutal, borné, et son expression de lasciveté est des plus choquantes. La partie inférieure de la figure est raide, et la façon dont les épaules sont unies à la poitrine, et le cou à la tête, absolument dépourvue d'harmonie. Elle manque, d'ailleurs, de toute unité, comme cela devait être pour l'idée de Bacchus dans la conception d'un catholique. D'autre part, au point de vue de l'exécution, elle a de grands mérites. Les bras sont exécutés dans un style de la plus parfaite et de la plus virile beauté. Le corps est conçu avec une grande énergie, et les lignes se fondent les unes dans les autres de la façon la plus hardie et la plus vraie. En tant qu'œuvre d'art, il y manque l'unité; en tant que représentation de Bacchus, il y manque tout.

1. Ce bas-relief n'est pas un antique, il est du Cinque-cento.

VI

JUNON

Statue d'un grand mérite. La physionomie exprime une sévérité autoritaire, austère et sûre d'elle-même, avec une certaine tristesse. Les lèvres sont belles, susceptibles de marquer le mépris, mais elles ne sont pas dépourvues de douceur. Avec de belles lèvres, une personne n'est jamais absolument laide, et elles ne servent en aucun cas à rendre des émotions totalement égoïstes, car les lèvres sont le siège de l'imagination. La draperie est d'une belle conception, et la façon dont est rendu le mouvement de la jambe portée en arrière, les plis divergents de la draperie qui recouvrent le sein gauche et qui s'élargissent de manière à se perdre hardiment mais graduellement sous une ceinture, en descendant de l'épaule gauche, sont admirablement imaginés.

VII

APOLLON

Avec des serpents s'enlaçant autour d'une couronne de laurier à laquelle le carquois est suspendu,

ce morceau, quand il était complet, était probablement d'une beauté magnifique. Celui qui a restauré
la tête et les bras en suivant les indications des
muscles du côté droit, a élevé le bras, dans un
geste de triomphe après qu'une flèche est arrivée
droit à son but. Il a imaginé d'imiter en cela l'Apollon Lycien, si bien décrit par Apollonius de Rhodes,
à l'instant où le rayonnement éblouissant de son
beau corps brillait sur le sombre Euxin. L'action,
l'énergie, la divine animation de ces membres trahit
un esprit qui paraît capable de ne jamais s'éteindre.

L'ARC DE TITUS

L'ARC DE TITUS [1]

———

Dans le compartiment intérieur de l'Arc de Titus est représentée en profond relief la dévastation d'une ville. D'un côté, les murs du Temple, crevassés par la fureur des flammes, chancellent et perdent l'équilibre, comme près de s'effondrer. Les scènes qu'amène d'ordinaire la prise d'assaut d'une ville, mères de famille, jeunes filles et enfants formant des groupes, le pillage et la licence d'une soldatesque barbare et furieuse, sont représentées dans le lointain. Le premier plan est occupé par un défilé des vainqueurs portant dans leurs mains profanes les saints candélabres, les Tables des Pains de proposition, et les objets sacrés qu'employait le culte éternel des Juifs. Sur la face opposée, se trouve le pendant de cette mélancolique scène : on voit Titus debout sur un char que traînent quatre chevaux : il est couronné de laurier, et entouré de la foule tumultueuse que forment son armée triomphante, les magistrats, les prêtres, les généraux, les philosophes qu'on traîne

1. Tiré des *Shelley's Papers*, 1833.

enchaînés à côté des roues. Derrière lui se tient debout une Victoire aux ailes d'aigle.

Cet arc s'émiette actuellement en ruines, et les figures en sont presque effacées par une durée de cinquante générations. Au-delà de cet obscur monument de la désolation des Juifs, se voit la tombe de la famille de leur destructeur ; c'est maintenant une montagne de ruines.

L'Amphithéâtre Flavien est devenu le séjour des chouettes et des lézards. La puissance dont la possession était jadis le type, et dont il symbolise aujourd'hui la disparition, est devenue un songe et un souvenir. Rome n'existe pas plus que Jérusalem.

CRITIQUE LITTÉRAIRE

CRITIQUE LITTÉRAIRE

I

REMARQUES SUR « MANDEVILLE » ET SUR M. GODWIN[1]

L'auteur de *Mandeville* est un des plus illustres exemples du pouvoir intellectuel du siècle
présent. Il a fait preuve de cette variété, de cette
universalité de talents qui distingue l'homme destiné à hériter d'un renom durable, d'avec ceux qui
possèdent une célébrité passagère. Quand ses droits
ne devraient être mesurés qu'à l'exactitude de ses
recherches dans la science morale et politique, il
serait encore difficile de lui assigner un rival parmi
les contemporains. Faisons abstraction de tout ce
qui, dans son système de morale, peut être sujet à
discussion, et considérons seulement les parties
qu'il suffit de mentionner pour les établir, et qui
rentrent dans cette classe importante de vérités que

1. Tiré des *Shelley's Papers*, 1833.

leur exposition semble rappeler plutôt qu'enseigner à l'espèce humaine.

La Justice politique est le premier système de morale qui soit expressément fondé sur la doctrine que les droits sont, par essence, négatifs, et les devoirs, positifs, — instinct obscur de ce qui a été la base de toute liberté politique et de la vertu individuelle qu'il y eut au monde. Mais il est aussi l'auteur de *Caleb Williams* et si nous ne possédions aucun mémoire sur l'intelligence de Falkland, que nous n'eussions qu'un simple fragment indiquant comment est conçu son caractère, sans nul doute nous dirions : « Voilà une intelligence hors ligne, incontestablement capable des hardiesses les plus sublimes de la pensée ».

Saint-Léon et *Fleetwood* sont modelés d'une manière un peu moins précise, et de même caractérisés par la réunion de la délicatesse et de la force. *L'Essai sur les Tombeaux* a toute la solennité et la profondeur de passion qu'on doit trouver chez un esprit qui sympathise, comme un homme s'intéressant avec son ami au destin des siècles futurs, avec les pensées des générations humaines disparues.

On peut dire avec vérité que Godwin a été traité injustement par ceux de ses compatriotes dont la faveur dispense les distinctions temporelles. S'il avait consacré ses hautes facultés à flatter l'égoïsme des riches, s'il avait soutenu ces doctrines auxquelles les puissants doivent leur puissance, ils l'auraient sans doute récompensé de leur protection, et il eût pu avoir à ce soleil une place plus grande que ne l'ont eue M. Malthus ou le Docteur Paley.

Mais la différence eût été aussi grande que celle qui existe éternellement entre la notoriété et la renommée. Godwin a été pour la philosophie morale, dans le siècle présent, ce qu'est Wordsworth en poésie. L'intérêt personnel de ce dernier eût probablement souffert de sa recherche des vrais principes du goût en poésie, autant que tout ce qui est passager dans la réputation de Godwin a souffert de sa hardiesse à faire connaître les vraies bases de l'esprit, si la servilité, la dépendance et la superstition n'avaient été trop aisément conciliables avec sa manière de s'écarter des opinions des grands et de la majorité. Il est singulier que les autres nations de l'Europe aient, sur ce point, anticipé le jugement de la postérité, et que le nom de Godwin, celui de son illustre et admirable épouse, soient prononcés avec respect et admiration, par ceux même qui n'ont qu'une faible connaissance de la littérature anglaise, et que les écrits de Mary Wolstonecraft aient été traduits et universellement lus en France et en Allemagne, longtemps après que le fanatisme de parti les eut étouffés dans notre pays même.

Mandeville est la dernière production de Godwin. L'intérêt en est peut-être inférieur à *Caleb Williams*. On n'y trouve pas un caractère comme celui de Falkland, que l'auteur, avec cette sublime casuistique qui engendre la tolérance et la patience, nous fait aimer personnellement, alors même que ses actes doivent être pour nous un éternel sujet d'étonnement et d'horreur. Mandeville éveille notre compassion et rien de plus. Les fautes ont leur source dans l'immuable nécessité de la nature

intime, dans une disposition constitutionnellement
antipathique et soupçonneuse, qui ne tarde pas à
se manifester sous la forme de haine, de dédain,
de sèche misanthropie, et ce caractère n'étant pas
fondé sur le génie ou la vertu, ne produit aucun
fruit d'une nature opposée à celle au sol où il s'est
formé. Celles de Falkland venaient d'une conception
haute, bien que faussée, de la nature humaine, d'une
puissante sympathie pour son espèce, d'une organisation qui se portait à croire que la véritable réputation de supériorité pouvait circuler parmi les
hommes sans être soupçonnée, ni attaquée. Sous ce
rapport, c'était une erreur, que de subordonner l'intérêt du récit à quelque chose d'inférieur à Falkland;
c'est aussi le défaut de Mandeville. Mais les variétés
du caractère humain, la profondeur et la complexité
des mobiles de l'homme, — ces deux sources qui,
en se réunissant, en font la force et la faiblesse,
ces puissantes sources d'arguments en faveur de la
bonté envers tous et de la tolérance, sont d'excel-
lents sujets à mettre en lumière et à développer
dans une œuvre de fiction, et comme tel, *Mandeville*
ne le cède en intérêt et en importance à aucune
des productions de l'auteur. Les événements du
récit coulent comme le fleuve du destin, d'un cours
régulier et irrésistible, devenant à la fois plus sombres et plus rapides dans leur marche : il n'y a rien
qui surprenne, qui secoue ; nous nous attendons au
pire dès le début de la scène, tout en nous demandant avec étonnement où l'auteur a trouvé les ombres
qui rendent l'obscurité morale plus terrible de moment en moment, et finissent par la faire si ef-

frayante et si complète. L'intérêt est saisi d'une
manière terriblement profonde et rapide. Lui résister est aussi vain que si un fil de la vierge tentait
de barrer la route à l'orage. A ce point de vue, il
y a plus de puissance que dans *Caleb Williams*; l'intérêt dans *Caleb Williams* était aussi rapide, mais
moins profond que dans *Mandeville*; c'est un vent
qui remue les eaux les plus profondes dans l'Océan
de l'esprit.

Le langage est plus riche et plus varié, et les
expressions plus éloquentes dans leur douceur, sans
perdre de cette énergie et de cette clarté qui caractérisent *La Justice politique* et *Caleb Williams*. Les
considérations morales ont une force, un enchaînement, une hardiesse auxquels l'auteur tendait moins
fortement dans ses autres ouvrages d'imagination.
Le plaidoyer qu'Henrietta adresse à Mandeville,
après qu'il a recouvré la raison, en faveur de la
vertu et de l'énergie dans la bienfaisance, forme à
tous les points de vue, un des morceaux de style
les plus parfaits et les plus beaux des temps modernes. C'est la véritable doctrine de *la Justice politique* qui passe comme un fleuve limpide et émou-
vant, et qui revêt une mélodie de langage si enchanteresse qu'elle semble, tout autant que les écrits
de Platon, donner de la réalité à ces vers de Milton :

> Combien charmante est la divine philosophie,
> Elle n'est point rude et âpre,
> Mais musicale comme sur la lyre d'Apollon.

La causerie de Clifford sur la richesse présente
aussi un mélange agréable, et facile à débrouiller,

de vérité et d'erreur. Clifford est un personnage
qui sans avoir les traits qui, d'ordinaire, constituent
le sublime, est sublime par le seul excès de charme
et d'innocence. La première rencontre d'Henrietta
et de Mandeville est un incident tout illuminé de
l'aurore de la vie. Il rappelle à la mémoire mainte
vision, et peut-être une seule — que l'atmosphère
trompeuse des espérances encore vierges entourée
d'une auréole d'un rose brillant comme celui du
matin, une lueur qui, une fois éteinte, ne se ral-
lumera jamais. Henrietta paraît dès l'abord posséder tout ce qu'un cœur sensible trouve dans l'objet
de sa première passion. Nous pouvons à peine la
voir, tant elle est belle. Il y a tout autour d'elle un
halo d'enchantement éblouissant, qui dérobe aux
yeux tout ce qu'il y a de mortel dans ses charmes
transcendants. Mais le voile est tiré peu à peu et
elle « se confond dans la lumière ordinaire du
jour. » Ses actions, et même ses sentiments ne correspondent pas à l'élévation de ses opinions spé-
culatives, à la sincérité intrépide qui devrait ac-
compagner la vérité et la vertu. Mais elle a une
affection partagée, et elle n'est fidèle que là où
l'infidélité aurait été de l'abnégation. L'immaculée
Henrietta eût-elle pu subordonner son amour pour
Clifford à la vaine et humiliante circonstance de
la richesse et de la réputation, aux bavardages
d'une misérable vieille femme, et cependant se
préparer résolument à sa fête nuptiale, aussitôt
après avoir entendu les supplications que lui
adresse Mandeville dans sa folie si passionnée et
si touchante ? L'auteur eût bien fait de nous mon-

trer l'espérance humaine bouleversée jusque dans
ses fondations, car sans cela sa peinture eût encore pu être éclairée d'un rayon de lumière. Il a
eu l'habileté de confirmer l'adage qui dit : « Toute
chose est vanité » et aussi « La maison du deuil
est préférable à la maison en fête. » Nous en sommes redevables à ceux qui nous font sentir l'insta-
bilité de notre nature, si nous pouvons donner
quelque profondeur à la science (qui en est la base)
et quelque force aux affections (qui en sont le ciment). Mais on peut regretter qu'Henrietta, elle
qui planait si haut sur ses contemporains par ses
opinions, si belle que parmi les hommes elle paraissait un esprit, n'agisse pas autrement que les
créatures les moins élevées de son sexe ; — et plus
encore, que l'auteur, après s'être montré capable
de concevoir une créature aussi admirable, aussi
charmante, ait été empêché par la nature qu'il avait
donnée à son roman, de la représenter dans tout
son développement. On serait tout porté à croire
qu'il y avait dans la conception première du caractère d'Henrietta, quelque chose de trop vaste
et de trop rare pour devenir une réalité, et cette
sensation pèse sur l'esprit comme un désappointement. Mais ces objections sont tout extérieures,
au point de vue de la conclusion du récit.

L'esprit du lecteur est poussé en avant par une
impulsion haletante qui se précipite à mesure qu'il
approche du dénouement. Le mot de Smorfia se
présente enfin à la pensée, et touche une fibre ner-
veuse qui ébranle douloureusement l'âme jusqu'en
ses profondeurs, et irrite en quelque sorte le sang

20

dans son cours, et nous avons de la peine à croire que ce rictus qui doit suivre Mandeville jusque dans la tombe, ne soit pas imprimé sur notre propre visage.

II

SUR FRANKENSTEIN [1]

Le roman de *Frankenstein, ou le Prométhée moderne* est incontestablement, en tant que simple récit, une des productions les plus originales et les plus complètes du jour. Nous discutons en nous-mêmes avec étonnement, au cours de notre lecture, quelle a pu être la série de pensées, — quelles ont pu être les circonstances particulières qui l'ont fait naître, — d'où sont sorties, dans l'esprit de l'auteur ces extraordinaires combinaisons de motifs et d'incidents, et cette saisissante catastrophe qui forment son récit. Il y a peut-être quelques détails d'une importance secondaire, qui prouvent que c'est là le premier essai de l'auteur. Mais pour en juger, il faudrait un discernement très subtil, et nous pouvons nous y tromper, car l'ouvrage est mené d'un bout à l'autre d'une main forte et ferme. L'intérêt s'accroît par une gradation bien ménagée, et on marche vers le dénoûment avec l'accélération de rapidité que prend un

1. Tiré des *Shelley's Papers*, 1833.

rocher en roulant sur la pente d'une montagne. Nous sommes entraînés, haletants d'incertitude et de sympathie, à travers des incidents qui s'amoncellent sur les incidents, des passions qui engendrent d'autres passions. Nous crions : « Halte ! Halte ! c'est assez ! » mais il survient encore autre chose ; comme la victime dont ce récit fait l'histoire, nous croyons ne pouvoir en supporter davantage, et il faut que nous en supportions encore davantage. Le Pélion est entassé sur l'Ossa, et l'Ossa sur l'Olympe. Nous montons une Alpe, puis une autre, jusqu'à ce que l'horizon nous apparaisse, vide, désert dans son immensité, que le vertige nous tourne la tête, et que le sol paraisse manquer sous nos pieds.

Ce roman vise au mérite d'être une source de puissantes et profondes émotions. Les sentiments élémentaires de l'esprit humain sont mis à nu et ceux qui ont l'habitude de raisonner profondément sur leur origine et leur tendance, seront peut-être seuls capables de goûter pleinement l'intérêt des actes qui en résultent. Mais comme ils sont fondés sur la nature, il n'est peut-être pas un lecteur, à moins qu'il n'ait de goût que pour un nouveau roman d'amour, en qui ils ne fassent vibrer une des cordes les plus sensibles des profondeurs de son âme. Les sentiments y sont si affectueux, si innocents. Les personnages secondaires de ce drame étrange sont revêtus de la lumière d'un esprit si doux et si noble. Les tableaux d'intérieur familier sont du caractère le plus simple et le plus attachant : celui du père est irrésistible et profond.

Même les crimes et la méchanceté de l'Isolé, si
flétrissants et si terribles qu'ils soient, ne sont pas
le produit d'un inexplicable penchant au mal, mais
ils sortent fatalement de certaines circonstances
qui doivent forcément leur donner naissance. Ils
sont, en quelque sorte les enfants de la nécessité
et de la nature humaine. C'est en cela que consiste
la morale directe du livre, et c'est peut-être celle
qui est la plus importante, celle dont l'application
est la plus universelle, parmi les leçons qui peuvent être confirmées par l'exemple. Traitez quelqu'un avec méchanceté, et il deviendra méchant.
Rendez mépris pour affection ; choisissez un être,
pour quelque motif que ce soit et faites-en le re-
but de son espèce ; séparez de la société cet être,
né sociable, et vous lui imposez des nécessités
irrésistibles, la méchanceté et l'égoïsme. C'est
ainsi que cela se passe trop souvent dans la société : des êtres qui possèdent toutes les qualités
pour en être l'utilité ou l'ornement, sont par le fait
de quelque hasard, marqués au fer rouge, pour
devenir un objet de mépris, pour être transformés
par l'indifférence et la solitude du cœur, en un
fléau, en une malédiction.

L'Isolé, dans *Frankenstein*, est assurément un personnage redoutable. Il était impossible qu'il n'eût
pas subi parmi les hommes ce traitement qui con-
duisait aux résultats que devaient produire sa nature d'être sociable. Il était un avorton, une anomalie, et bien que son esprit fût tel que l'avaient
formé ses premières impressions, c'est-à-dire aimant et plein de sensibilité morale, néanmoins les

circonstances où il vit sont si monstrueuses, si extraordinaires, que quand leurs conséquences se développèrent en actes, sa bonté première fit peu à peu place à une misanthropie, à un désir de vengeance insatiables. La scène dans le collage entre l'Isolé et l'aveugle De Lacey, est un des modèles de passion profonde, extraordinaire, les plus remarquables dont nous nous souvenions. Il est impossible de lire ce dialogue, — et aussi plusieurs autres d'un caractère un peu analogue — sans qu'on sente les battements du cœur s'arrêter d'étonnement, et « les larmes ruisseler sur les joues ». La rencontre et la discussion entre l'Isolé et Frankenstein sur la Mer de Grâce, égale presque l'entretien suppliant de Caleb Williams avec Falkland. Et à vrai dire, elle nous rappelle jusqu'à un certain point le style et le caractère de cet admirable écrivain, auquel l'auteur a dédié son ouvrage, et dont il paraît avoir étudié les productions.

Il y a pourtant un seul endroit où nous découvrons des traces, si faibles qu'elles soient, d'imitation. C'est la façon dont est conduit l'incident du débarquement de Frankenstein en Irlande. A vrai dire, le caractère général du récit ne ressemble à rien qui l'ait jamais précédé. Après la mort d'Elisabeth, le roman, comme un fleuve qui en avançant gagne en rapidité et en profondeur, prend une solennité invincible, et l'énergie magnifique, la célérité d'une tempête.

La scène du cimetière, où Frankenstein rend visite aux tombeaux de sa famille, et son départ de Genève, et son voyage à travers la Tartarie jus-

qu'aux rives de l'Océan Glacial, font songer en
même temps à l'effrayant retour des mouvements
dans un cadavre, et aux courses surnaturelles
d'un esprit. La scène dans la cabine du vaisseau
de Walton, l'enthousiasme et la grandeur plus
qu'humains du discours de l'Isolé sur le corps de
sa victime morte, forment un déploiement de facultés intellectuelles et imaginatives que le lecteur, à notre avis, reconnaîtra avoir été rarement
surpassé.

III

LE PRINCE ALEXY HAIMATOFF [1]

[*Mémoires du prince Alexy Haimatoff*. Traduits du
manuscrit original latin, sous la direction personnelle du prince, par John Brown, Esq. 236 pages
in-12°, chez Hookham. 1814.] [2]

Le suffrage de l'humanité est-il le légitime critérium de la vigueur intellectuelle? Doit-on regarder
les plaintes de ceux qui aspirent à la réputation
littéraire, comme l'honorable déconvenue du génie

1. *Critical Review*, décembre 1814, tome VI, pages 566-574.
2. Ce roman pseudonyme, aussi violent dans sa conception et dans son exécution que *Zastrozzi* et *Saint-Irwyn*, était
l'œuvre d'un camarade de collège et d'un ami de Shelley,
Thomas Jefferson Hogg, plus tard son biographe. C'est au
professeur Dowden de Dublin, le plus récent biographe de
Shelley qu'on doit la découverte de ce curieux article critique de Shelley.

négligé, ou comme l'impatience maladive d'un rê-
veur qui se fait à lui-même une piteuse illusion.
Les hommes qui ont été les ornements les plus illustres des annales de l'espèce humaine ont été
stigmatisés par le mépris et l'horreur de sociétés
humaines tout entières, mais cette injustice eut sa
source dans quelque superstition passagère, quelque intérêt départi, quelque doctrine nationale :
une glorieuse rédemption était destinée à leur mémoire. Il n'y a, en vérité, rien de bien extraordinaire dans le mépris de l'ignorant pour l'homme
éclairé : l'orgueil vulgaire de la sottise se plaît à
triompher de l'intelligence. C'est là un phénomène
aisé à comprendre : l'infamie ou l'absence de gloire
qui peut être ainsi expliquée ne retranche rien à la
beauté de la vertu ou à la sublimité du génie. Mais
que signifie une absolue obscurité? Si le public ne
s'occupe point d'une œuvre, pas même pour la cen-
surer, cette œuvre a-t-elle par là même été condamnée?

Le résultat de cette controverse est important
pour le critique de talent. Ses travaux sont d'une
pitoyable inutilité, si leurs objets peuvent toujours
être atteints avant qu'il ne se mette à l'œuvre. Il
lui faudrait connaître les limites de sa prérogative,
il faudrait qu'il n'ignorât point si sa tâche consiste
à promulguer les décisions d'autrui, ou à cultiver
son goût et son jugement, afin de se rendre capable de donner un motif qui lui appartienne.

Les circonstances les plus étrangères aux choses
de l'esprit ont contribué, depuis un certain temps,
à maintenir dans l'obscurité les modèles les plus

illustres du génie humain. Il peut arriver que l'auteur s'abstienne de présenter son œuvre au monde
avec toute la pompe de la librairie charlatanesque.
Une marée inattendue dans les affaires humaines
peut imposer la livrée de l'obscurité ou du discrédit à celui qui aura dédaigné ou combattu quelque
doctrine insignifiante. Ceux-là mêmes qui sont à
l'abri de l'influence de ces absurdes engouements,
en ressentent forcément l'effet d'une manière indi-
recte. Voici peut-être le produit d'une imagination
audacieuse et indisciplinée; la majorité des lec-
teurs ignorants et dédaigneux de la tolérance refuse
de pardonner la négligence des règles ordinaires;
leurs principes de critique sont enfreints avec in-
souciance. Il est moins religieux qu'un sermon de
charité; moins méthodique et moins froid qu'une
tragédie française, où sont observées toutes les
unités; il n'est pas de qualités supérieures qui puissent le défendre contre le mépris et l'horreur de la
multitude, alors qu'il n'y a pas ce jargon de la pruderie et cette monotonie de la régularité. Evidemment il n'est pas difficile de concevoir un cas, où
le génie le plus élevé sera récompensé par l'indifférence. Il semble que seule la médiocrité échappe
invariablement à la réprimande bourrue et à l'in-
vective : elle accommode ses efforts à l'esprit du
siècle qui l'a produite, et singe effrontément le
cant du jour et de l'heure, auquel se réduira la
durée de sa vie.

Nous croyons que les *Mémoires du Prince Alexy
Haimatoff* méritent d'être regardés comme un
exemple du fait, dont la fréquence justifie la cri-

tique du reproche de futilité et d'impertinence. Nous n'hésitons pas à regarder ce roman comme le produit d'un esprit hardi et original. Nous nous souvenons de n'avoir que rarement vu une plus subtile délicatesse d'imagination, grâce à laquelle les nuances visibles du caractère et de la forme sont saisies et fixées en tableaux qui rendent la nature plus belle qu'elle-même. Le vulgaire ne perçoit les ressemblances et les différences qu'autant qu'elles sont grossières et frappantes. La science de l'esprit, à laquelle l'histoire, la poésie, la biographie fournissent ses matériaux, consiste à discerner des nuances, des distinctions, là où l'ignorant ne voit qu'une masse informe et dépourvue de sens. C'est l'aptitude à ce discernement qui fait la différence entre le génie et la sottise. Il y a, dans l'ouvrage que nous avons sous les yeux, des passages qui nous offrent des modèles de cette juste et rapide intuition propre aux seules intelligences qui possèdent cette faculté à un haut degré. Au point de vue de la composition, le livre est loin d'être sans défauts. Sa forme abrupte et anguleuse ne semble pas avoir reçu le moindre poli, la moindre correction. L'auteur a écrit avec entraînement, mais il a dédaigné de prendre le temps de se réviser, les erreurs sont celles de la jeunesse et du génie, et la bouillante impatience de facultés sensibles qui se délivrent impétueusement de leur fardeau. L'auteur met une orgueilleuse négligence à relier les incidents de son récit, qui ressemble plutôt à celui du rêve qu'aurait fait en plein jour un poète, auquel apparaissent parfois les visions les plus sublimes et les plus charmantes, qu'à un roman bien tissé, brodé avec habileté, dans le but de soutenir l'intérêt du lecteur et de conduire ses sympathies jusqu'au dénoûment par des gradations dramatiques. Comme l'indique le titre, ce sont des mémoires et non un roman. Cependant, si cette œuvre a des droits au premier de ces noms, ils tiennent seulement à l'impatience et à l'inexpérience de l'auteur, qui possédant à un degré éminent les qualités supérieures d'un romancier, nous allons presque dire d'un poète, a traité avec négligence le chapitre qui aurait probablement assuré son succès, résultat que malheureusement n'ont pas produit des qualités bien plus nobles, Le prince Alexis est un personnage qui n'a rien d'anti-naturel, quoiqu'il ne soit pas commun. Il nous semble voir sa contre-partie dans le portrait qu'a tracé de lui-même Alfred. Les mêmes penchants, la même ardeur de dévouement à ses projets, le même attachement chevaleresque et désintéressé à une liberté sans limites, se retrouvent chez tous deux. Nous sommes disposés à nous demander si ce n'est pas avec une pensée d'ironie profonde et en quelque sorte insondable que l'auteur a attribué à son héros des doctrines de philanthropie universelle ; du moins il ne semble pas influencé par des principes particuliers, et il serait peut-être vain de chercher à connaître la vérité morale qu'il a voulu mettre en lumière, et si même il a voulu en éclairer quelqu'une. Bruhle, le tuteur d'Alexy, est un personnage dessiné avec une habileté consommée. Il fait ressortir avec force la puissance de l'intelligence et de la vertu sur les difficultés extérieures. Le calme, la patience, la magnanimité de cet homme singulier sont vraiment rares et admirables. Son désintéressement, son égalité d'humeur, sa douceur irrésistible, forment un portrait parfait, charmant. Mais nous ne saurions entendre sans horreur et sans indignation les conseils qu'il donne à son élève de s'abandonner au concubinage le plus irrégulier. On dirait que pour l'auteur, le commerce sans affection entre appétits brutaux est un péché véniel contre la délicatesse et la vertu! Il prétend que des relations passagères avec une femme bien élevée contribuent à former le cœur sans corrompre essentiellement les sentiments. Nous nous faisons un devoir de protester contre une doctrine aussi pernicieuse et aussi révoltante. Il n'est pas d'homme qui puisse conserver sa pureté au sortir des étreintes empoisonnées d'une prostituée, ou se croire innocent après avoir plongé dans la désolation un cœur plein d'espoir et de confiance. Quels que soient les droits de la chasteté, quels que soient les avantages des affections naïves et pures, ces liens, ces avantages doivent se partager également entre les deux sexes. La loyauté absolue des relations domestiques exige une complète réciprocité des devoirs. Mais l'auteur lui-même, dans l'épisode de la Sultane Debesh-Sheptuti, a présenté une allégorie bien frappante et bien terrible de l'égoïsme froid et méchant qu'inspire la sensualité.

Le défaut de suite et de netteté du récit nous empêche de donner une analyse des incidents; il faudrait, en effet, se borner à faire une liste d'événements qui dépouillés de l'auréole aérienne que leur prête le talent, paraîtraient des scènes triviales et banales. Nous nous contenterons donc de choisir quelques passages propres à donner une idée du talent que possède l'auteur. Le portrait suivant de la naïve et intéressante Rosalie est digne du peintre le plus habile.

« Sa chevelure était d'un noir parfait ; elle avait » vraiment la nuance du corbeau, et ces mêmes » teintes miroitantes, ce même mélange de pourpre » et de noir qui rend si remarquable le plumage de » cet oiseau se retrouvaient dans les longues et mobiles tresses qui tombaient de sa tête sur ses » épaules. Son teint était foncé et uni : les couleurs » qui composaient la nuance brune dont était pénétrée sa peau satinée, étaient si heureusement » combinées que pas une tache, pas une altération » de teinte n'en séparait l'éclat ; et quand la rougeur de l'animation ou de la modestie venait à » ses joues, la couleur en était si rare que si un » peintre avait pu en imprégner son pinceau, ce » seul coloris eût suffi à le rendre immortel. L'os, » au-dessus de ses yeux, formait un angle bien net, » avec une belle courbure : et moi qui ai tant admiré les étonnantes propriétés des courbes, je suis » convaincu que toutes leurs merveilles réunies » fussent restées bien loin de ce contour enchanteur. Le sourcil était crayonné avec une extrême » finesse ; le centre en était du noir le plus foncé, » tandis que les bords étaient à peine visibles, et » personne n'eût été assez hardi pour indiquer l'endroit précis où il se terminait. Bref la draperie

» veloutée du sourcil n'avait d'égale que la pourpre
» des longs cils qui formaient les bords de cet am-
» ple rideau. Les yeux de Rosalie étaient grands
» et largement ouverts. A distance ils paraissaient
» d'un noir uniforme, mais vus de plus près, on y
» apercevait d'innombrables petits traits d'une
» ténuité infinie, des teintes les plus variées et
» d'une extrême diversité, formant des cercles
» concentriques sous le cristal transparent bien
» propres à faire naître l'étonnement et l'admira-
» tion et qui ne pouvaient être que l'œuvre d'une
» puissance infinie dirigée par une sagesse infinie. »

L'union d'Alexy avec Aur-Ahebeh, l'esclave cir-
cassienne, est marquée par des circonstances profondément pathétiques, et les sentiments de la tendresse la plus douce. La description de ses souffrances et de la folie qui la saisit au moment de
mourir, mérite d'être signalée comme la preuve
d'une imagination vaste, profonde et pleine d'activité.

« Alexy, qui avait conquis l'amitié, peut-être
» l'amour de la naïve Rosalie, le bel Haïmatoff, le
» philosophe Haïmatoff, le hautain Haïmatoff, Haï-
» matoff si plein de gaîté, d'esprit, de distinction;
» le hardi chasseur, l'ami de la liberté, l'amant
» chevaleresque de tout ce qui tient à la femme, le
» héros, l'enthousiaste, contemplez-le maintenant,
» c'est lui, regardez-le bien !

» Il se montre dans les ombres du soir, il avance
» avec la lente démarche d'un spectre, il vient de
» surgir des vapeurs du charnier, voyez, la rosée
» en est encore suspendue à son front. Il disparaît-

» tra au chant du coq; il n'a jamais entendu le
» chant de l'alouette, ni le bourdonnement de la foule
» affairée; les rayons du soleil ne l'ont jamais ré-
» chauffé; seul un pâle rayon de lune éclaire sa
» figure qui n'a rien de terrestre, et qu'évente l'aile
» de la chouette, à peine assez forte pour détour-
» ner le vol pesant de l'insecte bourdonnant, ou
» de la somnolente chauve-souris.

» Regardez-le ! il s'arrête ; ses maigres bras sont
» croisés sur sa poitrine, il est courbé vers la
» terre, ses yeux caves regardent du fond de leurs
» orbites dans le vide, ainsi que le crapaud, ram-
» pant dans le cours d'une sépulture, contemple
» méchamment l'obscurité qui l'entoure. Sa joue
» est creuse, les teintes enflammées de son visage
» qui jadis ressemblaient aux rayons du soleil
» d'automne sur les feuillages des bouleaux, sont
» disparues; un jaune cadavéreux, une nuance li-
» vide y ont succédé ; la noire chevelure qui faisait
» l'ornement de sa tête, et qui jadis flottait à l'air
» comme les ailes de jais du corbeau, elle n'est
» plus ; le crâne n'est plus recouvert que par la
» peau ridée, que la corneille regarde de côté avec
» avidité, en appelant ses petits. Les os décharnés
» font saillie sous ses vêtements aux replis multi-
» pliés, sa voix est grave, creuse, sépulcrale; c'est
» la voix qui réveille les morts; il a eu de longs
» entretiens avec les défunts. Il essaie d'avancer
» sans savoir où il va ; ses jambes chancellent sous
» lui, il tombe, les enfants le huent, les chiens
» aboient après lui, il ne les entend pas, il ne les
» voit pas.

» Arrête-toi ici, Alexy, c'est ce que tu as de
» mieux à faire, ton lit est le tombeau, ta fiancée
» est le ver ; et pourtant jadis tu te tenais droit, ta
» joue était animée d'une joyeuse ardeur, ton œil
» pétillant disait ce que concevait ta tête, ce que
» sentait ton cœur, tes membres n'étaient que vi-
» gueur, qu'activité ; ta poitrine se dilatait de fierté,
» d'ambition, de passion, chacun de tes nerfs vi-
» brait de sensation, chacun de tes muscles se ten-
» dait pour l'action.

» Haïmatoff, tout est flétri en toi, ample tissu de
» vie sur lequel étaient brodés les lettres joyeuses,
» les charmants dessins du plaisir : comme la che-
» nille rongeuse après ses ébats sur toi ! Haïma-
» toff, comme la flamme dévorante a noirci les
» plaines, jadis toutes jaunes de moissons ! le si-
» moun, haleine desséchante du désert, a balayé
» les plaines riantes ; le tapis de verdure s'est en-
» roulé à son approche, et a laissé à nù ta désola-
» tion. O daim frappé à mort, ton vêtement de cuir,
» ta peau mouchetée pend en lambeaux autour de
» toi ; c'était une flèche mortelle ; comme tu as été
» dénudé, ô chêne calciné, comme le rouge éclair a
» bu ta séve, Haïmatoff, Haïmatoff, que ton âme
» soit dévorée par les tourments. Que l'incommen-
» surable océan roule entre toi et ton orgueil : vous
» ne devez plus habiter ensemble. »

L'épisode de Viola est touchant, naturel et beau.
Nous ne nous souvenons pas d'avoir vu l'inflexible
morgue de l'honneur familial représentée d'une
manière plus terrible. Après la mort de son amant,
Viola espère encore qu'il l'estimera, elle s'encou-

rage dans l'illusion qu'il n'est pas perdu à jamais pour elle.

« Elle avait l'habitude de se mettre à la fenêtre
» pour le voir, de se promener dans le parc pour
» le rencontrer, mais sans éprouver la moindre
» impatience de son retard. Elle apprenait un air
» nouveau, une chanson nouvelle pour le distraire;
» elle se plaçait derrière la porte pour se montrer
» à lui à l'improviste, ou se déguisait pour le sur-
» prendre. »

Le rôle de Marie mérite, selon nous, d'être considéré comme la seule partie du livre qui soit tout à fait manquée. Toutes les autres femmes que l'auteur s'est attaché à décrire portent l'empreinte d'une individualité précise et naturelle. Ce sont des peintures de tout ce qu'il y a d'éminemment simple, gracieux, noble, ou de tout ce qui peut révolter par l'atrocité et la bassesse. Marie seule est la misérable parasite de la mode, l'esclave docile de la sottise cancanière et buveuse, la coquette au cœur froid, la prude menteuse et courtisane. Les moyens mis en usage pour gagner ce gros lot sans valeur sont en harmonie parfaite avec son indignité. Sir Fulke Hildebrand est un Tory convaincu; Alexy, à son arrivée en Angleterre, déclare ses préférences pour les principes du parti whig, lorsqu'il découvre que le baronnet a juré que sa fille n'épouserait jamais un Whig, il sacrifie ses principes, et avec une inconcevable effronterie, il excuse ainsi son apostasie et sa fausseté.

« Les préjugés du baronnet étaient d'autant plus
» forts qu'ils étaient plus déraisonnables. Je pris

» le parti de les flatter plutôt que de les contrarier;
» je m'arrangeai pour me faire inviter à dîner en
» même temps que lui, et je ne manquai jamais de
» proposer un toast au ministre. Je mis sur le ta-
» pis la politique, et je défendis le parti tory dans
» de longues harangues; je fréquentai les clubs et
» les dîners publics où l'on le soutenait. Je ne sais
» si cette conduite était justifiable ; elle peut certai-
» nement être excusée si l'on considère impartia-
» lement ma situation sous toutes les faces. Je me
» déchirerais en morceaux si je soupçonnais que
» j'ai pu me rendre coupable de la moindre faus-
» seté ou prévarication ; (voir dans les lettres de
» Lord Chesterfield la distinction à la mode courti-
» sane entre la simulation et la dissimulation)
» mais il n'y avait rien de cela en ce cas. Je n'étais
» d'aucun parti, par conséquent, je ne pouvais être
» accusé d'en abandonner aucun. Je ne me faisais
» pas le champion de l'injustice d'un corps; je ne
» me faisais pas le détracteur du mérite des gens
» de bien. Je louais ce qui était louable dans le
» parti tory, et blâmais ce qui était répréhensible
» chez les Whigs; je me taisais sur tout ce qui pou-
» vait être coupable chez les premiers, ou digne
» d'éloge chez les derniers. C'était un stratagème
» innocent, puisqu'il ne faisait de tort à qui que ce
» fût, et qu'il tendait au bonheur de deux person-
» nes, d'autant que l'une d'elles était la femme la
» plus aimable que le monde ait jamais connue. »

Nous ne nous souvenons pas d'avoir jamais ren-
contré un exemple d'une plus déplorable perver-
sion de l'intelligence humaine. Elle nous persua-

derait presque que le scepticisme ou l'indifférence au sujet de certaines vérités sacrées pût à l'occasion engendrer une subtilité de sophisme capable de mettre la conscience du coupable en parfaite sécurité devant son crime.

En avançant vers la fin de cette œuvre étrange et puissante, il faut avouer que *aliquando bonus dormitat Homerus*. L'épisode des Eleutheri [1] bien qu'il soit l'esquisse d'un projet plus profond, est amené et terminé avec une brusquerie inexplicable. La mort de Bruhle semble avoir pour but unique de permettre à son élève de renoncer à la romanesque sublimité de son caractère, et pour que son mariage malheureux, son rôle prostitué n'aient pas à subir la censure de l'amitié outragée. De nombreux indices d'une pensée profonde et vigoureuse sont semés même dans les parties les plus négligées du récit. C'est un jardin inculte où la belladone s'entrelace au jasmin parfumé, où les aromates les plus suaves de l'Orient percent au-dessus des tiges de la hideuse et vénéneuse ciguë.

Nous sommes d'avis que l'auteur s'est montré doué de facultés originales et supérieures dans le dessin des sentiments les plus fugitifs et des si-

---

1. D'Edimbourg, le 20 novembre 1813, Shelley avait écrit à Hogg : « Votre roman s'imprime en ce moment. Ecrivez-en d'autres semblables. Charmez-nous de nouveau avec un personnage aussi naturel, aussi énergique qu'Alexy : mais ne vous obstinez pas à écrire quand vous commencez à vous sentir fatigué de votre travail. *Aliquando bonus dormitat Homerus*. Les cygnes et les Eleuthéroarques prouvent que vous étiez quelque peu assoupi. » *Vie de Shelley* par Hogg. T. II, p. 481.

tuations rares où la passion unit la force à la délicatesse. Il a marqué certains traits particuliers
du caractère féminin avec une finesse et une vérité
tout à fait exquises. Nous croyons que l'intéressant sujet des relations entre les sexes demande
pour être heureusement traité l'emploi d'une intelligence ainsi organisée et douée. Cependant, à
ce point de vue même, quelles lacunes elle présente ! Cette intelligence doit être pure des superstitions galantes qui sont de mode ; elle doit être
exempte des sentiments sordides avec lesquels l'a-
veugle idolâtrie adore l'image et injurie le dieu,
respecte l'empreinte et dégrade la réalité dont celle-
ci est un emblème.

Nous n'hésitons pas à affirmer que l'auteur de
ce volume est un homme bien doué. Ses facultés
puissantes, quoique indisciplinées et la bouillante
rapidité de ses conceptions donnent la vie à des
scènes, à des situations, à des passions qui fournissent un aliment inépuisable à l'admiration et à
l'enchantement. L'intérêt est profond et irrésistible..
Un enchanteur du monde moral semble avoir évo-
qué tout ce qui est beau et étrange dans les formes pour tenir les facultés enchaînées dans la fascination et l'étonnement.

SUR LA RENAISSANCE
DE LA LITTÉRATURE

SUR LA RENAISSANCE
DE LA LITTÉRATURE [1]

Au quinzième siècle de l'ère chrétienne, un événement nouveau et extraordinaire tira l'Europe de son état de léthargie et prépara les voies à sa grandeur actuelle. Les écrits de Dante au treizième siècle, et ceux de Pétrarque, au quatorzième, étaient les brillantes lumières qui avaient donné quelque lueur de savoir littéraire au voyageur tout à fait égaré dans la nuit en son ascension vers la cime de la renommée. Mais à la prise de Constantinople, apparut une lumière nouvelle et soudaine : les noirs nuages de l'ignorance roulèrent au loin, et l'Europe fut inondée de moines érudits, et surtout des savants manuscrits qu'ils rapportaient avec eux de la scène de dévastation. Les Turcs s'établirent à Constantinople, où ils ne prirent aux Grecs que leurs vices habituels : ils négligèrent même les

1. Tiré des *Shelley's-Papers*, 1833.

quelques débris de son ancien savoir, qui tout im-
prégné, tout corrompu qu'il fût d'un absurde mélange de philosophie païenne et chrétienne, n'en
fut pas moins, en se réfugiant en Europe, l'étin-
celle qui développa, peu à peu et avec succès, la
lumière du savoir dans l'Univers.

L'Italie, la France et l'Angleterre, — car l'Allemagne resta encore bien des siècles dans un état
moins civilisé que les pays environnants, — four-
millaient de moines et de monastères. La superstition sous toutes ses formes, tant terrestre que céleste, avait été jusque alors le poids qui avait tenu
l'homme courbé sur le sol, et avait empêché son
génie de planer dans les hauteurs vers le ciel sa
patrie. Les audaces et les succès de l'esprit humain méritent plus que de l'étonnement ; les œuvres de la nature sont matérielles et tangibles ;
nous pénétrons du regard jusqu'à une moitié de
leur essence, et dans bien des cas nous prédisons
leurs effets avec certitude. Mais l'esprit semble
gouverner le monde sans moyens visibles ou réels.
Sa naissance est inconnue, son action et son influence échappent à notre perception et son existence paraît éternelle. Pour une intelligence à la
fois humaine et philosophique, il ne saurait y
avoir un plus grand sujet de chagrin que la considération des retards que la superstition a appor-
tés au développement intellectuel, et par conséquent au bonheur de l'homme.

Dans leurs cloîtres les moines passaient leur
temps en discussions insignifiantes et ridicules.
Ils se bornaient à enseigner les dogmes de leur

religion et se précipitaient en désordre vers les
collèges et les lieux de réunion où ils disputaient
avec une aigreur et une sottise qui convenaient
bien peu à leur apparence de prétendue sainteté.
Mais la condition de moine est bien la condition
la plus contraire à la nature que la bigoterie, fière
de ses cruelles inventions, ait pu concevoir, et on
peut leur pardonner leurs vices comme les résultats des volontés et des projets d'un petit nombre
d'orgueilleux évêques qui réduiraient l'univers en
esclavage afin de vivre dans le confortable.

Les discussions des écoles étaient principalement
scolastiques ; on se disputait sur des mots, et on
ne s'y occupait nullement de moralité. La morale
qui est le grand moyen, la grande fin de l'homme,
était, à ce qu'ils prétendaient, tout entière conte-
nue dans quelques centaines de pages d'un certain
livre, que depuis d'autres ont prétendu avoir été
composé en rassemblant les quelques dernières
paroles des martyrs mourants, et en les imposant
au monde. Par suite des raffinements de la philosophie scolastique, le monde paraissait en danger
de perdre le peu de sagesse réelle qui lui restait
encore en partage ; la seule partie de leurs discussions qui ait quelque valeur était de nature à développer le système de la philosophie péripatéti-
que. Platon, le plus sage et le plus profond des
Anciens, et Epicure, le plus humain et le plus
doux d'entre eux, furent entièrement laissés de
côté. Platon gênait leur façon particulière de penser relativement aux choses célestes ; et Epicure,
en maintenant les droits de l'homme au plaisir et

au bonheur, aurait présenté un contraste séduisant à leur sombre et misérable code de morale. On a affirmé que ces saints hommes consolaient leurs moments de bonne humeur par un culte de contrebande envers Epicure et qu'ils profanaient la philosophie qui proclame les droits de tous en exerçant avec égoïsme les droits de quelques-uns. Il en est ainsi : les lois de la nature sont immuables, et si l'homme s'en écarte, c'est pour se donner le plaisir de les chercher de nouveau dans les détours d'un labyrinthe.

Le plaisir, sous un costume sans mystère, et plein d'innocence, est qualifié de vice, par je ne sais quelle étrange manière de raisonner; et cependant l'homme est si étroitement serré par les chaînes de la nécessité, il est poussé d'une impulsion si irrésistible à remplir le but de son existence, qu'il doit le rechercher coûte que coûte ; il devient un hypocrite, et brave la damnation avec tous ses tourments.

La littérature grecque, — la plus belle que le monde ait jamais produite, fut enfin remise en honneur; nous retrouvâmes sa forme et ses principes dans les manuscrits que les ravages du temps, des Goths, et des Turcs, encore plus sauvages que les Goths, avaient épargnés. L'incendie de la bibliothèque d'Alexandrie fut un malheur considérable. Cette bibliothèque, dit-on, contenait des exemplaires des meilleurs auteurs grecs.

ESSAI SUR LA LITTÉRATURE

LES ARTS
ET LES MŒURS DES ATHÉNIENS

FRAGMENT

ESSAI SUR LA LITTÉRATURE

LES ARTS
ET LES MŒURS DES ATHÉNIENS [1]

FRAGMENT

La période qui s'écoula entre la naissance de
Périclès et la mort d'Aristote est incontestablement, soit qu'on la considère en elle-même, soit
qu'on étudie les effets qu'elle a produits sur les
destinées ultérieures de l'homme civilisé, la plus
mémorable dans l'histoire du monde. Comment se
combinèrent les circonstances morales et politiques qui enfantèrent un progrès aussi extraordinaire pendant cette période dans la littérature et
les arts, — pourquoi ce progrès, si rapide et si
soutenu, se trouva-t-il entravé si tôt, et devint-il
une marche rétrograde, — ce sont là des problè-
mes livrés à l'étonnement et aux conjectures de la
postérité. Les épaves et les fragments de cés esprits subtils et puissants, comme les débris d'une

---

1. Publié par M⁰ Shelley.

belle statue, nous suggèrent obscurément la grandeur et la perfection de l'ensemble. Leur langue elle-même, — type des intelligences dont elle fut la création et l'image, doit à sa variété, à sa simplicité, à sa souplesse, à sa richesse, de l'emporter sur toutes les autres langues du monde occidental. Leurs sculptures réalisent entièrement ce que, dans notre présomption, nous donnons comme les modèles de la vérité et de la beauté idéales, et il n'est pas d'artiste des temps modernes qui soit capable de produire des formes qui leur soient en quoi que ce soit comparables. Leurs peintures, d'après Pline et Pausanias, étaient pleines de délicatesse et d'harmonie ; quelques-unes étaient même d'un pathétique assez puissant pour faire naître, comme une douce musique, ou un poème tragique, les émotions les plus accablantes. Nous sommes accoutumés à nous représenter les peintres du seizième siècle comme ceux qui ont porté leur art au plus haut point de perfection, probablement parce qu'il n'est rien resté des peintures antiques. Car tous les arts de l'invention ont, l'un avec l'autre, une sorte de connexion sympathique, n'étant que les expressions variées d'une même faculté intérieure, expressions modifiées par des circonstances différentes, par rapport à l'individu, ou à la société ; et les peintures de cette période auraient sans doute avec l'ensemble la même relation que l'on reconnaît formellement pour la sculpture des périodes ultérieures. Pour leur musique, nous en savons peu de chose, mais les effets qu'on en raconte, soit qu'on les attribue à l'habileté du com-

positeur, soit qu'on les explique par la sensibilité
de son auditoire, dépassent de beaucoup par leur
puissance ceux que produit sur nous la musique
de notre temps ; et si réellement la mélodie de
leurs compositions était plus tendre, plus délicate,
plus pénétrante que les mélodies de quelques nations européennes, la·supériorité des anciens dans
cet art a dû être quelque chose de merveilleux, qui
dépasse toute conception.

Il semble que leur poésie se maintienne à un
rang très élevé, bien que, relativement, il ne soit
pas aussi démesuré. Peut-être Shakespeare, par la
variété et l'étendue de son génie, doit-il être regardé en définitive, comme le plus grand esprit
individuel, dont nous possédions des monuments
durables. Peut-être Dante a-t-il créé des conceptions supérieures par le charme de la puissance,
à tout ce que peut nous offrir l'ancienne littérature
de la Grèce. Peut-être n'a-t-on rien découvert dans
les fragments des Lyriques grecs qui rivalise avec
la sensibilité sublime et chevaleresque de Pétrarque. Mais, comme poète, Homère doit être placé,
d'un commun accord, au-dessus de Shakespeare,
pour la vérité, l'harmonie, la grandeur soutenue,
la perfection irréprochable de ses images, l'exactitude avec laquelle elles éclaircissent et remplissent
la place qui leur est donnée. Dante lui-même, avec
les imperfections qui se révèlent dans son plan,
dans sa nature, sa variété, sa mesure, n'eût pu être
mis en parallèle avec ces hommes-là, que grâce à
ces îles fortunées, chargées de fruits d'or, qui à
elles seules eussent entraîné n'importe quel homme

à s'embarquer sur l'océan brumeux de sa sombre et extravagante fiction.

Mais laissons de côté la comparaison entre esprits isolés, qui ne peut suggérer de conclusions générales ; combien l'essence et le système de leur poésie étaient supérieurs à ceux de toute autre période. Au point que, s'il avait paru, dans ce siècle, un autre génie égal sous d'autres rapports au plus grand génie qui ait jamais éclairé le monde, il eût été supérieur à tous, par cette seule cause, que ses conceptions auraient pris une forme plus harmonieuse et plus parfaite. Il est digne de remarque que toutes les productions des poètes de ce siècle sont aussi harmonieuses, aussi parfaites que possible. Si par exemple un drame était l'œuvre d'un homme de talent inférieur, il était du moins homogène, et exempt d'inégalités : c'était un tout, dont les parties se tenaient. Les compositions des grands esprits portaient partout l'empreinte toujours distincte de leur grandeur. Dans la poésie des siècles suivants, les ambitions sont souvent emportées sur les ailes d'Icare, et elles échouent d'une manière trop piteuse pour donner une réputation et un nom au marais de l'oubli dans lequel elles sont tombées.

Dans les sciences physiques, Aristote et Théophraste avaient déjà, sans doute grâce aux travaux de leurs prédécesseurs qu'ils critiquent, fait des progrès dignes d'une science arrivée à maturité. L'étonnante invention de la géométrie, cette série de découvertes qui ont mis l'homme en état de commander aux éléments et de prévoir les événements futurs, qui jadis excitaient son ignorante admiration, et qui ont, pour ainsi dire, ouvert les portes des mystères de la nature, avaient été déjà portées à une grande perfection. La métaphysique, science de l'essence intime de l'homme, la logique ou grammaire et principes élémentaires de cette science, furent placées par les derniers philosophes du siècle de Périclès sur une base solide. Tout ce qu'il y a de plus exact dans notre philosophie est construit sur les labeurs de ces grands hommes, et la plupart des termes que nous employons dans les distinctions métaphysiques furent créés par eux pour mettre de la précision et de l'ordre dans leurs raisonnements. La science de la morale, ou de la conduite volontaire de l'homme par rapport à soi ou aux autres date de cette époque. On ne saurait exprimer combien elles étaient supérieures en hardiesse et en pureté, les doctrines de ces grands hommes, quand on leur compare les maximes timides qui règnent dans les écrits des moralistes modernes les plus estimés? Elles étaient ce que Phocion, et Epaminondas, et Timoléon, formés sous leur direction, seraient à côté des piteux héros de notre siècle.

Leurs institutions politiques et religieuses sont plus difficiles à mettre en parallèle avec celles d'autres époques. On peut se faire une idée sommaire de tous les systèmes politiques et religieux, en comparant le degré de bonheur et d'intelligence qui se produit sous leur influence. Et alors qu'ont été abolies chez les nations modernes bien des institutions, bien des opinions qui, dans la Grèce an-

tique, étaient un obstacle au progrès de la race
humaine, combien de superstitions pernicieuses,
d'inventions nouvelles au profit du mauvais gouvernement, combien de combinaisons inouïes jusqu'alors, pour le malheur public, n'ont pas été
découvertes par l'esprit toujours en éveil de l'avidité et de la tyrannie !

Les nations modernes du monde civilisé doivent
le progrès qu'elles ont fait, — soit dans ces sciences
physiques, où elles ont déjà surpassé leurs maî-
tres, soit dans les recherches morales et intellectuelles, où malgré l'avantage que donne l'expérience des premières, on peut à peine admettre
qu'elles les aient égalés, — à ce qu'on nomme la
renaissance des lumières, c'est-à-dire à l'étude des
écrivains de cette époque qui précéda et suivit immédiatement le gouvernement de Périclès, ou à
celle d'écrivains postérieurs, qui furent, pour ainsi
dire, les ruisseaux issus de ces sources immortel-
les. Et bien qu'il semble exister dans le monde
moderne un principe qui s'il se reproduisait des
circonstances analogues à celles qui modelèrent en
proportions si harmonieuses les matériaux intel-
lectuels du siècle duquel nous parlons, pourrait les
rendre stables et les perpétuer, faire entrer leurs
résultats dans une amélioration plus uniforme,
plus étendue et plus durable de l'espèce humaine,
— quoique la justice et la vraie signification de la
société humaine soient conçues d'une manière sinon plus précise, du moins plus générale, — quoique peut-être les hommes soient plus instruits, et
que par suite pris en masse, ils aient plus d'im-

portance, — néanmoins ce principe n'a jamais été
appelé à se réaliser, et il faut pour cela un changement vraiment universel et même terrifiant dans
l'ensemble actuel des choses. L'étude de l'histoire
moderne est l'étude des rois, des financiers, des
hommes d'état et des prêtres. L'histoire de la Grèce
antique a pour sujets des législateurs, des philosophes et des poètes ; elle est l'histoire des hommes, en face de l'histoire des titres. Ce que les
Grecs étaient, ils l'étaient en réalité et non en promesses. Et ce que nous sommes, ce que nous
espérons être, est dérivé, en quelque sorte, de l'influence et de l'inspiration de ces glorieuses générations.

Tout ce qui tend à mettre mieux en lumière les
mœurs et les opinions de ceux à qui nous devons
tant, et qui étaient peut-être, dans l'ensemble, les
spécimens les plus parfaits de l'humanité, que
nous connaissions sur des preuves authentiques,
serait d'une valeur infinie. Voyons leurs erreurs,
leurs faiblesses, leurs actions journalières, leur
conversation familière, saisissons le ton de leur
société. Quand nous apercevons combien la plus
admirable société qui ait jamais été formée, s'éloigna de cette perfection vers laquelle la société humaine est désireuse d'aspirer, grâce à une impression active qui existe dans le cœur de chaque
homme, combien nos espérances devraient être
grandes, avec quelle énergie nous devrions lutter?
Car les Grecs du siècle de Périclès différaient
profondément de nous. Il est bien regrettable
qu'aucun écrivain moderne n'ait tenté jusqu'à ce

jour de les montrer précisément tels qu'ils étaient. On ne saurait contester à Barthélemy le mérite de l'ingéniosité et de l'ordre, mais il n'oublie jamais qu'il est Chrétien et Français. Wieland, dans ses charmants récits, arrive à se faire un païen très supportable, mais il conserve trop de préjugés politiques, et il s'abstient de diminuer l'intérêt de ses romans, par la peinture de sentiments que ne peut partager aucun Européen moderne. Il n'existe pas de livre qui montre les Grecs exactement comme ils étaient. On dirait que tous ont été écrits pour des enfants, avec la préoccupation de ne mentionner aucun trait de mœurs, aucun sentiment qui serait en complet désaccord avec nos habitudes actuelles, de peur que ces habitudes ne soient outragées et violées. Mais il y a beaucoup de gens pour qui la langue grecque est inaccessible, et que cette pruderie ne devrait pas empêcher de posséder une exacte et large conception de l'histoire de l'homme, car il n'est pas de notion exacte sur ce que l'homme a été et sur ce qu'il peut être, qui ne soit susceptible de rendre plus philosophe, plus tolérant, plus juste.

Une des principales distinctions entre les mœurs de l'ancienne Grèce et de l'Europe moderne, consistait dans les règles, et les sentiments relatifs aux rapports entre les sexes. Que cette différence ait sa source dans quelque influence imparfaite des doctrines de Jésus, qui affirment l'égalité absolue et complète de tous les êtres humains, ou dans les institutions chevaleresques, ou dans quelque caractère fondamental dans l'organisation physique des Celtes, dans la combinaison de toutes ces causes ou de quelques-unes, c'est une question qui mérite d'être étudiée dans de gros volumes. La réalité est que les Européens modernes ont fait, dans cette circonstance, par l'abolition de l'esclavage, un progrès des plus décisifs dans l'organisation de la société humaine, et que toute la vertu, toute la sagesse du siècle de Périclès surgirent sous d'autres institutions, et en dépit de l'influence fâcheuse qu'exerçaient nécessairement l'esclavage personnel et l'infériorite de la femme, sanctionnée par la loi et l'opinion, sur la délicatesse, la force, l'étendue et l'exactitude de leurs conceptions dans les sciences de la morale, de la politique et de la métaphysique, et peut-être dans tous les autres arts, toutes les autres sciences.

Les femmes, ainsi dégradées, devinrent telles qu'on devait s'attendre à les voir devenir. Sauf des exceptions extraordinaires, elles possédaient les qualités et les habitudes des esclaves. Il est probable qu'elles n'étaient pas extrêmement belles ; du moins il n'existait pas chez les Grecs entre les attraits de la forme extérieure des hommes et des femmes cette disproportion que l'on trouve parmi les Européens modernes. Elles étaient certainement dépourvues de ce charme moral et intellectuel dont l'acquisition des connaissances et la culture des sentiments, fait comme une seconde âme d'un pouvoir souverain, pour animer les traits et les gestes de toute forme qu'elle habite. Leurs regards ne pouvaient avoir cette profondeur et cette complexité qui vient de l'activité de l'esprit, et n'étaient guère propres à envelopper les cœurs en ces réseaux savants qu'une âme sait ourdir.

On ne doit pas s'imaginer que les Grecs étant privés de l'objet légitime d'un amour sentimental, étaient incapables de ce sentiment lui-même, et que cette passion ait été uniquement la fille de la chevalerie et de la littérature des temps modernes. Cet objet ou son archétype existe de toute éternité dans l'esprit, qui choisit parmi les êtres qui y ressemblent celui qui y ressemble le plus, et qui remplit instinctivement les vides de l'imparfaite image, tout comme l'imagination modèle et achève des dessins dans les nuages, ou dans le feu, de manière à en faire la reproduction de tout objet, animal, édifice, etc., qui l'occupe à ce moment. L'homme à l'état le plus sauvage est un être sociable ; un certain degré de civilisation et de raffinement fait toujours naître le besoin de sympathies de plus en plus intimes et complètes ; et la satisfaction des sens n'est plus le but unique que l'on poursuit dans les rapports entre les sexes. Elle ne tarde pas à se réduire à très peu de chose dans ce sentiment profond et compliqué que nous appelons l'amour, et est plutôt la soif universelle d'une communion qui ne se borne pas aux gens, mais qui s'étend à toute notre nature intellectuelle, imaginative, sensible, et qui, à peine individualisée, devient une nécessité impérieuse, et satisfaite seulement par la réalisation complète ou partielle, véritable ou supposée de ses exigences. Le besoin prend une force proportionnée au développement que notre nature reçoit de la civilisation, car l'homme ne cesse jamais d'être une créature sociable. L'impulsion sexuelle, qui n'est que l'une de ces exigences, et souvent y tient peu de place, devient grâce à ce que son objet est visible et extérieur par essence, comme une sorte de type ou d'expression pour les autres, elle en est la proclamation, elle les enchaîne d'un lien apparent. Mais c'est toujours une exigence qui puise une force étrangère à elle des circonstances qui l'entourent, c'est une exigence que notre nature désire ardemment de satisfaire. Si l'on veut se l'expliquer, qu'on observe le degré d'intensité et de durée de l'amour du mâle à l'égard de la femelle chez les animaux et les sauvages, et l'on reconnaîtra que toute la durée et l'intensité de l'amour chez des êtres civilisés, si elles sont plus grandes que chez les sauvages, le sont grâce à d'autres causes. Quant à la délicatesse des sens extérieurs, il est probable que la différence n'a pas d'importance.

Chez les anciens Grecs, le sexe masculin, la moitié de l'espèce humaine, recevait l'éducation la plus haute et la plus raffinée, tandis que l'autre, au point de vue intellectuel était élevé de la même manière que les esclaves, et n'était porté, dans tout ce qui avait trait à l'excellence morale ou intellectelle, qu'à quelques degrés au-dessus de la condition des sauvages. La gradation dans la société de l'homme nous offre une lente amélioration à ce point de vue. Les femmes romaines jouissaient d'une plus haute considération dans la société, et elles étaient regardées comme entièrement associées à leurs maris dans la direction des affaires domestiques et l'éducation de leurs enfants. Les usages et les mœurs de l'Europe moderne sont profondément différents des uns et des autres, et incomparablement moins pernicieux, si éloignés qu'ils soient de ce qu'un esprit éclairé ne peut s'abstenir de désirer comme la destinée future des êtres humains.

FRAGMENTS SUR PLATON

FRAGMENTS SUR PLATON

I

SUR LE BANQUET OU PRÉFACE AU BANQUET DE PLATON.

FRAGMENT

Le dialogue intitulé le Banquet a été choisi par
le traducteur comme étant la plus belle et la plus
parfaite parmi les œuvres de Platon [1]. Il désespère
d'avoir fait passer dans la langue anglaise, quoi que
ce soit des grâces supérieures de la composition,
ou d'avoir fait mieux que de présenter une ombre
imparfaite du langage et du sentiment de cette
étonnante production.

[1]. La *République*, bien qu'elle fourmille d'erreurs spécu-
latives considérables, n'en est pas moins le dépôt le plus
vaste de vérités importantes qui se trouve dans toutes les
œuvres de Platon, cela tient peut-être à ce qu'elle est son
ouvrage le plus long. Il commence, et peut-être il finit, en
déclarant qu'un Etat doit être gouverné non par les plus
riches, ou les plus ambitieux, ou par les plus retors, mais
par les plus sages ; la méthode pour choisir de tels gouvernants, et les lois par lesquelles on procède à ce choix doit
correspondre à la liberté morale et au raffinement du peuple, et y puiser son origine.

Platon est de beaucoup le plus grand des philosophes grecs, et de lui, ou plutôt, par son intermédiaire, de son maître Socrate, sont venues ces émanations de science morale et métaphysique sous lesquelles une longue série et une innombrable variété de superstitions populaires ont abrité leurs absurdités contre le tardif mépris de l'humanité. Platon présente l'union rare d'une logique serrée et subtile et l'enthousiasme pythien de la poésie, fondu par la splendeur et l'harmonie de ses périodes en un fleuve irrésistible d'impressions musicales, qui entraîne en avant l'auditeur persuadé, comme dans une course haletante. Son langage est celui d'un esprit immortel plutôt que d'un homme. Bacon est peut-être le seul écrivain qui puisse lui être comparé sous ce rapport. Son imitateur, Cicéron, placé à côté de lui, donne l'idée d'un singe contrefaisant les gestes d'un homme. Ses vues dans la nature de l'esprit et de l'être, sont souvent obscures, mais seulement à cause de leur profondeur, et bien que ses théories, relativement au gouvernement du monde et aux lois élémentaires de l'action morale, ne soient pas toujours correctes, néanmoins, il y a peu de ses traités qui, malgré la tache de sophismes puérils, ne contiennent les intuitions les plus remarquables sur tout ce qui peut occuper l'esprit humain. Sa supériorité consiste surtout dans l'intuition, et c'est cette faculté qui l'élève bien au-dessus d'Aristote, dont le génie, malgré sa vivacité et sa variété, est obscur à côté de celui de Platon.

Le dialogue, qui a pour titre le Banquet, est qualiflé d'Ἐρωτικός, ou discussion sur l'amour; il est donné comme ayant eu lieu chez Agathon, lors d'une série de fêtes données par ce poète à l'occasion de sa victoire dans le concours de tragédies aux Dionysiaques. Le récit de la discussion qui eut lieu en cette circonstance est mis dans la bouche d'Apollodore, disciple de Socrate, bien des années après l'événement, pour un ami qui était curieux de le connaître. Cet Apollodore, si l'on en juge tant par le langage qui lui est attribué dans cette pièce, que par un passage du Phédon, paraît avoir été un personnage de dispositions passionnées et enthousiastes; et pour emprunter une image aux peintres italiens, il semble avoir été le saint Jean du groupe socratique. Le drame, car le vif mouvement des caractères, la variété et la savante complication des incidents du récit, lui donnent bien droit à ce titre, commence par l'exhortation adressée par Socrate, à Aristodème de venir souper chez Agathon, quoiqu'il ne soit pas invité. L'ensemble de ce préambule nous montre dans un tableau très animé les mœurs des Athéniens de distinction.

II

SUR UN PASSAGE DE CRITON [1]

La réponse est simple.

Assurément votre cité ne saurait durer parce que

1. Tout le monde sait que quand Socrate fut condamné à

les lois n'ont plus de force. Car comment peut-on
dire que les lois existent, quand ceux qui méritent
d'être nourris dans le Prytanée aux frais de l'Etat,
sont condamnés à souffrir les peines réservées aux
plus atroces criminels, tandis que vivent en sécurité, ceux contre qui les lois ont été faites, afin de
servir de protection contre leur injustice ? Je ne
renverse point votre Etat, pas plus que je n'en-
freins vos lois. Quoique vous m'ayez infligé un
traitement injuste, et que cela suffise, conformément aux opinions de la multitude, pour que j'aie
le droit de nous regarder, vous et moi, comme en
état de guerre, néanmoins, si cela était en mon
pouvoir, bien loin de châtier par une vengeance,
je m'efforcerais de vous combler de bienfaits. Toute
ma conduite actuelle est celle qu'adopterait le
voyageur paisible, qui étant pris par les voleurs
dans une forêt, s'échappe pendant qu'ils sont occupés à se partager le butin. Et cela je le fais, alors
que ce serait pour moi, non seulement une chose
indifférente, mais même un plaisir, de mourir entouré de mes amis, sûr d'un héritage de gloire, et
me dérobant, après une existence comme la mienne,
à la décrépitude d'esprit et de corps, qui m'attein-
drait fatalement si je continuais à vivre. Mais je
préfère l'honnête, qu'il est encore en mon pouvoir
d'accomplir.

mort, ses amis prirent des mesures pour le faire évader de
prison, et le mettre ensuite en sûreté, et qu'il refusa de
profiter de ces avantages en donnant pour raison qu'un bon
citoyen doit obéir aux lois de son pays. A ce sujet Shelley
fait les remarques suivantes (Note préliminaire de M⁰ Shelley).

Tels sont les arguments qui détruisent le sophisme mis par Platon dans la bouche de Socrate.
Mais il y en a d'autres qui prouvent qu'il fit bien
de mourir.

SYSTÈME DE GOUVERNEMENT

PAR DES JURYS

SYSTÈME DE GOUVERNEMENT
PAR DES JURYS [1]

Le gouvernement, tel qu'il existe aujourd'hui, est peut-être la machine à la fois la plus dispendieuse et la plus inefficace qu'on ait pu inventer pour remédier aux imperfections de la société. Une proportion immense des produits du travail est confiée à la discrétion de certains individus dans le but d'exécuter ce qu'elle exige et d'interpréter ses volontés. Cette richesse a été non point consommée, mais gaspillée pendant la plus longue période de l'histoire passée de la société.

Le gouvernement peut être divisé en deux parties, — premièrement la partie fondamentale, — c'est-à-dire les formes permanentes qui règlent la délibération et l'action du tout, d'où il résulte qu'un État est une démocratie, ou une aristocratie, ou un despotisme, ou une combinaison de tous ces

1. *Shelley's Papers*, 1833.

principes; et secondement la partie nécessaire ou
accidentelle, c'est-à-dire ce qui détermine non pas
les formes suivant lesquelles la délibération ou
l'action de la communauté prise en masse doit être
dirigée, mais les opinions ou principes moraux qui
doivent présider à telle action, à telle délibération.

C'est là ce qu'on peut appeler, en faisant une
très légère violence à l'acception populaire de ces
mots, constitution ou loi. La première s'entendra
de la réunion de certaines institutions écrites, de
certaines traditions qui forment en un corps de nation, les individus appelés à les pratiquer, le droit
discrétionnaire de paix ou de guerre, de condamner
à la mort, à la prison, à des amendes, à des péna-
lités, d'imposer et lever des taxes, d'en faire l'emploi, tout cela étant confié à un roi, ou à un sénat
héréditaire, ou à une assemblée représentative, ou
bien à un corps où tout cela est combiné. Par la
seconde, nous entendrons la manière de déterminer les opinions d'après lesquelles les autorités
constituées devront se diriger dans chaque question. En effet, la loi est soit une réunion d'opinions
exprimées par des individus sans autorité constitutionnelle, soit la décision d'un corps constitutionnel d'hommes, exprimant l'opinion de tous ou
de quelques-uns; elle n'est rien de plus.

Le premier point, celui où il s'agit de constitution n'est point l'objet direct de ce traité. La loi
peut être considérée simplement — comme une
opinion qui dirige le pouvoir politique. Elle peut
être divisée en deux parties, — la loi générale,
c'est-à-dire celle qui a pour objet les intérêts ex-

térieurs, ou généraux d'une nation, et elle décide sur la compétence d'une certaine personne ou d'un certain groupe de personnes à trancher les questions de paix ou de guerre, celle de la convocation du corps représentatif, — les détails du temps, du lieu, du mode et de la forme dans la tenue des cours de justice, et autres objets énumérés plus haut, et par rapport auxquels telle communauté peut être regardée comme un tout; — et la Loi particulière, c'est-à-dire celle qui tranche les contestations au sujet de la propriété, qui punit ou contient la violence et la fraude, sanctionne les contrats, et assure à chacun cette part de liberté et de sécurité dont la jouissance n'est pas jugée incompatible avec la liberté et la sécurité d'un autre.

Le présent traité ne se rapporte point au premier sujet, c'est-à-dire à ce qu'on nomme ici la loi générale.

Jusqu'à quel point la loi, dans l'ensemble de sa forme ou de sa constitution, telle qu'elle existe chez la plupart des nations de l'Europe, peut-elle être affectée par les conclusions tirées des raisonnements qui vont suivre, l'on ne se propose pas actuellement de le chercher. Limitons notre attention à la loi particulière, c'est-à-dire à la loi dans le sens strict du mot.

La seule intention qui soit défendable dans la loi, la seule qui le soit dans toute autre institution humaine, est une chose très simple et très claire : c'est le bien de tous. S'il est reconnu que la loi réalise cet objet d'une manière très imparfaite,

cette imperfection n'entre nullement dans le parti
que les hommes prennent en se soumettant à son
institution. Tous les raisonnements qui tendront à
jeter quelque lumière sur un sujet si obscur et si
embrouillé jusqu'à présent, ne peuvent, s'ils sont
formulés avec précision, manquer d'impressionner
très profondément l'espèce humaine, parce que
c'est une question où sont vitalement intéressées
la vie, la propriété, la liberté, et la réputation de
chaque homme.

Pour procéder avec une méthode intelligible,
admettons les distinctions ordinaires de la loi, celles des lois civiles et criminelles, et de ses objets,
les griefs publics ou particuliers. L'auteur de ces
pages ne doit pas imposer silence à sa conviction
que les principes, d'après lesquels on inflige généralement un châtiment, sont essentiellement erronés, et qu'en général on en fait aux victimes de la
loi une part dix fois plus forte que ne l'exige le
bien de la société, en alléguant la réformation ou
l'exemple. Selon lui, la passion exécrable de la
vengeance, exaspérée par la crainte, est, malgré
la dénégation universelle, la principale source
parmi les causes secrètes de cette dispensation de
la justice criminelle. Il croit aussi que dans les
questions de propriété, il existe une prédisposition
inconsciente mais très efficace dans les cours de
justice et chez les hommes de loi, contre le pauvre
et en faveur du riche, contre le fermier en faveur
du propriétaire, contre le créancier en faveur du
débiteur ; ce qui confirme et éclaircit cette maxime
célèbre, contre laquelle la science morale n'est

qu'une lutte perpétuelle : « celui à qui il est beaucoup donné, on lui demandera beaucoup, et de l'homme envers qui on aura commis de grandes injustices on exigera plus encore. »

Mais le but présent n'est point de mettre en lumière les erreurs qui existent dans l'opinion publique, ce but est de faire un effort pour donner à l'opinion publique son autorité légitime, et une influence uniforme, irrésistible dans chaque cas particulier qui lui est soumis.

Quand on a une fois admis que la loi n'est rien de plus que l'expression écrite de l'opinion des hommes, rien de plus que les conceptions d'individus sur la manière de discuter un cas particulier, nous pouvons espérer de voir disparaître promptement les méprises sanguinaires ou stupides qui déshonorent la jurisprudence civile et criminelle des nations civilisées. Combien de temps, sous sa protection actuelle, les outrages à l'humanité, même après qu'ils ont été le plus violemment attaqués, et même quand ils ont été stigmatisés le plus sévèrement par l'opinion publique, ne persistent-ils pas dans les tribunaux ! On les voit même s'éterniser, s'implanter, sous la protection de noms vénérables, lasser le mépris même et l'horreur de l'espèce humaine, ou subsister sans être abrogés, à l'abri du silence, jusqu'à ce qu'enfin l'amélioration progressive de l'homme se trouvant entravée, ils se réveillent et qu'alors l'opinion publique de qui ils auraient dû entendre leur condamnation, soit empoisonnée par leur influence. L'opinion publique ne resterait jamais longtemps stagnante

dans l'erreur, si elle n'y était pas emprisonnée et
prise dans la glace des formes et des superstitions.
Si les hommes étaient accoutumés à raisonner, à
écouter les arguments d'autrui sur chaque cas particulier où il s'agit de la vie, ou de la liberté, ou
de la réputation de leurs semblables, ces méprises
qui rendent la possession de tels biens, si précaire
pour tous, excepté pour ceux qui possèdent des
fortunes énormes, ne pourraient jamais se produire. Si, dans la dispensation de la loi, on cessait
de faire appel au sens commun, à l'esprit éclairé
de douze contemporains honnêtes et sincères qui
devraient être les pairs de l'accusé, ou ceux du
demandeur quand il s'agit de propriété, pour recourir aux textes obscurs des époques de ténèbres
et de barbarie, ou aux précédents créés par des
juges vénals et asservis pour complaire à teurs tyrans, à l'opinion d'individus, ou de corporations
qui vivaient au temps où le fanatisme s'appelait
vertu, où l'obéissance passive passait pour cette
réserve qui est la meilleure part du courage, toutes ces erreurs maintenant enracinées dans l'opinion publique, seraient, à chaque nouvelle occasion, amenées devant le...

SUR L'AMOUR

SUR L'AMOUR [1]

———

Qu'est-ce que l'amour ? Demandez à l'être vivant ce que c'est que la vie, demandez à l'adorateur ce que c'est que Dieu.

Je ne connais pas la constitution intérieure des autres hommes, ni même la tienne, lecteur à qui je m'adresse maintenant. Je vois que, par certains attributs extérieurs, ils me ressemblent, mais quand égaré par cette apparence, j'ai voulu invoquer quelque chose de commun entre nous et chercher en eux un soulagement de ce qui pèse sur les profondeurs de mon âme, j'ai vu que mon langage n'était pas compris, comme sur une terre lointaine et sauvage. Plus ils m'ont offert d'occasions pour en faire l'expérience, plus semblait s'élargir l'intervalle entre nous, plus s'éloignaient les points de sympathie. Avec un esprit peu fait pour soutenir une telle épreuve, et dont la tendresse me rendait faible et tremblant, j'ai cherché partout, et je n'ai

1. Le *Keepsake*, Londres, 1829.

trouvé partout que froideur et désappointement.

Tu demandes ce que c'est que l'amour. C'est cette puissante attraction vers tout ce que nous concevons, craignons, ou espérons en dehors de nous-mêmes, quand nous trouvons dans nos propres pensées l'abîme d'un vide insatiable, et que nous cherchons à éveiller en toutes les choses qui existent quelque chose d'identique à ce que nous ressentons en nous. Si nous raisonnons, nous voudrions être compris; si nous imaginons, nous voudrions voir les enfants de notre cerveau renaître dans le cerveau d'un autre; si nous sentons, nous voudrions que les nerfs des autres vibrent à l'unisson de nos nerfs, que les rayons de leurs yeux en un même instant, s'allument, se mêlent et se perdent dans les nôtres, que des lèvres frémissantes, toutes brûlantes du plus pur sang au cœur, ne se posent pas sur des lèvres de glace immobile : voilà ce que c'est que l'amour.

C'est le lien, la sanction qui unit l'homme non seulement à l'homme, mais encore à tout ce qui existe. Nous sommes nés dans l'Univers, et il y a en nous quelque chose qui depuis le début de notre vie, aspire de plus en plus vers ce qui lui ressemble. Cela est probablement en rapport avec cette loi de la nature d'après laquelle l'enfant tire le lait du sein maternel; cependant se développe au fur et à mesure que se développe notre nature. Nous voyons obscurément dans notre substance intellectuelle, une sorte de portrait en miniature de notre être tout entier, mais dépouillé de tout ce que nous condamnons ou méprisons, prototype idéal de tout ce que nous sommes capables de concevoir d'excellent et de sympathique dans ce qui appartient à la nature humaine. Ce n'est pas seulement le portrait de notre être extérieur, mais un assemblage des particules les plus ténues dont notre nature est composée [1], un miroir dont la surface ne reflète que les formes brillantes et pures, une âme enfermée dans notre âme, qui forme un cercle autour de son paradis particulier, cercle où la douleur et le chagrin, et le mal n'osent jamais pénétrer. C'est à elle que nous rapportons avec vivacité nos sensations, avec un ardent désir qu'elles lui ressemblent et lui correspondent. La découverte de son antitype ; la rencontre avec une intelligence capable de comprendre clairement la nôtre ; une imagination qui saurait pénétrer et saisir les particularités subtiles et délicates que nous nous sommes plu à cultiver et à déployer en secret, avec une constitution dont les nerfs, pareils aux cordes de deux lyres exquises, tendus à l'unisson d'une seule voix enchanteresse, accompagnent de leurs vibrations les vibrations de la nôtre ; et tout cela combiné conformément aux proportions que demande le type intérieur, voilà le but invisible et inaccessible vers lequel tend l'amour, et dont la poursuite pousse les facultés de l'homme à saisir l'apparence la plus légère de ce dont la privation ne laisse ni repos ni répit au cœur qui en est dominé. De là dans la solitude, où dans cet état d'abandon où nous sommes entas-

1. Ces expressions sont impuissantes et métaphoriques ; la plupart des mots le sont. Il n'y a rien à y faire! (Note de Shelley).

sés d'êtres humains qui pourtant ne sympathisent point avec nous, de là notre amour pour les fleurs, la prairie, les eaux, et le ciel. Dans le mouvement même des feuilles au printemps, dans l'air bleu, se trouve alors quelque chose qui répond secrètement à notre cœur. Il y a de l'éloquence dans le vent qui ne parle pas, une mélodie dans les ruisseaux qui coulent, dans le bruissement des roseaux qu'ils baignent, et l'ineffable harmonie de ces choses avec je ne sais quoi d'intime en notre âme éveille nos esprits, les fait bondir de ravissement haletant, fait monter aux yeux les larmes d'une mystérieuse tendresse, comme le ferait l'enthousiasme d'une victoire de la patrie, ou la voix de l'être bien-aimé se faisant entendre pour vous seul. Sterne dit que s'il était dans un désert, il serait amoureux d'un cyprès. Dès que ce besoin ou ce pouvoir est mort, l'homme n'est plus un sépulcre vivant, et ce qui serait de lui n'est que l'enveloppe de ce qu'il était autrefois.

PHILOSOPHIE

PHILOSOPHIE [1]

I

LA VIE

La vie et l'Univers, ou ce que nous sommes, ce que nous sentons, quelque nom que nous lui donnions, sont une chose étonnante. La buée de l'habitude ne nous laisse voir que confusément la merveille de notre être. Nous sommes frappés d'étonnement devant quelques-uns de ses changements passagers, mais elle est par elle-même le grand miracle. Que sont les vicissitudes des empires, le naufrage des dynasties, avec les opinions qui les soutenaient, qu'est-ce que la naissance ou l'extinction des systèmes religieux ou politiques, à côté de la vie? Que sont les révolutions du globe que nous habitons, et les opérations des éléments dont il est composé, quand on les compare avec la vie? Qu'est-ce que l'univers des étoiles et des soleils, parmi lesquels se trouve cette terre que nous habitons, quand on les compare avec la vie? La vie, le grand miracle, nous

1. *Essays, Letters from abroad, translations and fragments.*

ne l'admirons point, parce qu'il est si merveilleux.
Il est bien que l'habitude place ainsi un écran entre
nous et ce qui est à la fois si certain et si insondable, ce qui nous causerait un étonnement capable
d'absorber et de faire taire les facultés de l'être qui
en est l'objet.

Si un artiste avait, je ne dis pas exécuté, mais
simplement conçu en esprit le système du soleil,
des étoiles et des planètes, sans qu'ils existassent,
et qu'il nous eût dépeint, en paroles ou sur la toile,
le spectacle offert par la voûte céleste pendant la
nuit, et qu'il l'eût expliqué avec la sagesse d'un
astronome, grande serait notre admiration. Ou bien
s'il avait imaginé le paysage terrestre, les montagnes, les mers et les fleurs, et les bois feuillus avec
leurs variétés de formes et de grandeur, et les couleurs qui accompagnent le soleil couchant ou levant,
et les nuances de l'atmosphère quand elle est troublée ou sereine, alors que rien de cela n'eût existé
déjà, vraiment, nous aurions été émerveillés et ce
n'eût pas été faire d'un tel homme un vain éloge
que de dire : « *Non merita nome di creatore, se non
Iddio ed il poeta* » [1]. Mais maintenant nous regar-
dons toutes ces choses sans grand étonnement, et
les considérer avec un plaisir intense passe pour
le caractère distinctif qui marque une nature raffinée et extraordinaire. La multitude humaine y
est indifférente. Il en est ainsi pour la vie, —
pour ce qui contient tout.

Qu'est-ce que la vie? Des pensées et des senti-

1. « On ne peut donner à juste titre le nom de Créateur
qu'à Dieu et au Poète » (LE TASSE).

ments surgissent, avec ou sans notre volonté, et
nous employons des mots pour les exprimer. Nous
naissons et notre naissance échappe au souvenir,
et notre enfance n'y apparaît que par fragments,
nous continuons à vivre, et en vivant nous perdons
la sensation de la vie. Quelle vaine pensée que de
croire que des mots peuvent pénétrer le mystère
de notre être? Employés à propos, ils ne font que
nous rendre évidente notre ignorance, et c'est beaucoup. Car que sommes-nous? d'où venons-nous?
Où allons-nous? La naissance est-elle le commencement, et la mort est-elle la conclusion de notre
existence? Qu'est-ce que la naissance et la mort?

Les abstractions les plus subtiles de la logique
nous conduisent à voir la vie sous un aspect qui
nous fait tressaillir, bien qu'il soit en réalité celui-
là même que le sentiment habituel de ses combinaisons répétées a effacé en nous. Elle arrache, en
quelque sorte le rideau peint, de devant ce spectacle des choses. Je confesse que je suis de ceux qui
se sentent incapables de refuser leur assentiment
aux conclusions des philosophes d'après lesquels
les choses n'ont d'existence qu'autant qu'elles sont
perçues.

C'est là une proposition contre laquelle luttent
toutes nos convictions, et il faut que nous soyons
convaincus longtemps à l'avance, avant qu'on puisse
nous convaincre que le solide univers des choses
extérieures est « fait de la même substance dont
sont faits les rêves. » Les absurdités choquantes de
la philosophie populaire sur l'esprit et sur la matière, ses conséquences fatales pour la morale, et

son violent dogmatisme relativement à la source de toutes choses, m'ont de bonne heure conduit au matérialisme. Ce matérialisme est un système séduisant pour les esprits jeunes et superficiels. Il donne à ses disciples des occasions de parler, et les dispense de réfléchir. Mais je ne fus pas satisfait du spectacle des choses comme il le présentait; l'homme est une créature aux aspirations élevées, « qui regarde à la fois en avant et en arrière », dont « les pensées errent à travers l'éternité », qui répudie l'alliance avec les choses transitoires et corruptibles; incapable de se représenter son propre anéantissement, un être qui n'existe que dans le passé et l'avenir; qui n'est pas ce qu'il est, mais ce qu'il a été et ce qu'il sera. Quelle que puisse être sa destinée véritable et finale, il y a en lui un esprit qui lutte contre le néant et la dissolution. C'est là le caractère de toute vie, de tout être. Chacun est en même temps centre et circonférence, le point auquel sont rapportées toutes choses et la ligne en laquelle toutes choses sont contenues. Des considérations comme celles-là sont interdites également par le matérialisme, et par la philosophie populaire sur l'esprit et la matière; elles ne sont conséquentes qu'avec le système intellectuel.

Il est absurde d'entreprendre une longue récapitulation d'arguments assez familiers aux esprits réfléchis, les seuls auxquels on puisse admettre que s'adresse un écrivain qui traite des sujets abstrus. Peut-être c'est dans les questions académiques de Sir William Drummond que se trouve l'exposé le plus clair et le plus vigoureux du système intellectuel. Après un tel exposé, ce serait faire œuvre vaine que de traduire en un autre langage ce qui ne pourrait que perdre son énergie et sa précision par ce changement. Après avoir examiné point par point et mot par mot, les esprits les mieux doués pour l'analyse n'ont pu découvrir aucune série de pensées qui, dans la marche du raisonnement, ne conduise inévitablement à la conclusion que l'on vient de formuler.

Que résulte-t-il de son acceptation? Elle n'établit aucune vérité nouvelle, elle ne nous fait pas faire un pas de plus dans la connaissance de notre nature secrète, soit en ses actes, soit en elle-même. La philosophie, si impatiente qu'elle soit de bâtir, a pourtant devant elle une tâche de déblaiement qui l'accablera pendant des siècles. Elle fait un pas dans la direction de cet objet; elle détruit l'erreur et les racines de l'erreur. Et de là comme c'est souvent le devoir du réformateur dans les questions politiques et morales, il résulte un vide. Elle ramène l'esprit à cette liberté avec laquelle il aurait dû agir, s'il n'eût été arrêté par le mauvais emploi des mots et des signes, instruments que lui-même a créés. Ces signes, je voudrais qu'on les entendit dans un sens large, embrassant tout ce que ce terme comprend à juste titre, et comme je l'entends de mon côté. Dans ce dernier sens, il n'est guère d'objets familiers qui ne soient des signes, qui se présentent non pour eux-mêmes, mais pour d'autres, grâce à leur faculté de suggérer une idée qui amènera un enchaînement d'idées. Toute notre vie est ainsi une éducation d'erreur.

Rappelons-nous nos sensations d'enfants. Quelle perception nette et intense, nous avions du monde et de nous-mêmes. Bien des circonstances de la vie sociale avaient alors pour nous une importance qu'elles n'ont plus maintenant. Mais ce n'est pas là le point de comparaison sur lequel je me propose d'insister. Nous avions moins l'habitude de distinguer de nous-mêmes tout ce que nous voyions et sentions. Tout cela semblait, en quelque sorte, former une seule masse. Il y a des personnes qui, sous ce rapport, sont toujours enfants. Ceux qui sont sujets à l'état qu'on nomme rêverie, éprouvent la même sensation que si leur être se fondait dans l'univers qui les entoure, ou que si l'univers qui les entoure était absorbé en leur être. Ils n'ont conscience d'aucune distinction. Et ces états sont ceux qui précèdent, accompagnent ou suivent une sensation extraordinairement intense et forte de la vie. A mesure que les hommes avancent en âge, cette faculté diminue d'ordinaire; ils deviennent des agents mécaniques et soumis aux habitudes. De cette façon et à ce moment les sentiments et les raisonnements sont le résultat d'une multitude de pensées enchevêtrées, et d'une série de ce qu'on appelle des impressions, qui ont été rendues stables à force d'être répétées.

La conception de la vie telle que la représentent les déductions plus subtiles de la philosophie intellectuelle, est celle de l'unité. Rien n'existe qu'autant qu'il est perçu. Il n'y a qu'une différence nominale entre ces deux classes de pensées qui sont vulgairement distinguées par les mots d'idées et d'objets extérieurs. Poursuivant le même fil de raisonnement, l'existence d'esprits individuels distincts analogues à celui qui est employé en ce moment à mettre en question sa propre existence, se trouve pareillement être une illusion. Les mots *moi, vous, eux*, ne sont point les signes d'une différence réelle quelconque qui existe entre l'assemblage de pensées ainsi indiquées; ils sont tout simplement des marques employées pour désigner les différentes modifications d'un esprit unique.

On ne doit pas supposer que cette doctrine conduise à l'assertion monstrueuse que moi, la personne qui maintenant écris et pense, je vois cet unique esprit. Les mots *Moi, Vous, Eux*, sont des artifices grammaticaux inventés simplement dans un but de classement, et absolument dépourvus de la signification forte et exclusive que l'usage y attache. Il est difficile de trouver des paroles adéquates à l'expression d'une conception aussi subtile que celle où nous a conduits la philosophie intellectuelle. Nous sommes arrivés à l'extrême bord où les mots nous abandonnent, et quoi d'étonnant si nous éprouvons du vertige à regarder dans le sombre abîme sur lequel nous savons si peu de choses.

Les relations des *choses* restent immuables, quel que soit le système. Par le mot de *choses*, il faut entendre tout objet d'une pensée, c'est-à-dire toute pensée à laquelle une autre pensée est employée, avec la sensation qu'elles sont distinctes. Les relations entre elles sont immuables, et voilà en quoi consiste le matériel de notre science.

Quelle est la cause de la vie? En d'autres termes, comment a-t-elle été produite, ou quelles puissances distinctes de la vie ont agi ou agissent sur
la vie? Toutes les générations connues de l'humanité se sont épuisées à inventer des réponses à
cette question, et le résultat a été la Religion.
Pourtant, que la base de toutes choses ne puisse
être ce que prétend la philosophie populaire, l'Esprit, cela est d'une évidence suffisante. L'esprit,
d'après ce que nous savons, par l'expérience, de ses
propriétés, et comme il est vain d'argumenter au
delà des limites de cette expérience ! — ne saurait
créer : il ne peut que percevoir. On dit aussi qu'il
est la cause. Mais la cause n'est qu'un mot qui exprime un certain état de l'esprit humain relatif à
la manière dont deux pensées sont connues comme
étant en rapport mutuel. Si quelqu'un veut savoir
combien la philosophie populaire est peu satisfaisante dans ses travaux sur cette grande question,
il n'a qu'à réfléchir impartialement sur la manière
dont les pensées se développent dans son esprit.
Il est infiniment peu probable que la cause de l'esprit, c'est-à-dire de l'existence, soit semblable à
l'esprit.

II

SUR UN ÉTAT FUTUR

L'immense majorité des humains, dans tous les
siècles et chez tous les peuples a été persuadée que

nous continuons à vivre après la mort, cette termi-
naison apparente de toutes les fonctions l'existence
où l'on sent et où l'on pense. L'humanité ne s'est
pas davantage contentée de supposer cette espèce
d'existence qu'ont affirmée quelques philosophes,
c'est-à-dire la dissolution des parties composantes
du mécanisme d'un être vivant en ses éléments, et
l'impossibilité que les particules les plus ténues
de ce corps subissent la moindre diminution. On
s'est attaché obstinément à l'idée que la sensibilité et la pensée, auxquelles on attribuait une existence distincte de leurs objets, en leur donnant ces
noms d'esprit et de matière, sont de leur propre
nature, moins sujettes à la division et à la destruction graduelle, et que quand le corps est dissous en
ses éléments, le principe qui l'animait subsistera
éternel et immuable. Certains philosophes, ceux à
qui nous devons les découvertes les plus étonnantes dans les sciences physiques, supposent, d'autre part, que l'intelligence est purement et simplement le résultat de certaines combinaisons entre
les parties de ses objets ; et ceux d'entre eux qui
croient à notre vie après la mort recourent à l'intervention d'un pouvoir suprême, qui vaincra la
tendance inhérente à toutes les combinaisons matérielles à se dissiper et à être absorbées dans d'autres formes.

Suivons la série des raisonnements qui ont de
part et d'autre conduit à ces opinions, et tâchons
de découvrir ce que nous devons croire dans une
question d'une importance aussi capitale. Analy-
sons les idées et les sentiments qui constituent les

doctrines en lutte, et établissons avec soin une distinction entre les mots et les pensées. Soumettons
la question à l'épreuve de l'expérience et du fait,
et demandons-nous, en considérant notre nature
dans toute son étendue, quelle lumière nous ti-
rons d'un examen soutenu et étendu des parties qui
la composent, et tel que nous puissions décider
avec certitude, que nous vivons ou que nous cessons de vivre après la mort.

L'étude de ce sujet exige qu'on le débarrasse
de toutes les questions accessoires qui lui sont
attachées par l'opinion commune des hommes.
L'existence d'un Dieu, et d'un état futur de récompenses ou de peines, sont totalement étrangères au sujet. S'il est prouvé que le monde est
gouverné par un pouvoir divin, on ne peut tirer
de cette circonstance aucun argument de nécessité
en faveur d'un état futur. Sans doute on a affirmé
que la bonté et la justice devant être mises au
nombre des attributs de la Divinité donnera certainement une compensation aux hommes vertueux
qui souffrent en cette vie, et qu'elle rendra éternellement heureux tout être sensible qui ne mérite
point châtiment. Mais cette manière de voir le sujet, qu'il serait aussi ennuyeux qu'inutile de développer et d'exposer, ne satisfait personne; elle
tranche le nœud gordien que nous cherchons maintenant à dénouer. En outre, si d'autre part il était
prouvé que le principe mystérieux qui règle la
marche de l'Univers, n'est ni intelligent, ni sensible, ce n'est pas en somme une inconséquence de
supposer en même temps, que le pouvoir qui anime

le corps survit au corps qu'il a animé, par des lois aussi indépendantes de toute action surnaturelle que celles qui ont présidé à son union avec le corps. Enfin si la réalité d'une existence future est démontrée, il ne s'ensuit point qu'elle doive être un état de punition ou de récompense.

Par le terme de mort, nous entendons cet état dans lequel les êtres semblables à nous cessent en apparence d'être ce qu'elles étaient. Nous ne les entendons plus parler et nous ne les voyons plus se mouvoir. Ils ont des sensations ou des perceptions, nous cessons d'y participer. Tout ce que nous savons se réduit à ce que ses organes extérieurs et tout ce fin tissu de l'organisme matériel, sans lesquels l'expérience ne nous montre jamais la persistance de la vie ou de la pensée, sont détruits et dispersés de tous côtés. Le corps est déposé sous terre, et au bout d'un certain temps il ne reste aucune trace de sa forme même. Tel est le spectacle d'une inépuisable mélancolie, dont l'ombre éclipse l'éclat du monde. L'observateur ordinaire est frappé d'abattement à cette vue. Il lutte en vain contre l'enseignement de la tombe, qui dit que les morts ne sont réellement plus. Le cadavre qu'il a sous ses pieds lui prophétise sa propre destinée. Ceux qui l'ont précédé, et dont la voix sonnait délicieusement à son oreille, ceux dont le contact lui faisait sentir comme une flamme douce et subtile, dont la vue répandait sur sa route une lumière fantastique, ceux-là, il ne les rencontrera plus. Les organes des sens sont détruits et les opérations intellectuelles qui en dépendaient ont disparu avec leur source. Comment un cadavre pourrait-il voir ou sentir? Les yeux en ont été rongés, le cœur en est noir et sans mouvement. Quel échange est possible entre deux amas d'argile pourrie et d'os qui tombent en poussière? Quand vous pourrez découvrir où vont les fraîches couleurs de la fleur fanée, ou la musique de la lyre brisée, alors cherchez la vie parmi les morts. Telles sont les pensées anxieuses et craintives de l'observateur ordinaire, bien que la religion populaire l'empêche souvent de se les avouer à lui-même.

Le philosophe de la nature, en outre des sensations communes à tous les hommes sous l'inspiration d'un événement comme la mort, croit qu'il voit avec plus de certitude qu'elle est accompagnée d'un anéantissement du sentiment et de la pensée. Il remarque que les facultés mentales augmentent et se flétrissent de même que celles du corps, et que même elles s'adaptent aux changements les plus fugitifs de notre être physique. Le sommeil suspend la plupart des fonctions du principe de la vie et de l'intelligence; l'ivresse et la maladie ont pour effet de les troubler d'une manière passagère ou permanente. La folie ou l'idiotie peuvent éteindre totalement les plus excellentes et les plus délicates de ces fonctions. Dans la vieillesse, l'esprit se dessèche graduellement, si bien qu'il tombe en même temps que le corps dans la décrépitude. Assurément ce sont là des preuves convaincantes que quand les organes du corps sont soumis aux lois de la matière inanimée, dès lors sensation, et perception, et intelligence cessent d'exister. Selon toute proba-

bilité, ce que nous nommons pensée n'est point
un être réel, et n'est rien autre que la relation entre certaines parties de cette masse infiniment variée dont est composée le reste de l'Univers, et
qu'elle cesse d'exister aussitôt .que ces parties
changent de place par rapport l'une à l'autre. Aussi
la couleur, et le son, et la saveur, et l'odeur, n'ont
qu'une existence relative. Mais considérons la pensée comme une certaine substance particulière qui
pénètre les êtres vivants, et est la cause qui les
anime. Pourquoi supposerait-on que cette substance
est quelque chose d'essentiellement différent de
toutes les autres, qu'elle est exempte de toute su-
jétion à ces lois qui gouvernent toutes les autres
substances ? Elle diffère, à vrai dire, de toutes les
autres substances, comme l'électricité, et la lumière, et le magnétisme, et les parties constituan-
tes de l'air et de la terre, diffèrent de toutes les autres. Chacune d'elles est sujette à changer, à se
détruire, à passer sous d'autres formes. Cependant
la différence entre la lumière et la terre est à peine
plus grande que celle qui existe entre la vie, ou la
pensée, et le feu. La différence entre les deux premières n'a jamais été présentée comme un argument pour la durée éternelle de l'une ou de l'autre,
dans cette forme sous laquelle elles ont pu s'offrir
pour la première fois à notre observation. La différence entre les deux dernières substances serait-
elle un argument pour la prolongation de l'existence
de l'une et non de l'autre, quand toutes deux seraient arrivées à ce qui paraît être leur terminai-
son. Dire que le feu existe sans manifester aucune

des propriétés du feu, telles que la lumière, la chaleur, etc., ou que le principe vital existe sans conscience, ni mémoire, ni désir, ni motif, c'est accepter par une maladroite distortion de langage, la solution affirmative de la question discutée. Dire que le principe vital *peut* exister, réparti entre diverses formes, c'est émettre une proposition dont on ne peut prouver ni la vérité, ni la fausseté, mais qui, si elle était vraie, anéantirait tout espoir d'existence après la mort, de quelque manière que cet événement puisse être pour les hommes un sujet d'espérance ou de crainte. Supposez, pourtant, que le principe vital diffère d'une façon aussi tranchée, aussi intime que possible de toutes les autres substances connues ; qu'elles aient entre elles quelque ressemblance, à laquelle il ne participe en aucune façon. En quoi cette concession peut-elle devenir un argument en faveur de sa nature impérissable ? Tout ce que nous voyons ou connaissons, périt et subit un changement. Sans doute la vie et la pensée diffèrent de toute autre chose. Mais qu'elles survivent à cette période au delà de laquelle l'expérience ne nous montre pas leur existence, une telle distinction, une telle dissemblance ne nous offre pas l'ombre d'une preuve, et seuls nos propres désirs ont pu nous amener à cette conjecture ou à cette imagination.

Avons-nous existé avant de naître ? Il est difficile de concevoir cela comme possible. Il y a dans le principe générateur de tout animal, ou végétal, une faculté qui transforme les substances du milieu qui l'entoure, en une substance homogène avec

la leur. En d'autres termes, la relation entre certaines particules élémentaires de matière subit un
changement, est soumise à de nouvelles combinaisons. Car, quand nous employons les mots de *principe*, de *pouvoir*, de *cause*, etc., nous n'entendons
pas désigner ainsi des êtres réels, mais seulement
classer suivant ces termes, une certaine série de
phénomènes coexistants. Admettons toutefois que
ce principe est une certaine substance qui échappe
à l'observation du chimiste et de l'anatomiste : cela
peut certainement se faire, bien qu'il soit assez
peu digne d'un philosophe d'alléguer comme preuve
de la vérité d'une assertion la simple possibilité
qu'elle soit vraie. Ce principe voit-il, entend-il,
sent-il, avant d'être en combinaison avec les organes d'où dépend la sensibilité? A-t-il des raisonnements, des imaginations, des conceptions, sans ses
idées que seule la sensation peut faire naître? Si
nous n'avons pas existé avant notre naissance avant
l'époque où les parties desquelles dépendent la
pensée et la vie paraissent tissées ensemble, c'est
qu'elles sont en effet tissées ensemble ; s'il n'y a
pas de raisons pour supposer que nous avons existé
avant cette période où commence notre existence
apparente, dès lors il n'y a pas de raisons pour
supposer que nous continuerons à vivre après que
notre existence apparente aura pris fin. En ce qui
concerne la pensée et la vie, il en sera pour nous,
en tant qu'individus, après la mort, exactement ce
qu'il en était, avant notre naissance.

Il est, dit-on, possible que nous continuions à
exister sous quelque mode tout à fait inconcevable

pour nous, actuellement. C'est là une hypothèse des plus déraisonnables. Elle impose aux partisans de l'annihilation la lourde tâche de démontrer la partie négative d'une question, alors que la partie affirmative n'en est pas sontenue par un seul argument, et que par sa nature même, elle dépasse les limites expérimentales de l'intelligence humaine. Il est, en effet, assez facile de formuler une proposition quelconque sur un sujet dont nous ne savons rien, sans pousser l'absurdité jusqu'à la contradiction dans les termes, et néanmoins en défiant toute réfutation. On établit ainsi d'un air triomphant la possibilité de tout ce que l'imagination la plus déréglée est en état de concevoir. Mais il suffit que de telles assertions soient contraires aux lois connues de la nature, ou qu'elles dépassent les limites de notre expérience, pour démontrer qu'elles sont fallacieuses ou que nous ne devons pas nous abaisser à leur examen. Elles ne persuadent, après tout, que ceux qui demandent à être persuadés.

Ce désir d'être toujours ce que nous sommes, l'aversion que nous inspire un changement violent et inconnu, qui sont communs à toutes les combinaisons animées et inanimées de l'Univers, voilà vraiment en quoi consiste la persuasion secrète qui a donné naissance aux croyances sur une vie future.

III

I. — L'Esprit.

Selon un axiome de la philosophie mentale, nous ne pouvons penser à une chose que si nous l'avons perçue. Quand je dis que nous ne pouvons rien penser, je veux dire que nous ne pouvons imaginer rien, que nous ne pouvons raisonner de rien, que nous ne pouvons nous souvenir de rien, que nous ne pouvons rien prévoir. Les combinaisons les plus étonnantes de la poésie, les déductions les plus subtiles de la logique ou des mathématiques, ne sont rien autre chose que les combinaisons formées par l'intellect avec des sensations, en obéissant à ses propres lois. Un catalogue de toutes les pensées de l'esprit, et de toutes leurs diverses modifications, est une encyclopédie historique de l'Univers.

Mais, objectera-t-on, les habitants des diverses planètes de ce système solaire et des autres, et l'existence d'une puissance qui aurait par rapport à nous et à ce que nous sommes, les mêmes relations qui existent entre ce que nous nommons cause, par rapport à ce que nous appelons effet, tout cela n'a jamais été un sujet de sensation, et pourtant les lois de l'esprit suggèrent d'une manière universelle, selon les diverses dispositions

25

de chacun, une supposition, une persuasion, ou
une conviction de leur existence. La réponse est
aisée : ces idées-là doivent, elles aussi, être comprises dans le catalogue de l'existence ; elles sont des
modes selon lesquels des pensées ont été combinées ; l'objection ne fait que renforcer la conclusion
que, au delà des limites de la perception et de la
pensée, rien ne peut exister.

Pensées, idées, notions, quel que soit le nom
qu'on leur donne, diffèrent l'une de l'autre, non
point en espèce, mais en force. On a supposé com-
munément que ces pensées distinctes qui occupent
plusieurs personnes, à des intervalles réguliers,
pendant le passage d'une foule d'autres pensées
appelées *objets réels*, ou *extérieurs*, sont totalement
différentes en espèce de celles qui occupent seulement un petit nombre de personnes, et qui se présentent à des intervalles irréguliers, et sont ordinairement plus obscures, plus confuses, telles que
les hallucinations, les rêves, les idées de la folie.
Il n'y a pas entre une de ces idées ou de ces caté-
gories d'idées, une distinction qui soit essentielle,
ou fondée sur une observation correcte des choses
de la nature ; elle est due à ce qu'on tient compte
des pensées qui sont dans le rapport le plus cons-
tant avec la sécurité et le bonheur de la vie, et si
l'on s'en tenait là dans cette distinction, le philosophe pourrait sans inconvénient accommoder son
langage à celui du vulgaire. Mais on prétend affirmer une différence essentielle, qui n'est nullement
fondée sur la vérité, qui suggère une étroite et
fausse conception de la nature dans son ensemble,

et qui engendre les erreurs les plus fatales dans la
spéculation. Qu'il existe une différence spécifique
entre chaque pensée de l'esprit humain, c'est sans
doute une conséquence nécessaire de la loi grâce à
laquelle il perçoit la diversité et le nombre, mais
il est tout à fait arbitraire d'admettre une différence générique et essentielle. Le principe qui fait
l'accord et la ressemblance de toutes les pensées,
consiste en ce que toutes sont des pensées ; le principe qui fait leur désaccord, consiste dans la variété et l'irrégularité des occasions où elles surgissent dans l'esprit. Ce en quoi elles concordent, ce
en quoi elles diffèrent est comme tout est à rien.
Des distinctions importantes, selon les divers degrés de force, doivent être établies entre elles, si
elles sont, ainsi qu'elles peuvent l'être, des sujets
de discussion morale ou économique, mais c'est là
une question tout à fait à part.

En considérant toute connaissance comme bornée par la perception, dont les opérations sont susceptibles de combinaisons indéfinies, nous arrivons
à avoir de la nature une idée indiciblement plus
magnifique, plus simple et plus vraie, qu'en admettant les systèmes ordinaires avec leurs points
de vue compliqués et partiels. En outre la contemplation de l'Univers, à cette perspective si large
et si synthétique, n'exclut point l'analyse la plus
subtile de ses changements et de ses parties.

On pourrait former une échelle graduée d'après
les degrés d'une raison combinée d'intensité, de
durée, de connexité, de périodes de fréquence et

d'utilité, sur laquelle toutes les idées seraient me-
surées, et l'on y observerait un enchaînement ininterrompu de distinctions finement nuancées depuis
la plus légère impression des sens, jusqu'à la combinaison la plus nette de ces impressions, depuis
la plus simple de ces combinaisons jusqu'à cette
masse de science qui, renfermant notre propre nature, constitue ce que nous nommons l'Univers.

Nous avons la conscience intuitive de notre existence, et de cette connexité dans la série de nos
idées successives que nous appelons notre identité.
Nous avons également conscience de l'existence
d'autres esprits, mais non par intuition. Notre
croyance, par rapport à l'existence d'autres esprits,
est fondée sur un rapport d'idées très compliqué,
dont la dissection est étrangère au but qu'on se
propose dans ce traité. La base de ce rapport est,
sans doute, le retour périodique d'une masse d'i-
dées, que nos déterminations volontaires n'ont pas
le pouvoir de limiter ou d'arrêter, dans une direction particulière, ou contre le retour desquelles
elles ne peuvent réagir qu'imparfaitement. Les lois
irrésistibles de la pensée nous forcent à croire que
les limites précises de nos idées réelles ne sont
pas les limites réelles des idées possibles ; la loi
d'après laquelle ces déductions sont tirées, se
nomme analogie, et c'est là le fondement de toutes
nos conclusions d'une idée à une autre, en tant
qu'elles ont quelque ressemblance.

Nous voyons des arbres, des maisons, des champs,
des êtres vivants qui ont la même forme que nous,

et qui ont des formes plus ou moins analogues à la nôtre. Ils changent sans cesse leur mode d'existence par rapport à nous. Pour exprimer les variétés de ces modes, nous disons : *nous nous mouvons, ils se meuvent*, et comme ce mouvement, sans être uniforme, est continuel, nous exprimons notre conception des diversités de son allure, par ces mots : *Il a été, il est, il sera*. Ces diversités sont des événements ou des objets, et sont essentielles, au point de vue de l'identité humaine pour l'existence de l'esprit humain. Car si les inégalités produites par ce qu'on a nommé les opérations de l'univers extérieur, étaient nivelées par la perception de notre être, égalisant, et remplissant les interstices, le mouvement et la mesure, et le temps et l'espace, alors par suite de cette forme abstraite que prendraient les éléments de l'esprit humain, la sensation et l'imagination seraient arrêtées. L'esprit humain ne peut être considéré comme de l'existence pure.

II. — Qu'est-ce que la métaphysique. Erreurs dans la méthode employée d'ordinaire pour l'étudier.

Nous ne prêtons pas, d'ordinaire, une attention suffisante à ce qui se passe en nous. Nous combinons des mots, qui ont été déjà combinés des milliers de fois. Nous formulons, dans notre esprit, des opinions entières, et pour exprimer ces opinions, nous employons des phrases entières, alors que nous devrions philosopher. Tout notre système d'expression et de sentiment est infecté des plagiats les plus banals. Nos mots sont morts, nos pensées sont froides et empruntées.

Contemplons les faits : dans cette grande étude de nous-mêmes, contraignons résolument l'esprit à s'examiner rigoureusement. Nous ne nous contentons pas de conjecture, d'inductions, de syllogismes dans les sciences qui se rapportent aux objets extérieurs. Et, tout comme dans celles-là, quand il s'agit d'examiner les phénomènes de l'esprit, réunissons avec une sévère critique des faits qui ne puissent être contestés. La métaphysique aura ainsi sur toute autre science l'avantage remarquable que tout étudiant pourra, en se retournant vers son propre esprit, éprouver les autorités sur lesquelles sont appuyées les assertions qui le concernent. Dès lors il n'y a plus de déception, car nous sommes nous-mêmes les dépositaires de l'évidence dans le sujet que nous examinons.

La métaphysique peut être définie la recherche des choses qui dépendent de la nature intérieure de l'homme, ou qui y sont relatives.

On dit que l'esprit produit le mouvement; on pourrait tout aussi bien dire que le mouvement produit l'esprit.

III. — Difficulté d'analyser l'esprit humain.

S'il était possible à un homme de donner une histoire fidèle de sa vie, depuis les temps les plus anciens dont il se souvienne, il en résulterait un tableau tel qu'on n'en aurait jamais contemplé jusqu'alors. Ce serait placer devant les yeux de

tous les hommes un miroir dans lequel ils pourraient considérer leurs propres souvenirs, où ils
verraient un arrière-plan brumeux, les vagues contours de leurs espérances et de leurs craintes, tout
ce qu'ils n'osent pas, ou qu'ils ne peuvent pas,
quand même ils en auraient l'audace et le désir,
exposer à tous les yeux en plein jour. La pensée
seule peut, non sans difficulté, visiter les détours
compliqués des chambres qu'elle habite. On dirait
une rivière dont les flots rapides et perpétuels sont
sans cesse en avant, — on dirait un homme qui
dans sa frayeur, parcourt d'un pas précipité le
dédale de quelque édifice hanté, sans oser regarder derrière lui. Les cavernes de l'esprit sont té-
nébreuses, et pleines d'ombres, ou bien elles sont
éclairées d'une lumière, brillante et belle sans
doute, mais qui ne pénètre pas plus loin que leur
seuil. S'il était possible de nous reporter, mais en
chair et en os, là où nous avons été, si au moment
où nous y serions présents, nous pouvions fixer
les résultats de notre expérience ; — si le passage
de la sensation à la réflexion, — d'un état de perception passive à celui de la contemplation volontaire, n'était pas aussi vertigineux, aussi tumultueux, cette tentative serait moins difficile.

IV. — Comment l'analyse devrait être conduite.

La plupart des erreurs des philosophes sont venues de ce qu'ils ont envisagé l'être humain à un
point de vue trop détaillé et trop étroit. Il n'est
point un être moral, ni intellectuel ; il est — aussi,

et par excellence un être imaginatif. Son propre
esprit est sa loi ; son esprit lui tient lieu de toutes
choses. Si nous voulions arriver à des connaissances qui puissent être de quelque utilité par les conclusions pratiques auxquelles elles conduiraient,
il nous faudrait considérer l'esprit de l'homme et
l'univers comme le grand tout sur lequel nous aurions à exercer nos spéculations. Là, avant tout,
il faudrait renoncer aux disputes de mots, bien que
ce terrain ait été longtemps leur champ de bataille
préféré. Il n'importe guère de rechercher si la pensée est distincte des objets de la pensée. L'usage
des mots *extérieur* et *intérieur*, en tant qu'employés à
établir cette distinction, a été le symbole et la source
de maintes disputes. C'est là une simple question de
mots, et tout l'essentiel de cette dispute revient à
dire que quand nous parlons des objets de la pensée, nous ne faisons en somme que décrire une des
formes de la pensée, — ou que, en parlant de la
pensée, nous ne faisons que saisir une des opérations du système universel des choses.

V. — Catalogue des phénomènes des rêves qui éta-
blissent une convention entre l'état de sommeil
et celui de veille.

Réfléchissons sur notre enfance et donnons un
rapport aussi fidèle que possible de ce qui se passe
pendant le sommeil.

En premier lieu je suis obligé de présenter un
tableau fidèle de ma propre organisation relativement au sommeil. Je ne doute pas que si chacun

m'imitait, on trouverait au milieu de bien des détails particuliers à sa nature, une ressemblance assez générale pour démontrer le lien qui existe entre ces particularités et les phénomènes les plus universels. Je prendrai, sans doute, garde à ce que les faits que j'expose ne contiennent pas d'inexactitude ni d'exagération. Mais ils ne contiennent pas autre chose que certains éclaircissements sur ma propre nature ; quant à leur degré d'analogie ou de différence entre elle et celle d'autrui, c'est ce que je ne suis point en état d'indiquer avec précision. Il suffit néanmoins de prévenir le lecteur de ne point tirer d'exemples particuliers des conclusions générales.

J'omets les cas généraux d'illusions dans la fièvre ou le délire, ainsi que les simples rêves considérés en eux-mêmes. Une esquisse de ce sujet, malgré sa fécondité et son intérêt, doit être laissée de côté.

Quel lien existe-t-il entre le sommeil et la veille ?

II. — Je me souviens d'avoir fait, à trois reprises, séparées par des intervalles de deux ou trois ans, un rêve identique. Ce n'était point un rêve, comme on l'entend ordinairement, je vis dans mon sommeil l'image isolée, détachée de toutes les autres images, d'un jeune homme qui était élevé à la même école que moi. Aujourd'hui même, après bien des années, je ne puis entendre le nom de ce jeune homme sans que les images des trois endroits où je rêvai de lui se présentent distinctement à mon esprit.

III. — Dans les rêves, les images forment des

associations particulières à l'état de rêve, de sorte
que l'idée d'une certaine maison, quand elle repa-
raît pour la seconde fois dans les rêves, aura avec
l'idée de cette même maison, telle qu'elle se présentait pour la première fois, un rapport tout à
fait différent de celui que fait naître la maison,
quand elle est vue ou qu'on y pense dans l'état de
veille.

IV. — J'ai vu des scènes qui m'ont fait une impression irrésistible par l'intime et inexplicable
rapport qu'elles avaient avec les parties obscures
de mon organisation. J'ai contemplé une scène qui
a produit sur mes pensées un effet peu ordinaire.
Après un intervalle de bien des années, je rêvai de
la même scène. Elle était suspendue à ma mémoire, elle hantait, de temps à autre mes pensées,
avec l'obstination d'un objet qui tient fortement
aux affections humaines. J'ai de nouveau visité
cette scène. Il était impossible de détacher le rêve
d'avec le paysage, et le paysage d'avec le rêve, ni
d'isoler de l'un ou de l'autre les sentiments que
chacun d'eux eût pu produire à lui seul. Mais l'incident le plus remarquable qui me soit arrivé dans
ce genre, eut lieu, il y a cinq ans, à Oxford. Je me
promenais avec un ami dans les environs de cette
ville, et nous étions engagés dans une conversation
sérieuse et intéressante. Nous tournâmes soudain
l'angle d'une ruelle, et le paysage qui nous avait
été masqué jusqu'alors par la hauteur des rives et
des haies, nous apparut. L'ensemble se composait
d'un moulin à vent, qui s'élevait au milieu d'une
des nombreuses prairies au sol marécageux, en-

clos d'un mur de pierres ; un espace de terrain irrégulier, accidenté, se trouvait entre le mur et
la route sur laquelle nous étions ; derrière le moulin, s'élevait une colline longue et basse, et une
couverture uniforme de nuages gris s'étendait sur
tout le ciel du soir. C'était la saison où la dernière
feuille s'est détachée du frêne étriqué et rabougri.
La scène, assurément, n'avait rien que d'ordinaire,
la saison et l'heure n'étaient guère propres à allumer des pensées désordonnées ; c'était un assemblage banal et sans intérêt, d'objets, et tel qu'il le
fallait pour pousser l'imagination à chercher un refuge dans une sérieuse et grave causerie au coin
du feu, devant le dessert, avec des fruits d'hiver et
du vin. L'effet qu'il produisit sur moi fut tout autre qu'on ne pouvait s'y attendre. Je me rappelai
soudain avoir vu exactement le même paysage dans
un rêve fait longtemps... [1].

[1]. *A cet endroit, je fus obligé de m'arrêter, saisi d'une épouvante qui me faisait frissonner.* — Telle est la remarque qui
termine ce fragment, écrit en 1815. Je me rappelle fort bien
qu'il vint me retrouver aussitôt après l'avoir écrit, pâle et
agité, et chercher, dans la conversation, une diversion
contre le terrible émoi que cela avait causé. — [Note de
Mr Shelley.]

FIN

TABLE DES MATIÈRES

Essai sur la littérature, les arts et les mœurs des Athé-
niens 334
Fragments sur Platon 348
Système de gouvernement par des jurys 353
Sur l'amour 364
Philosophie : Sur la vie 367
    —   Sur un état futur 376
    —   Spéculations sur la métaphysique 387

Imprimerie générale de Châtillon-sur-Seine. — A. PICHAT.